The MERS Human Rights Zero Zone

격리전

발행일   2015년 8월 10일

지은이   배 영 규
펴낸이   손 형 국
펴낸곳   (주)북랩
편집인   선일영   편집   서대종, 이소현, 이은지
디자인   이현수, 윤미리내, 임혜수   제작   박기성, 황동현, 구성우, 이탄석
마케팅   김회란, 박진관, 이희정, 김아름
출판등록   2004. 12. 1(제2012-000051호)
주소   서울시 금천구 가산디지털 1로 168, 우림라이온스밸리 B동 B113, 114호
홈페이지   www.book.co.kr
전화번호   (02)2026-5777   팩스   (02)2026-5747

ISBN   979-11-5585-702-1 03810(종이책)   979-11-5585-703-8 05810(전자책)

이 도서의 국립중앙도서관 출판예정도서목록(CIP)은 서지정보유통지원시스템 홈페이지(http://seoji.nl.go.kr)와
국가자료공동목록시스템(http://www.nl.go.kr/kolisnet)에서 이용하실 수 있습니다.
(CIP제어번호 : CIP2015021110)

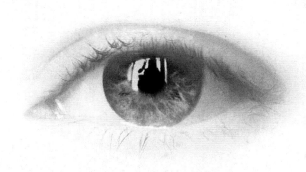

배영규 장편소설

격리전

The MERS Human Rights Zero Zone

메르스 '인권 제로 지대' 격리 전쟁戰爭 보고서!
배영규 극사실주의 전쟁 소설

북랩 book Lab

머리말

　이 기록은 특수한 목적으로 강제 격리된 사람들을 관찰한 1년간의 기록입니다. 메르스에 대한 극사실주의 소설이 필요한 때라고 생각해 이 소설을 집필하기 시작했습니다.

　국가는 국민을 지켜야 할 의무가 있습니다. 국민이 없으면 국가도 없기 때문입니다. 그러나 이런 이야기는 헌법조항일 뿐입니다. 지금 메르스에 대한 정부의 부적절한 대처로 수많은 국민의 생명이 위협받고 있는 상황입니다. 다시는 이러한 잘못을 되풀이하지 않았으면 하는 바람입니다.

　한 사람이 강제 격리되어 몸부림치는 모습을 바라보면서 메르스 강제 격리에 대해 생각해 보면 좋겠습니다. 이 소설이 미국과 중국, 일본 같은 인구 대국의 전염병 대처를 위한 사전 시나리오 혹은 인류가 전염성 질환의 공격을 당했을 때 막기 위한 방법으로 활용되기를 기대해 봅니다. 이러한 마음으로 우리 대한민국에 퍼져 있는 메르스를 관찰하고, 음지에서 사투를 벌인 사람들의 노고를 치하하면서 그들의 애환의 일부를 기록해 갑니다.

　누가 이런 특수한 강제 격리의 경험을 가질 수 있습니까? 돈이 있든 없든, 신분이 높든 낮든 강제 격리가 시행되면 다 똑같은 처지가 됩니다. 죽음을 기다리는 일이 그들이 전부일 수 있습니다. 때로는 서로 재산을 강탈하기 위해 부모형제가 강제 격리를 강행하기도 합니다. 그러한 강제 격리는 고통입니다.

강제로 격리된 사람들은 오직 자유를 얻기 위해서 몸부림칩니다. 그러나 기계 및 장비가 철저하고, 제도상의 규제가 엄격합니다. 법과 제도는 물론, 그 누구도 죽음의 그림자에서 사람들을 구해줄 수 없습니다. 심지어 의료진, 연구가, 기관원들마저 한 줌의 재로 변할 수 있는 무서운 전염병과 사투를 벌여 승리한다는 주제를 담았습니다.

메르스를 초기에 잡지 못한 것은 밉지만, 법적인 판단보다는 의학적인 예방과 방역에 모든 시민들이 합심해야 합니다. 그리고 면역력 증강과 건강한 생활 수칙을 준수하는 것이 필요하리라 생각됩니다.

인류의 시대적 유물인 '문화' 그리고 '타자에 대한 폭력적 구속'으로 인간은 타자의 강제로 인간사회를 옥죄고 있는 문화 속에서 타율로 움직이는 사회를 벗어날 수는 없습니다. 그렇기에 인류의 미래 그리고 한국인의 미래가 나아가는 길을 만들어 내기 위해서는 사회적 자기성찰의 혁명이 필요합니다. 아울러 이 땅을 만연된 타율과 억압을 이겨내는 합의와 포용 그리고 아량과 배려의 공간으로 만들어야만 합니다. 우리가 느낀 자각과 반성은 인류의 많은 질병과 병리현상 그리고 마음의 병들을 실질적으로 치료 가능하게 할 수 있을 것입니다.

메르스부터 암 그리고 각종 질병의 원인이 되는 인간의 마음을 치료하는 데 이 소설이 도움이 되었으면 합니다. 우리의 일상에서 언제나 볼 수 있는 평범한 '김구운' 국장이 국내 요인들과의 인맥을 축으로 하는 활극을 그린 유쾌한 극사실주의 소설입니다. 거의 사실에 가까운 인권 제로 지대(4개 특수 병동)를 1년간, 매일 주요사항을 체크하고 의료 차트를 관찰한 내용을 담았습니다.

피할 수 없는 운명적인 상황에 맞서며 일선에서 고충이 많은 관계자 여러분들의 노고에 깊은 감사와 경의를 표합니다. 동시에 이 소설은 일부 사실을 근거로 재구성한 픽션(허구)임을 전제로 하며, 상기 등장인물들의 이름은 모두 가명임을 미리 밝혀드립니다.

물론 다시는 이런 비극을 되풀이하지 않았으면 하는 마음으로, 가능한 사건의 전모를 사실대로 그려나가려 했다는 점도 참작해 주시길 바라며, 묘사된 입원 차트의 내용은 모두 강제 격리 상태를 완곡하게 표현한 것임을 참고해 주시기 바랍니다.

이 극사실주의 소설은 직접 인권 제로 지대인 강제 격리 병동을 사실적으로 관찰하여 완성한 픽션입니다.

메르스 코로나바이러스(MERS-CoV)

메르스(MERS)의 다른 이름은 중동호흡기증후군中東呼吸器症候群이다. 낙타나 박쥐 따위의 동물이 바이러스의 주요 매개체로 추정되고 치사율은 30퍼센트 정도로 알려져 있다. 메르스는 이집트의 무덤에서 나온 박쥐의 유전자와 일치하며, 이미 오래 전에 활동하던 바이러스의 한 종인 탄저균, 홍콩독감, 사스 등과 같은 바이러스 세균 감염증이다.

2003년 발생한 중증 급성 호흡기 증후군(SARS) 같은 세균들의 번식은 인간의 몸을 숙주로 활동한다. 환자는 점차 면역력이 저하되고 최후에는 암과 같이 무질서한 인체 파괴로 인해 사망한다. 세균이 침투하면 인체는 일정한 질서를 무시하고, 세포가 무제한 증식하여 종양을 형성하기 때문에 발열 현상을 동반한다. 때문에 질병의 초기에는 증세의 탐지가 가능하다.

즉, 바이러스는 궁극적으로는 정상 인체 조직을 파괴하고 어떤 기관이든 전이하여 염증과 종양을 급격히 만들어 개체의 생명을 빼앗는다. 이렇게 폐나 다른 장기를 무차별 파괴하여 번식하며 전염성을 나타나는 모든 질환을 총칭하여 감염성 질병이라 한다.

* * *

2014년 4월 25일 서울 명동 롯데호텔.

일본의 아베 사토 차관, 미국 CIA 로버트 람보 아시아 국장, 러시아 KGB 정보국장 푸넴프, 그리고 한국의 시민단체 대표 김구운 국장이 설전을 벌였다. 러시아 푸넴프 국장은 다음번에 러시아 대통령에 당선될 것이 유력한 인물이다. 미국 로버트 람보 국장은 미국 최고위 정보책임자이며, 일본의 아베 사토 차관은 일본의 대외 외교를 책임지고 있다.

호텔 극비회의실에서 김구운 국장이 회의를 주재했다.

아베 사토 차관, "다케시마(독도)에서 한국 경비대가 8월 15일까지 철수하지 않으면 한일 간에는 전쟁뿐이라는 것을 한국의 대통령님에게 전달해 주시오."

김구운 국장은 단호한 표정으로, "독도는 누가 뭐라고 해도 우리 땅이오!"

러시아 KGB 정보국장 푸넴프, "1875년 러시아 일본 조약으로 사할린 섬은 러시아 영토임을 확인했고, 일본이 1945년 사할린 섬을 소련 영토에 재차 귀속했었소. 일본이 쿠릴 열도를 자기네 땅이라 우긴다면, 러시아로서는 무력을 동원할 수도 있소."

미국 CIA 로버트 람보 아시아 국장, "미국의 입장은, 한국과 일본은 우리의 동맹국이므로 두 나라의 분쟁을 원하지 않습니다."

아베 사토 차관, "한국이 8월 15일까지 다케시마에서 한국 경비대를 철수하고 일본에 독도를 돌려주지 않는다면 전쟁도 각오해야 할 것이오."

김구운 국장은 아주 격분해서 아베 사토 차관에게 대답했다. "미국 인공위성이 한국에 군사 정보를 제공하고 있소. 어디 해 볼 테면 해 보시오!"

한국의 대구 기지에 있는 F-15K로 독도까지 330킬로미터, 일본은 157킬로미터로, 일본은 공중 조기 경보 능력과 전자전을 수행하는 E-767 4대, E-2C 13대를 보유하고 있다. 일본은 9기의 정찰 위성을 군사 정보 수집에 동원하고 있다. 한국은 현재 통신용 무궁화 위성과 지도 제작에 필요한 아리랑 위성 2기가 있으나 정찰 위성이 없어 미국의 도움 없이는 일본의 전투기 출격이나 일본의 군사적 공습을 조기에 탐지할 수 없다.

아베 사토 차관, "우리 일본의 경제가 매우 어렵기에 전쟁을 통해 해결해 나가겠소."

일본 해상 자위대는 잠수함 16척, 구축함 44척, 프리깃함 8척, 보급 지원함 84척, 전투 가능한 해군기 80대, 해군용 헬리콥터 91대를 보유하고 있다. 한국 해군이 보유하고 있는 장비는 잠수함 12척, 구축함 10척, 프리깃함 9척, 보급 지원함 24척, 전투 가능한 해군기 8대, 해군 헬리콥터 24대 등등이다. 독도 기지의 헬리콥터에 대한 정밀 폭격 능력을 가진 일본 항공 자위대의 F-2, F15-J 전투기들이 독도를 기습공격할 가능성이 높아지고 있다. 몇 대의 헬리콥터로 독도를 방어하는 것은 불가능에 가까운 것이 사실이다.

러시아 KGB 정보국장 푸넴프는 안타깝다는 듯이 말했다. "독도가 기습공격으로 파괴되는 것만으로도 한국은 회복할 수 없을 대외적인 타격을 입게 될 것입니다. 한국은 다시 회복하지 못할 상처를 입을 것입니다."

미국 CIA 로버트 람보 아시아 국장, "미국과 일본은 가쓰라-태프트 밀약[1]을 원칙적으로 견지하고 있소."

김구운 국장, "만일 일본이 경제적 어려움으로 독도에서 도발한다면, 북한군은 닛코 동일본 지역을 공격하여 점령하게 하며, 한국은 서일본을 공격하여 일본을 동서로 나누어 동시에 점령하는 간토와 도쿄 상륙작전까지도 불사할 것이오!"

아베 사토 차관, "코딱지만 한 다케시마 때문에 한일 전면전을 하겠다는 것이오?"

김구운 국장은 단호한 태도로, "분명히 일본 총리대신에게 전하시오!"

아베 사토 차관, "7월 6일 군함도가 유네스코 문화유산으로 등재될 것이오. 일본 군함도 강제노동 징용은 열등한 민족은 선진 민족을 위

---

1) 1905년 7월 미국과 일본이 필리핀과 대한제국에 대한 서로의 지배를 인정한 협약. 일본은 미국의 필리핀 지배를 확인하고 한국은 일본이 지배할 것을 승인한다는 밀약. 〈출처: 두산백과〉

해 희생해야 한다는 의미요. 일본인을 위해 아름다운 희생을 보여주시오!"

김구운 국장은 탁자를 발로 뻥 차면서 일어났다. "어디 해 볼 테면 해 보시오!"

한일 양국이 더욱 평화적으로 발전하고 협력해서 중국의 부상에 대응해야 함은 시대적인 것이다. 그런데 일본이 자위대의 군사력을 바탕으로 '소탐대실'의 유혹에 넘어가 독도를 침공할 것을 공연하게 주장하는 것은 참으로 안타까운 일이다. 한국이 세계 평화에 이바지하려면 실력으로 독도 근해로 진출한 일본 해상 자위대의 도발을 억제할 수 있어야 한다. 아울러 다양한 대응 시나리오를 수립하여 강력한 전쟁 억제력을 확보해야 동북아의 평화를 지킬 수 있을 것이다.

* * *

2014년 4월 29일 GGW 작전본부 게스트 하우스.

개나리꽃이 유난히 노란 꽃망울을 피우려는 아차산을 뒤로 한, 한강이 내려다보이는 게스트 하우스에서 근심 어린 표정의 중년의 사람들이 옹기종기 모여 심각한 표정으로 대화를 나누고 있었다. 한국의 젊은이들을 중동 건설현장으로 대규모로 진출시켜 제2의 중동 건설 특수를 위한 일명 'GGW: 동해물과 백두산이 마르고 닳도록 하느님이 보호하사 우리나라 만세'라는 하느님의 구원 프로젝트를 위해서다.

김구운 국장, "오늘 사우디 주재 한국 대사관에서 보건복지부장관과 질병관리본부장에게 공문을 보내왔다고 하지요?"

　이도훈 섬성병원장, "사우디 제다 지역에 메르스 환자가 각각 8명, 6명 발생했고, 수도 리야드에는 환자가 2명 발생했다고 합니다."

　강동 섬성병원 제3과장, "리야드 환자 중 1명은 생후 9개월 된 유아로 사망했습니다. 사우디 메르스 환자의 대부분이 '사람 간의 2차 감염'이고 그중 다수가 '의료시설 내 감염'이라고 합니다."

　김영진 강동 섬성병원 제4과장, "중세 유럽에서 발생한 전염병(흑사병)으로 1347~1351년 사이의 약 3년 만에 당시 유럽 인구의 3분의 1이 희생되었습니다."

　이도훈 원장은 김영진 제4과장을 돌아보면서, "약 2천만 명이 사망했었지요?"라고 묻는다.

　유영민 제1과장, "의학적으로는 당시 유럽 전역에서 약 6천만 명이 사망했을 것이라고 봅니다."

　윤영현 제3과장, "치료제나 백신이 없는 상태에서 최선의 예방책은 메르스 감염 의심자를 일단 격리하는 것입니다."

　김구운 국장, "사회적으로 어떤 지위와 위치에 있다 해도 일단 격리 조치를 통해 메르스의 확산을 막아야겠군요…. 메르스가 법정 전염병으로 지정되어 고시되었는지 궁금합니다."

　이도훈 원장, "아직 안 돼 있습니다."

　섬성병원 제3과장, "이미 오래 전부터 바이러스는 우리 자연계에 포말 상태로 또는 활성화되어 존재하는 것이니 너무 두려워할 건 없습니다."

이도훈 원장. "메르스와 같은 바이러스는 자가 면역력을 향상시키는 것이 가장 효과적인 방어입니다. 메르스의 증상은 감염 후 최소 2일에서 14일 사이에 나타나며, 기침과 재채기로 전파된다고 합니다."

제1번지 BH 소속 최영화(김구운 국장의 후배)가 별로 심각하지 않다는 듯이, "어차피 걸리는 사람은 걸리고, 안 걸리는 사람은 안 걸리는 것입니다."라며 이어서 말한다. "김구운 선배님, 'GGW 프로젝트'를 계획대로 가동해야겠습니다."

GGW 프로젝트란 'God Gu Won'의 영문 머리글자를 딴 프로젝트로 비상위원회에서 준비해 온 1급 비밀 대책회의를 말한다.

김구운 국장. "현재 메르스의 치료제는 없는 상태입니다. 확산 예방이 중요합니다."

제1번지 BH 소속 최영화는 아주 결연한 표정으로, "레디가카께서는 우리 국민 중에서 단 한 명의 희생자도 나와서는 절대 안 된다고 강조하셨습니다. 'GGW'에 거는 기대가 매우 큽니다. 절대로 우리나라에서는 단 한 명의 희생자도 나오지 않게 하라고 분명하게 말씀하셨습니다. 국내 최대의 재벌 기업이 전폭적인 지지를 다 할 것이고, 국내 최고의 세계적인 의료진이 모두 합류하게 해야 합니다."

김구운 국장은 알겠다는 듯이, "국가 내 모든 조직을 통합해서 국민을 지켜야 합니다."

이도훈 원장. "전염병으로부터 국민을 꼭 지켜내기 위해 메르스 백신 개발을 극비리에 완성하라는 레디가카의 말씀은 지당한 것입니다."

윤영현 강동 섬성병원 제3과장, "바이러스 예방에는 첫째, 자주 비누로 손을 씻는 것입니다. 두 번째가 씻지 않은 손으로는 눈, 코, 입을 만지지 않아야 하며…"라고 이야기하다 한참 무슨 생각에 잠긴 듯이 뜸을 들인다. 이내 "기침할 때는 입과 코를 휴지로 가리고, 발열이나 기침이 있는 사람과는 접촉을 피하는 것이 안전합니다."라고 말을 잇는다.

김구운 국장, "참고로 일본은 2014년 5월 28일 메르스를 감염증 법에 근거해 2종 전염병에 지정하기로 했습니다."

이도훈 원장, "우리나라는 아직 전염병으로 지정되지 못했습니다."

제4과장, "만일 메르스가 한국에서 발생한다면 엄청난 재앙이 될 것입니다."

이도훈 원장, "인권 의식이 높아서 강제 격리 조치를 할 수 없기 때문에 큰 피해가 예상됩니다."

김대정 전 대통령 안전실장(전 국정원) 김정규, "메르스 백신을 개발해야만 합니다."

김구운 국장, "인구 대국인 중국이나 인도에 메르스가 발생한다면, 경제적 피해는 어마어마할 것입니다."

이도훈 원장, "우리나라 의료진 수준이면, 10개월이면 충분히 백신을 개발할 수 있습니다."

김구운 국장, "충분하다고요?"

김대정 대통령 전 안전실장 김정규, "조만간 메르스 재앙이 올 것입니다. 우리는 이미 전직으로서 의견만을 낼 뿐입니다."

이도훈 원장. "김정규 전 실장님은 북한의 김정일을 만나러 가시는 김대정 대통령을 직접 수행했었고, 북한의 정보 책임자와도 수차 대면했지 않습니까?"

김정규 전 실장, "확실히 장담은 못 해도, 북한 정보 당국자들도 메르스에 관심이 있다고 봅니다."

김구운 국장. "연대 그룹의 장 회장이 사옥에서 투신자살한 사건과 김정규 전 실장님과 관계를 파헤치는 언론 행태를 손봐야 합니다."

김정규 전 실장, "그러게 말입니다. 나는 아주 억울합니다. 오직 김대정 대통령을 부모님처럼 생각하고 평생 모신 죄뿐입니다. 억울합니다."

이렇게 많은 이야기가 오가는 GGW 작전본부는 아차산을 뒤로 하고, 잠실벌이 내려다보이는 풍광의 고급 저택이 군데군데 있는 비밀 아지트였다. 사월의 햇살이 유난히도 반짝였다.

* * *

최근 일본의 새로운 총리는 출발부터 한국에 공세를 취하고, 일본 기업의 세계 진출을 위해 한국의 기업들을 제물로 삼고자 했다. 이에 한국의 국내 경기는 불황을 넘어 심각한 취업 부진이 문제가 되었고, 청년 실업률이 매우 우려할 수준으로 치닫고 있었다. 사람들은 대통령에게 청년 실업의 돌파구를 마련해 줄 것을 요청했다. 마침 전직 대통령이 중동 건설로 큰 재미를 보았기에 중동 건설을 되살리자는 데 의견이 모아졌다.

대통령이 국빈으로 중동을 방문하게 되었는데, 중동 각국의 국가 원수들은 한국의 청년 실업을 해결해 주겠다며 '제2의 중동 건설 붐'을 만들어 달라고 한국 정부에 요청했다. 이에 한국 정부는 실업 상태의 청년들과 백수 전부를 중동 건설 현장에 투입하기로 하고, 관계 기관들이 이를 독려하기로 했다. 중동 건설 현장으로 가는 인원을 선발하기 위한 기준으로 '애국가' 시험이 선택되었다.

그런데 갑자기 중동에서 원인 모를, 감염되면 수일 내에 사망하는 메르스라는 신종 전염병이 발생한 것이다. 모든 젊은이를 중동 건설에 투입했더라면 엄청난 재앙에 국민이 희생될 뻔한 순간이었기에 긴급히 정부와 민간이 연합하여 새로운 극비 프로젝트를 수행하는 'GGW 작전본부'를 발족했다. 그리고 이 특수한 임무를 김구운 국장에게 위임했다.

중동 건설 붐. 정말 꿈같은 이야기다. 70년대 중동 건설 붐에 맞춘 근로자들의 해외 파견이 한국 경제에 큰 도움을 준 건 확실하다. 그런데 솔직히 막노동으로 시작해서 자동차 만들고 조선 만들면 되었지, 또 무슨 노가다란 말인가. 마치 제2의 중동 붐이 올 것처럼 우리 아이들을 다시 해외로 내보내자니⋯. UAE에 건설 중인 원전은 우리 자본으로, 우리 젊은 노동자의 땀으로 남의 땅에 원전을 지어주는 꼴이다. 자신들의 업적을 부풀리기 위해서인가?

중동은 결코 만만한 시장이 아니다. 중국 기업들도 있고 베트남 기업도 있다. 뿐만 아니라 우리 젊은이들을 보내기엔 많은 위험이 도사리고 있다.

이도훈 원장, "레디가카께서 국격을 올리고자 노심초사한다고 들었습니다."

김구운 국장, "레디가카님? 민관의 강력한 프로젝트를 만들어야 합니다."

김정규 전 안전실장, "만일, 백신만 성공한다면 한국은 단번에 선진국 대열에 들어서는 행운을 잡게 될 것입니다."

김정규 전 안전실장은 통합전염병관리본부를 만든 때가 생각나는 듯, "이도훈 원장님, 우리나라 의료진 모두를 동원하더라도 꼭 성공해야 합니다."

오직 나라를 생각하는 우리나라 최고의 의료진, 이도훈 섬성병원장에 모든 관계자들이 기대하였다. 그로부터 한 달 후….

GGW(강제 격리) 작전의 시작

봄이지만 한강에서 불어오는 바람이 남산 별관의 유리창을 제법 세차다 못해 유리창을 노크하듯이 두드리고 있었다. GGW 작전본부가 마련된 별관의 정면에는 청와대의 집무실이 한눈에 들어오고 있었다. 2014년 5월 28일, 진달래가 남산 자락에 짙게 피어난 오후였다. 'GGW 작전본부 위원회'의 대책회의가 남산의 중턱에서 열렸다.

"동해물과 백두산이 마르고 닳도록 하느님이 보우하사 우리나라 만세."

남산 별관 회의장은 엄숙하고 정제된 분위기였다. GGW 기획 위원회 안전처의 사회자가 인사와 소개를 했다. 사회자는 각 기관 민간 관계자들을 죽 훑어보듯이 바라보면서, "먼저 김구운 위원회 국장님의 'GGW 프로젝트' 설명이 있겠습니다."라고 설명했다.

김구운 국장, "우리를 위협하는 메르스 또는 바실러스 안트라시스 던지고(Bacillus anthracis)은 흙 속에서 주변 환경조건이 나쁘면 포자를 민들어서 건조 상태로도 10년 이상 생존합니다."

이용해 국방 기무사령관, "미국이 적의 미사일을 격추하고자 미사일 방어체계인 사드를 한반도에 배치하고자 합니다. 중국은 사드 한반도 배치에 강하게 반발하고 있습니다. 이와 함께 들어오는 X밴드 레이더 때문에 강력히 중국정부가 반대하는 것입니다. 한국의 그린파인 레이더는 최대 탐지거리가 600킬로미터에 불과하지만 X밴드 레이더는 1,800킬로미터가 넘습니다. 중국이 그냥 있지 않을 것입니다."

김구운 국장, "중국 베이징, 러시아 일부까지 24시간 감시할 수 있게 되므로 중국은 민감한 반응을 보입니다. 하지만 우리가 중국인을 위해 백신을 개발하고 있는 사실을 안다면 중국에 입장도 달라질 것입니다. 탄저균에 감염되면 적어도 24시간 이전에 다량의 항생제를 복용하지 못하면 거의 사망에 이르고, 탄저균 500킬로그램을 대도시 상공에 살포하면 1천만에서 1천 5백만 명을 수일 내에 사망시킬 수 있습니다. 이는 핵폭탄 몇 개와 5메가톤의 수소폭탄에 맞먹는 살상력입니다. 메르스와 탄저균의 치료제를 만들어야만 합니다."

김구운 국장, 잠시 숨을 고른 뒤 "'하느님이 보호하사 우리나라 구원하세'의 영문 머리글자를 따서 일명 'GGW(God Gu Won) 프로젝트', 하나님의 구원으로 명명하였습니다."

권오준 안전국장은 손을 들어 결연한 투로 말했다. "우리나라는 하나님만의 나라가 아닙니다." 그리고 아주 고압적인 태도로 GGW 대책회의에 불시에 불려나온 불만 가득한 사람들의 얼굴을 쭉 둘러보았다. 그러다 가운데 있던 김구운 국장과 눈길이 마주치자 약간 놀란듯이 억지로 겸손한 표정을 지은 채 대사를 이어나갔다. "저는 독실한 불교 신자로서 'God'이라는 단어를 반대합니다."

영문도 모르고 불려나온 듯한 복지당국자는 상체를 의자에 비스듬히 기댄 채 아주 피로한 기색으로 대책본부가 나누어준 페이퍼를 보는 척 마는 척 뒤적이면서, "법에 규정이 없으면 움직일 수 없어요."라고 사람들이 듣든 말든 같은 말들을 녹음기처럼 계속 주절거리고 있었다.

권오준 안전국장, "국회 쪽 정보로는 이미 들어 아는 이야긴데요, 하나님은 아닙니다."

김구운 국장, "그렇다면 'God'이라는 단어를 약간 고쳐서 'Gad'으로 바꾸겠습니다. '자유로운 여행'이라는 의미입니다. 참고로 명칭을 바꿀 수 없는 이유가 있습니다만, 'Gad'으로는 바꿀 수 있습니다."

권오준 안전국장은 자신이 불교 신자로서 하나님이란 'God'을 거부한 태도가 매우 자랑스러운 듯이 좌중을 둘러보며 자부심을 품고자 애쓰고 있었다.

특별 의료협회 관계자, "국내 4개의 대형 병원에 특수시설(음압병실)과 연구실을 갖추면 환자 발생 시 충분히 격리가 가능합니다."

제1번지 BH 소속 최영화, "메르스 백신만 개발되면 2백만 명의 청년들을 중동으로 내보내야 합니다."

권오준 안전국장, "청년을 중동 사막에 내보내 고생을 시켜야 인간이 됩니다."

이용해 국방 기무사령관, "청년을 중동에 다 보내면 나라는 누가 지킵니까?"

시민단체 관계자들은 언제나 김구운 국장의 의견에 만장일치로 찬성이다. 이어 박수가 쏟아졌다.

김구운 국장, "우리 프로젝트명이 당초 기획안인 'GGW(Gad Gu Won)'로 결정, 만장일치로 가결되었습니다."

사회자, "하나님 대신 '자유가 우리를 구한다'로 바뀌었습니다. 아시다시피 이름은 그리 중요하지 않습니다."

권오준 안전국장, "오늘 참석하신 보건 당국 관계자와 법무, 외교, 국토부, 지자체 그리고 의료계 및 각 기관 관계자들이 우리나라의 전염병 예방의 첨병이 되어 주시길 바랍니다."

권오준 안전국장은 오랜 공무원 생활 때문인지, 도무지 바쁜 것을 모르는 50대의 아저씨답게 통통한 눈두덩이, 불룩 나온 똥배가 귀여운 모양새였다. 하지만 그런 귀여운 모습은 어디에서도 찾아보기 힘들 정도로 고압적인 말투로 말하는 것이 '나랏말씀'처럼 보였다.

김구운 국장의 발표를 물끄러미 바라보던 권오준 안전국장은 불만조로 "국정원은 무엇을 하고 있어요?"라고 물었다. 이 말이 끝나기도 전에 국회 정보위의 보좌관이 재빠르게 귓속말로 말했다. "댓글 달고 있겠죠." 귀엣말을 들은 그는 고개를 끄덕거리며 중얼거리듯이 말했다. "이런 프로젝트는 국정원이 해야죠."

회의장 안에서 옆자리 인사들끼리 귀띔을 주고받는 표정에는 전혀 악의가 보이지 않았다. 어쩌면 'GGW 프로젝트'의 절박감에 기대할 게 없다거나 마땅히 자신들에 역할이 없는 데서 오는 푸념처럼 보였다.

이런 대책회의 훈련은 2시간 동안 매주 진행되었다. 안전 관계자의 인사말에 5분이 소요되었고, 김구운 특별 위원회 국장의 프로젝트 설명에 10분이 소요되었다. 정부 각 기관의 중요 고위 공직자들은 책상에 둘러앉아 기관별 담당 업무를 탁상공론으로 읊는데 1시간 이상이 소요되었다.

GGW 작전본부의 발족은 간단히, 아무 일 없이 완료되었다. 그러나 정부 각 기관과 민간단체의 요인들이 모두 협력하여 나라를 안전하게 보호하고 백신 개발로 인류의 안전을 지켜냄으로써 대한민국을 단번에 선진국으로 올리겠다는 그들은 미래에 닥쳐올 불행과 비극을 누구도 체감하지 못하고 있었다. 이는 김구운 국장과 이도훈 원장 그리고 의료진도 마찬가지였다.

당초 프로젝트는 기획안대로 통과되었지만, 하느님 대신 자유와 여행을 상징하는 단어로 변경하여 'GGW 프로젝트'가 되었으므로 이미 본부의 험로를 예고하는 듯했다. 이어 전문의 연구진의 바이러스 연구 방향이 설명되었으나, 듣는 사람들도 별로 없이 대책회의 구성원들 간의 지위와 서열에 대한 신분 확인에 나머지 두 시간이 소요되었다. 이날 대책회의 경비로 33만 원의 예산이 소요되었다. 이중 현수막을 제작하는 데 17만 원이 을지로 인쇄소에 지급되었고, 나머지 16만 원은 대책회의 서열 확인 과정에 사용된 아메리카노 비용으로 쓰였다.

제1번지 BH 소속 최영화, "레디가카께서는 단 한 명의 국민이라도 희생되어서는 안 된다고 말씀하셨습니다. 여러분들이 모든 노력으로 절대 단 한 명의 국민도 희생되는 일이 없도록 최선을 다해주셔야 합니다. 성과를 내지 못한 기관은 집에 가서서 애들 보게 될 것입니다. 정말이지, 기관 폐쇄를 당할 것입니다. 능력이 없으면 집에 가라는 말입니다."

이어 최영화는 엄숙하게 레디가카의 엄명을 전달했다. "단 한 명의 국민이라도 메르스에 걸린다면 절대 용서를 못합니다. 알아서 하세요."

권오준 안전국장, "메르스의 국내 유입을 차단하는 것은 불가능합니까? 만주 흑사병은 1910년 중국과 러시아의 국경 지대에서 발생해서 달포도 안 되어 하얼빈, 장춘, 선양으로 철도를 따라 만주 전역으로 퍼졌습니다. 아마 수만 명이 죽었지요?"

이도훈 원장, "네. 바이러스 차단은 불가능합니다. 이미 우리 곁에 포말 상태의 바이러스가 수도 없이 존재합니다. 문제는 메르스가 이것들과 결합하여 변종이 생기면 어떠한 처방도 어렵다는 것입니다.

만주 흑사병에 청나라 정부는 6천여 명의 방역 담당 경찰대를 조직했고, 지역 사람의 이동을 막기 위해 1만 2천여 명의 군대를 동원했습니다. 의심 환자들을 격리하고, 확진 환자는 죽음을 맞이할 격리 병원으로 강제 이동되었으며 죽은 후에는 시체를 소각했습니다. 또한 도시 간의 열차를 통제한 결과, 만주 흑사병은 1년 만에 종식되었습니다."

윤만세 외교부 국장, "이도훈 박사님, 프로젝트의 역할이 막중합니다. 중국은 전염병에 대한 잔인한 통제와 격리로 당시 청나라의 국격을 높였습니다."

이도훈 박사, "잔인한 통제…? 관계 기관의 협조를 통해 한국의 우수한 의료 기술을 이번 기회에 보여드리도록 하겠습니다."

행정 안전부 국장, "국내 최대 4개 병원의 의료 기술이 지금 세계 정상 수준입니다."

김구운 국장, "메르스가 국내에 유입되기 전에 성공해야만 합니다."

윤만세 외교부 국장, "국내 대형 4개 병원의 기술 수준이야 세계적이지요. 아마도 메르스가 중국에 번진다면 전번의 사스 파동처럼 중국이 디폴트 직전까지 갈 것입니다."

이도훈 원장, "만주 흑사병의 치료제가 당시에 없었습니다. 아니, 현재도 치료제는 없습니다. 환자의 면역을 향상시켜 환자 스스로 병을 이겨내야 하지요. 즉, 우리가 할 수 있는 일은 제한적입니다."

김구운 국장, "우리나라의 첨단 의료 기술로 메르스 치료제를 만들어야만 합니다."

수사기관 관계자, "우리는 무엇을 수사해야 하는지요? GGW 프로젝트의 보안을 철저히 하겠습니다."

윤만세 외교부 국장, "2014년 3월 사우디 제다에서 메르스 환자가 5월까지 급증한 것을 원유를 팔아 해결한 사례를 잊어서는 안 됩니다."

국토부 국장, "우리나라는 원유가 없어요. GGW 작전으로 치료제 개발을 꼭 성공시켜 선진국으로 단번에 올라가야 합니다."

김구운 국장, "우리나라의 강제 격리 시설의 현황과 정신보건법이 있습니다. 현재 메르스는 미발생 상태로 법정 전염병으로 지정한 수 없습니다."

　새 총리 청문 후보 준비위 관계자, "새 총리 청문 후보자를 바라보는 시민들의 뉴스가 나오고 있습니다. 우리나라를 구하는 프로젝트의 성공을 기원합니다. 새 총리가 되실 분께서는 여러분의 활동을 적극 지원할 것입니다."

　'GGW(하나님의 구원) 프로젝트'의 작전명은 정부의 강력한 힘을 가진 안전국장과 법무국장의 의견에 따라서 결국 '자유 구원'으로 바뀌어 명명되었다.

　사실 메르스, 사스, 신종플루 같은 전염성 질환이 한 도시를 휩쓸면 엄청난 재앙이 된다. 이런 재앙을 미연에 방지하기 위해 모든 나라의 의료진이 연구를 하고 있었다. 인류를 위협하는 세균과의 전쟁인 것이다. 특히 한국은 거대한 10억이 넘는 인구를 보유한 중국과 일본, 인도와 빈번한 접촉을 하고 있다. 상상하고 싶지는 않지만, 만일 거대 인구를 가진 나라나 도시가 오염된다면 인류의 대재앙이 시작되는 것이다.

　때문에 환자가 발생할 경우, 먼저 절대적으로 보안이 유지되어야 한다. GGW 프로젝트는 법원과 경찰, 인권단체나 기관을 총동원하는 비상계엄에 준하는 즉각적인 대응을 하는 것을 골자로 하여 인권 시비가 미치지 않는 기존의 강제 격리 시설을 이용하는 비밀 작전이었다. 범시민단체와 정부의 유관단체가 하나가 되어 우리나라를 단번에 선진국에 올리자는 김구운 국장의 야심이 만들어 낸 'GGW 작전'의 피나는 노력이 시작되었다.

'GGW 작전'의 주요 임무는 다음과 같다. 메르스가 중동에서 발생하였고, 차기 전파 지역으로 가장 우려되는 중국 대륙의 대규모 인명 피해를 막기 위해서 한국이 먼저 백신과 치료제를 개발하는 것이다. 이 작전은 강제 격리와 환자를 수용하는 4개 병동을 관찰하는 데서 시작되었다. '레디가카'라는 분의 특명으로 극비리에 전국의 강제 격리 병동을 점검하고 음압시설을 갖추게 하며, 메르스, 탄저균, 홍콩독감 같은 인류의 건강을 해치는 바이러스성 감염 질병의 치료제를 개발하는 것이다.

김구운 국장, "만일 메르스가 발병한다면, 가장 취약한 분야는 택시기사, 식당 종업원 같은 대중이용시설의 비정규직들이 먼저 희생될 것입니다."

이도훈 원장, "돈 있거나 힘 있는 사람들은 우리 섬성병원 응급실을 이용할 수 있습니다. 상대적으로 조금 안전합니다."

조영선 복지국장, "서민은 섬성병원 이용이 어렵습니다."

김정규 전 실장, "감기인 줄 알고 시름시름 하다가 방콕에 들어가겠지요."

김구운 국장, "그러면 시체는 저임금의 장례사나 운구용 화장터로 이동될 것입니다. 시민 한 사람, 그것도 저임금 종사자들이 돈 몇 푼 준다면 시체를 옮기거나 염하는 그런 일을 할 것이고, 그리 되면 메르스는 걷잡을 수 없이 확산될 것이 뻔합니다. 소외된 사람들이 너무 많이 희생될 것입니다."

김정규 전 실장, "레디가카께서는 국격을 올리기 위해 배신을 만들라고 한 것 같습니다."

김구운 국장, "어떻게든 재앙을 미리 막아야 합니다. 치료 방법이 없다면 솔직히 치료제가 없다고 알리고 손 씻기를 강조해야 합니다."

제1번지 BH 소속 최영화, "백신 개발 성공해야만 합니다."

김구운 국장, "인도와 중국 같은 인구 대국을 선도하는 선진국이 되려면, 모든 국민이 지금처럼 대부분 비정규직이거나 장시간 노동에 사로잡혀서는 안 될 것입니다. 즉, 가용 인력의 상향 고용을 이루어내야 비로소 진정한 선진국이 되는 것입니다. 고용 노동 시장을 질적으로 향상시켜야만 합니다. 지금처럼 창살 없는 강제 격리 상태의 경제 구조를 기본소득 보장이나 노동보증 등으로 혁파해서 모든 사람에게 경제적 자유를 준다면 심리적 질병을 크게 줄일 수 있을 것입니다."

박당출 홍보문화국장, "특수한 목적으로 전국의 강제 격리 시설과 병동을 관찰하면서 특히 공개되지 않아야 할 이익이 더욱 큰 부분은 여기서 픽션으로도 다루지 못 했음을 이해해 주시길 바랍니다."

김구운 국장은 고무된 듯이, "레디가카께서 노심초사 오직 나라의 국격을 올리기 위해 고군분투하심을 알고, 여러분들이 함께 가치를 공유해야 할 것입니다."

김정규 전 실장, "우리 'GGW 작전'이 성공하게 되면, 우리나라의 인력시장의 상향고용을 통해 단번에 선진국으로 올라갈 것입니다."

이도훈 원장, "우리나라 의료진이 세계를 이끌게 되어야 합니다."

김구운 국장, "노동시간을 급격한 축소해서 가정에 행복이 가득한 사회를 만들어 줄 것입니다. 레디가카께서 청년실업 해결을 위해 중동에 건설 인력으로 우리의 소중한 젊은이들을 보내려 했습니다. 인도와 중국, 일본, 미국으로 초청받아 한글을 가르치는 한류 전도사들이 되는 축복을 누리게 될 것입니다."

문화국장, "세계인들이 앞 다투어 한국으로 물밀듯 밀려와서 한국의 노인들은 인류의 스승으로 대접받게 될 것입니다. 국민행복이 실현되는 것이지요."

이도훈 원장, "우리 섬성병원 이초용 회장님께서 모든 자금을 지원합니다. 메르스 치료제가 없다는 것은 비밀입니다."

김구운 국장, "치료제가 없으니 '개발해라!' 이 말입니다."

김정규 전 실장, "레디가카께서는 모든 국력을 다 모으고 있습니다."

안전국장, "미국의 CIA와 러시아 KGB 중국의 국가안전부의 첩보전이 치열합니다."

김정규 전 실장, "그래서 우리가 안전부나 국정원 같은 기관을 두고 이런 민간단체를 만들어 GGW 작전을 하는 것입니다."

김구운 국장, "GGW 작전은 사회적 증오가 만연된 피로국가라는 오명을 벗고 축복 국가, 어유롭고 풍요로운 사회로 바꾸는 데 기어해야 합니다."

김정규 전 실장, "배려와 여유로 축복받는 국가가 되어야 선진국입니다."

김구운 국장, "국민 대부분이 비정규직과 실직 위험에 노출된 하우스푸어고, 가계 대출에 의한 가나의 대물림이 계속되는 한 이런 것을 가지고 아무리 쥐어짜봐야 선진국의 모습은 아닙니다. 우리 GGW 작전을 통해 단번에 이런 것을 극복해낼 수 있기를 기대합니다. 피로와 빈곤이 아닌 풍요와 축복을 시민에게 돌려드리기 위해서 GGW(신의 구원) 작전이 꼭 성공해야 합니다."

검찰 감사국장, "지금 레디가카께서는 오직 우리나라의 국격을 향상하는 데 모든 노력을 다하라고 하십니다. 김구운 국장님은 국가의 목표보다는 시민들을 위하는 마음 때문에 우리 프로젝트의 성공에 지장을 줄까 염려됩니다."

김구운 국장은 한심하다는 표정으로 "GGW 작전은 피도 눈물도 없이 시민들을 강제로 격리하는 작전입니다."

이덕 감사국장은 애국심에 북받친 듯이 "나라 사랑 오직 대한민국! 국격의 향상만이 있을 뿐입니다."

김구운 국장, "OECD 국가 내에서 자살률, 노동시간, 이혼율(가정 파괴), 노인 빈곤율, 청년 백수 실업률 등등이 1위 아니면 2위입니다. 일본과 비교해 범죄 전과율이 10배에 이르는 구조적인 문제를 서서히 개량으로 바꾸기 어렵습니다. 이런 제도로 어떻게 선진국이 되겠습니까?"

이도훈 원장, "백신만 조기에 개발하면 선진국으로 올라갑니다."

김구운 국장, "이런 구조를 가진 나라가 선진국이 되면 인류를 멸종시킬지도 모릅니다."

조영선 복지국장, "지금도 나라의 인구가 급격히 줄어들고 있습니다. 그러나 국격만 올리면 선진국이 되는 것입니다."

김구운 국장, "완전히 지금과는 반대되는 상태의 정상적인 나라로 만들어야 합니다. 지금 제도를 거꾸로 해야 정상이 됩니다. 그것이 법치제도의 민주화로, 국민이 스스로 통치하는 자유의 나라로 만들어야 합니다."

　황계안 법무수사 국장, "법치국가란 법에 따라 나라를 다스린다는 뜻입니다. 어쨌든 결과를 보면 메르스를 전파하여 많은 사람이 희생되었다면 그 책임을 형사적으로 물어야 합니다. 우리 법무국이 대한민국의 법입니다."

　행정 안전국장, "이번 메르스를 외국에서 소지하고 들어온 내국인을 엄히 처벌해야 한다는 주장에는 공감합니다. 법을 어기면 당연히 처벌을 받아야 합니다. 최초감염자가 중동에서 돌아와 메르스 증세가 있다고 진료를 요청했다고 합니다."

　법무국장은 한심하다는 듯이, "대책본부는 그 감염자가 다녀온 바레인은 메르스 발병 지역이 아니라고 했다지요? 처음 메르스 발병에 대한 정보를 요청한 날이 18일인데, 확진까지 2일이 허송되었고 이 사이에 이미 상당히 번졌으니 누군가 책임을 지고 감옥에 가야 합니다."

　김구운 국장, "교통 단속정보와 이륜차 골목길 중점 단속 같은 정보를 국민에게 빨리 알려야 합니다. SNS를 통해 신속히 알려야 합니다! 비록 작은 2만 원에서 7만 원 사이의 과태료에 불과하지만… 서민들이 부담하지 않도록 빨리빨리 알려야 돈을 벌어낼 거 아니겠소!"

　권오준 안전국장, "우리가 GGW 작전에 전폭적인 정보를 제공하는 목적은 오직 국격을 올리려는 레디가카님의 명령 때문입니다. 국장님은 계속 이러한 1급 극비 정보를 시민들에게 유포하고자 하고 국격을 올리는 일은 등한시하고 있습니다."

김구운 국장, "서민들 주머니 털어봐야 돈 안 됩니다. 또, 서민들 등가죽 벗겨서 국격 올려서야 되겠습니까?"

모두가 팝송을 부를 때 누군가 홀로 '아리랑'을 부른다고 한다. 이때 이러한 정신 상태를 정상으로 판단할 것인가는 오직 판사의 마음만이 알 수 있다. 이처럼 판단을 할 수 있는 사람은 누구나 '피판자(판단을 받는 사람)'에 대해서 오만을 갖고, 스스로를 신에 경지에 이르렀다고 자부심을 가질 것은 당연하다.

위원회의 고급 간부들은 하나같이 오직 국격을 올리기 위해 수단 방법을 가리지 않고 애국적으로 전 방위 투망식으로 전투에 돌입한 상태였다. 때문에 김구운 국장의 SNS를 활용해 단속 정보를 공개하는 것에 의심의 눈길을 보내고 있었다.

황계안 법무수사국장, "레디가카만 아니라면 김구운 국장을 감방에 쳐 넣어 버리고 싶소."

이도훈 원장, "승진하시려고 모사리(모함) 치시면 안 됩니다. 김구운 국장이 없으면 우린 낙동강 오리알 신세라는 걸 법무수사국장님은 아셔야 합니다."

법무국장은 다음 때를 기다린다는 암투조로 이도훈 원장에게 귀띔한다. "알겠소! GGW 작전이 성공하는 대로 쳐 넣읍시다."

황계안 법무수사국장, "메르스 전파자를 살인죄에 준하는 처벌을 할 수 있을까요?"

권오준 안전국장, "처벌을 해야 하긴 하지만, 이미 초기 전파자가 사망했다면 그 시체를 처벌하기란 현실적으로 어려운 일입니다."

GGW 작전. 즉, Gad Gu Won 프로젝트는 극비리에 매월 유관 기관 담당자 협의회를 진행하여 각종 정보를 공유하고 있었다. 물론 미국과 러시아, 중국 정보기관의 동향을 예의주시하는 토론과 정보 공유도 있었다. 그리고 섬성병원 의료진은 거의 귀가마저 허용되지 않을 정도로 치료제 개발에 전력투구를 하고 있었다. 거의 강제 격리 수준의 업무에 매달린 채 2014년도 흘러가고, 2015년 벽두부터 전 세계 의료진과 정보기관들은 메르스 백신 개발에 매진하고 있었다.

* * *

2015년 3월 1일, Gad Gu Won 대책회의가 열렸다. 이날은 삼일절 행사에 참석하기 위해 요인들이 세종문화회관에 모여 있었다. 그리고 일부는 국립묘지나 국방부 각 기관에서 엄숙히 3·1절 행사를 거행하고 있었다.

3·1절 아침 햇살은 금색 빛깔로 찬연히 잠실벌의 아파트 숲을 비추고 있고, 그 아파트 숲의 창문마다 태극기가 펄럭이고 있었다. 높은 하늘에는 흰 구름이 그 형체를 서둘러 보이려고 흩어지고 뭉치면서 무의미한 산고를 거듭하고 있었다. 이날 남산의 중턱에 모인 각 기관과 시민단체 요인들이 한창 히익를 속개하고 있었다. 히익에는 예정

에 없었던 '로버트 람보' CIA 동아시아 국장과 일본의 차관 '아베 사토'가 참여했다. 아베 사토 차관은 미국 정보기관 CIA 로버트 람보 국장과 절친한 관계를 유지하기 위해 미국이 참여하는 거의 모든 행사에 빠지지 않았다.

아베 사토는 일본을 대표하는 실세로 일본 총리의 신임을 받고 있었고, 일본의 대 한국 정책을 주관하는 지한파로 알려졌었다. 로버트 람보는 미국의 정보 총책임자로 차관급이고 아베 사토는 일본 외교부의 차관으로 김구운 국장과는 오랜 인연이 있는 사이였다.

로버트 람보 국장이 말했다. "미국은 동맹국 군대가 공격받는 경우, 미국을 공격하는 것으로 간주하고 언제든지 상대방을 공격할 것입니다. 적의 공격이 어떤 형태이든 미국은 응전할 것입니다."

아베 사토는 로버트 람보와는 달리 메르스의 침략에 일본과 미국이 동맹국으로서 어떻게 대응해야 할지를 김구운 국장에게 집중 문의하고 있었다. 김구운 국장은 일본이 독도 영유권을 주장하고 일본의 교과서에 이를 명문화함으로써 일본의 아이들이 자라기도 전에 한국과 대결시키는 전쟁광으로 키우고 교육하는 것은 안 된다고 주장했다. 이에 아베 사토는 자신도 한국의 입장에 공감하지만, 한국이란 나라가 무능하다면 일본이 그 대가를 받아내는 것은 당연하지 않느냐고 반문했다. 일본의 입장은 강한 나라에는 약한 모습을, 약한 나라에는 강한 모습을 보여주는 전통 그대로였다.

GGW 본부 남산 별관에서 로버트 람보 국장과 아베 사토 차관은 김구운 국장에게 독도 영유권 문제를 거론했다. 아베 사토는 한국의 영토 자체가 1910년 이후 일본의 영토였고, 그에 따라 독도는 당연히 일본의 영토라는 주장을 했다. 김구운 국장은 한일 합방 자체가 무력에 의한 강압적인 무효라고 주장했다.

아베 사토 차관은 말했다. "당시 당신네 선조들이 혈서를 천황 각하에게 보내며 일본을 위해 한 몸을 바치겠다고 했었습니다. 조선인은 약속을 이행해야 합니다." 이어 흥분한 모습으로 '일본을 위해 견마지로를 다하겠다는 혈서'가 도쿄 국립박물관에 있으니 한번 보여주겠다고 했다.

김구운 국장은 자신의 어깨 아래에 차고 있던 권총을 뽑아서 아베 사토의 머리에 겨누었다. 순간적이었다. "개 같은 아베 사토, 그 말은 취소해라!"

로버트 람보가 말렸다. "한국과 미국, 일본은 동맹국이오!"

로버트 람보의 제지에 하는 수 없이 김구운 국장이 권총을 접으면서 또렷이 말했다. "아베 사토, 분명히 말하지만 너도 강제 격리 시설에 쥐도 새도 모르게 넣어버릴 수 있어! 우리 GGW 작전본부에는 인권 같은 것은 없어!"

로버트 람보가 "한국은 미국의 미사일 방어체계인 사드를 도입하는 결정을 해 주시오!"라고 요청하자 김구운 국장이 단호한 어조로 말했다. "우리는 미국의 무인 항공기 군사용 드론을 위해 사드를 하는 것을 알고 있소!" 아베 사토는 어리둥절한 채 영문을 몰라서 김구운 국장의 눈치만 살피고 있었다.

정부 쪽 관계자들은 오직 국격을 올리기 위한 방법들을 쏟아내며서, 'GGW 작전본부'가 담뱃값 인상과 지하철 등의 공공요금 인상 정보를 사전에 SNS로 공개한 데 불만을 표시했다.

김구운 국장은 이날도 오직 'GGW 작전'에서 하고 있는 백신 개발이 거의 완성 단계에 있으며, 중국과 일본, 인도 같은 우방국이 메르스로 디폴트를 겪을지도 모르기 때문에 국력을 모아서 지원해야 한다고 주장했다. 모든 기관들이 백신 개발에는 찬성하면서 재벌 2세인 섬성병원 이초용 회장은 무엇하고 있느냐고 불만을 토로했다. 이초용 회장은 어떤 지원을 하고 있느냐는 것이다.

회의가 한참 갑론을박하고 있을 때다. "학교 종이 땡땡땡!" 김구운 국장의 스마트폰 음향이 울렸다.

김구운 국장, "네! 레디가카! 세월호 행사 때문에 광화문 광장이 막혀 교통의 소통이 안 된다고요? 세종문화회관 앞에도 진을 치고 있다고요? 빨리 끝내라고요?"

통화를 마친 김구운 국장, "자! 여러분 이것으로 대책회의를 마칩니다."

대책회의를 마친 뒤에도 사람들 사이에서는 많은 이야기들이 오고 갔다.

"만일 메르스가 국내에 유입되면 무조건 모든 언론은…."

"치료제가 없다는 사실을 알려야 합니다."

"손 씻기를 하게 해야 합니다."

"자가 면역력 향상을 하라고 알려야 합니다."

"그리 하면 환자들이 병원을 찾지 않을 것이고, 병원이나 지역이 폐쇄되지 않고도 환자 가족들이 스스로 사망자를 화장을 할 것입니다."

"정부에서 무조건 화장비용을 지원해야 합니다."

이도훈 원장, "백신 개발이 거의 완성 단계입니다."

김구운 국장, "그렇다면 메르스를 키우자는 것입니까?"

좌중이 일순간 술렁거리기가 무섭게 검은 선글라스를 착용한 경호처 요원들이 나타나 하나둘씩 회의 관계자들을 급히 호송하여 사라졌다. 그들은 마지막 만일의 사태 발생 시에는 '손 씻기'를 강조한 대책회의의 내용을 숙지하지 못하였다.

검은 선글라스족들은 투표율 35퍼센트에 득표율 40퍼센트면 전체 유권자의 겨우 14퍼센트를 확보하고 정권을 잡는 족들이다. 이는 86퍼센트의 의견이 무시되는 것으로, 시민들의 무관심 속에 극소수 의견으로 한 대목 챙기는 집권세력을 이상하게 생각해서는 안 되는 것이다. 법조계, 교육계, 관료계, 시민, 상인 등등 모두 차떼기 꾼들이 아닌가? 유독 특정 집단만 나쁘게 봐서는 안 된다. 우리의 사는 모습이다. GGW 작전본부 대책회의를 망친 시위꾼들이나 선글라스 족들이나 매한가지로 김구운 입장에서는 방해꾼들에 불과한 세금족으로 보일 뿐이다.

* * *

여러분이 불시에 강제 격리를 당하게 된다면, 여러분이 어떤 이유로 격리 병동에 수용되면 다음과 같이 알림을 받는다.

"법정 전염예방법으로 격리 또는 정신보건법 제24조 제5항, 제25조 제5항 같은 법 시행령 제24조 제2항 및 같은 법 시행규칙 제14조 제1항, 제15조 제4항에 따라 위와 같이 입원 조치하였기에 알려드립니다. 정신보건법 제29조 제1항 및 같은 법 시행 규칙 제17조 제1항에 따라 시장 군수 또는 구청장에게 퇴원 또는 처우개선을 청구할 수 있음을 알려드립니다."

강제 격리 병원에서 하는 대답은 주로 이렇다.

"치료한 병원 기록을 남기고 싶지 아니하면, 무보험으로 진료를 받는 방법도 있습니다. 그런 건 대학병원이 아닌 일반 로컬에서 선생님과 상담을 하시면 됩니다. 하루라도 빨리 상담하고, 치료를 받으면서 좋아지길 기원합니다."

인권 ZERO 격리 지대

"인권 제로 격리 지대에 오신 걸 환영합니다."

이런 인사를 받고 기분 좋은 사람은 없을 것입니다. 그러나 본인의 의지와는 무관하게 강제로 수용되거나 격리된 사람들의 표정은 참으로 담담하다 못해 인생을 포기한 듯한 절망감까지 느껴집니다. 시설에 강제로 수용되거나 하는 사람들의 이야기는 인터넷을 통해서도 접할 수 있습니다.

'오늘부터 정신 병동에서 입원치료를 받게 됩니다'

원래 아주 건강하고 보통의 평범한 20대 여성이었지만 우울증, 정신분열, 환청, 타인이 본인에 대한 이야기, 욕, 눈초리 등 여러 가지 정신적 질병과 이로 인해 신체적 질병이 발생하여 부모님과 함께 병원 교수님과 상담 후 입원을 결정했습니다.

사실 정신과 의사나 간호사, 보호사 등 정신 병원 직원들은 개인정보를 전혀 노출하지 않습니다.

뇌 손상 또는 정신질환의 중요 원인 중 하나는 인간관계의 설정 차

오입니다. 그러나 의사 선생님도 완전한 해답과 치료의 상태를 확인해 줄 수 없습니다.

세상과 완전히 격리된 전염병 그리고 정신 질환 판정을 받은 사람들에게 어떤 인권이 제공될 수 있는지를 여러분들은 알 수 없습니다. 죽어야만 나올 수 있는 공간이 우리 곁에 있을 수도 있습니다. 누구도 대신할 수 없는 상태가 바로 강제 격리 상태입니다. 메르스뿐만 아니라 앞으로도 수없이 발생할 전염성 질환과 정신 질환으로 인해 강제 격리의 필요성은 더욱 커지고 있습니다. 어쩌면 메르스 사태가 사람들이 격리를 스스로 원하는 모습으로 바꿔 놓는 것도 같습니다. 메르스뿐만 아니라 모든 질병의 치료와 해결은 스스로 해야 한다는 것은 변하지 않는 사실입니다.

* * *

4개 병원의 극비 프로젝트, 2014년 4월 29일.

국내 최고의 바이러스 박사인 이도훈 원장은 GGW 작전에 참여하였다. 중동 메르스 바이러스 및 탄저균, 홍콩독감의 백신 개발이 성공할 것을 확신하고 민관합동대책회의를 성공시켰다. 그 뒤, 정식으로 국내 대형 4개 병원의 협조 하에 비밀 프로젝트를 수행하기 시작했다. 약 2백조 원이 걸린 프로젝트를 성공시켜 한국을 단번에 선진국으로 부상시킨다는 것이 목표였다. 이로써 국민을 완전히 행복하게 만들겠다는 'GGW 작전본부'의 염원을 담아 국내 대형 4개 병원 전문의와 수백 명의 의료진의 사투가 시작됐다.

전 세계의 의료계의 정보를 수집하고 바이러스 전문가들을 국내에 초청하여 새로운 기술을 탐색하기 위한 리셉션과 인터뷰를 진행했다. 그리고 학술회의를 지원하며 세계적 권위자들과 이도훈 원장을 필두로 국내 대형 병원 4개사의 최고 권위자들이 노력하고 연구를 거듭했다.

그리고 그들, 비밀 'GGW 작전'에 참여한 김구운 국장과 이도훈 원장 그리고 제1과장, 제2과장, 제3과장, 제4과장을 비롯한 전문의들은 귀가를 할 수 없는 강제 격리의 강동 섬성병원에 있었기에, 간혹 그 앞에 있는 조그마한 족발집에서 밤늦게까지 소주 한 잔을 하면서 거대한 프로젝트의 압박감을 달래곤 했다. 그런데 족발집 사장은 무엇을 알고 있다는 듯이 항상 웃음 띤 얼굴로 그들을 친절히 맞아 주었는데….(사실은 독일 뮤헨 대학 연구팀의 정보원?)

찬바람이 매섭게 불던 11월의 마지막 날이었다. 다섯 명의 'GGW 작전' 핵심 멤버들은 바로 이날 족발집에 모였다. 밤도 늦은 시간이라 손님이 거의 없는, 새벽에 가까운 3시경이었다. 김구운 국장이 주문을 했다. "여기 왕족발 하나하고 소주 5병 주세요." 이때 4과장이 기침을 약간 했다. 아무래도 요즘 격무 때문인 듯했다. 기다렸다는 듯이 족발집 사장이 말을 걸어 왔다.

족발집 사장, "우리 족발은 다른 집과는 다릅니다."

족발집 종업원, "《잃어버린 대륙》이라는 자료를 보면, 임진왜란 당시 익병들이 독뱀에 물리고 급성 열감기에 호흡이 곤란한 때도 약초로 고쳤다는 기사가 있었습니다."

족발집 사장 부인, "우리 족발은 코브라에 물리거나 홍콩독감, 사스(메르스)에도 효과가 좋습니다. 면역력 향상으로 사람들을 살릴 수 있는 족발입니다."

족발집 사장, "《명량, 왜곡과 진실》이라는 역사 소설에서 말한 시골의 흔하디흔한 달개와 노랑무지, 며느리밥풀 같은 잡초들을 넣어 약이 되는 족발입니다."

제4과장, "사장님, 우리 바쁜 사람들이에요. 빨리 족발하고 이슬이 주이소."

족발집 사장님, "아 네네, 다른 집 족발하고는 다른 족발 대령합니다."

김구운 국장, "세월호 사태로 아주 정쟁이 격해지나 봅니다. 좀 무슨 결과가 나와야 할 텐데…."

이도훈 원장, "글쎄요, 요즘은 전 세계적으로도 연구 성과가 뜸합니다. 그도 그럴 것이 이미 개발할 건 다 했다 이겁니다. 이제 남은 건 매우 어려운 과제뿐입니다."

계속 재채기를 하던 제4과장, "정부가 생각하는 감기란 여간 어려운 질병이 아닙니다. 정말이지 감기란 놈은 백신을 개발해도 또 변종이 생깁니다."

강동 섬성병원 제1과장, "김 국장님 마음은 알지만, 의료계는 혁명 같은 게 없는 분야입니다."

제2과장, "임진왜란 때도 급성 열감기가 있었나 봅니다."

제3과장, "임진왜란 땐 무식하니까 잡풀들을 먹고 그랬는데, 그게 아마 비타민 씨가 있어서 가능한 자연 치유였겠죠?"

김구운 국장은 피로함 때문인지 자리를 일어서며 "이제 그만 합시다. 모두들 격무에 대비 해야죠. 사장님, 여기 얼마죠?"

족발집 사장, "구튼 닭(Guten Tag!)"이라고 인사한다.

제4과장, "주인장, 독일어로 인사를 다 하시네요."

족발집 사장, "아, 그럼요~ 요즈음은 국제화 시대 아닙니까? 구~텐 닭!"

바레인 국제공항, 4월 18일

한국 정부로부터 허가받은 농업 관련 시설물 제작 회사에 근무하는 이이원 상무가 바레인 국제공항에 도착했다. 현지에서 기다리던 사업 관계자 김구운 씨가 반갑게 맞이했다.

"김구운 씨, 반갑소."

"이 상무님, 여기까지 왔는데 바레인 국제공항 확장공사 입찰서 제출 기한이 연장돼서 입찰이 진행 중이라면서요? 국제공항 확장공사는 17만 제곱미터 규모로, 터미널과 격납고, 주차시설 등 인프라 시설과 수화물 처리시설을 새롭게 마련하는 것인데 연장되었다면서요?"

"네, BAC는 프로젝트가 완료된 후에 연간 1천 3백 5십만 명이 국제공항을 이용할 수 있을 것으로 예상하고 있습니다. 입찰 일정은 연장되었습니다."

"이 상무님 괜한 헛걸음 하게 되었군요."

이이원 상무는 바레인 국제공항에 도착한 4월 18일부터 5월 3일까지 외국에 머물렀다. 무역 업무 차 바레인과 사우디아라비아, 아랍에미리트(UAE)를 방문한 뒤 5월 4일, 카타르를 통해 입국했다. 김구운 국장은 본국에 긴급 전화를 걸었다. "입국하고부터 현재까지 이이원 상무는 별다른 증상은 없었습니다." 그러나 이이원 상무는 발열되자 내심 자신이 메르스에 걸린 듯한 느낌이 들었다. 동시에 김구운 국장의 일 년 전 모습이 떠올랐다.

이이원 상무, '대책회의 당시 보안 담당이었던 김구운 국장은 메르스와 탄저균 백신을 개발한다면 약 20조 원의 시장이 형성될 수 있다는 보고를 하는 등 메르스에 관심이 많았죠? 김구운 국장은 국내 대형 병원 원장님들과 메르스의 백신을 개발하면서 중국이나 일본 같은 나라가 메르스에 걸릴 경우, 백신을 최초로 개발해 낸다면 국위를 선양할 수 있다고 말한 적이 있었지요.'

'그런데 내가 메르스에 걸린 게 아닐까?' 이이원 상무는 속으로 걱정을 하고 있었다. 그때 지령을 하달하는 문서가 도착했다. 〈정부의 중대 명령이다. 김구운 국장은 즉각 이이원 상무와 동행하여 귀국하라! 많은 사람과 접촉하지 못하도록 주의 조치하여 출장계획을 취소하도록 의견을 개진하라!〉는 내용의 지령문이었다.

방역 당국과 많은 의료진은 메르스 발생 지역 여행자인 이이원 상무를 추적하고 동태를 살펴야 했다.

김구운 국장, "아무래도 이이원 상무가 메르스에 걸린 것 같습니다. 이이원 씨를 강제 격리해야 합니다."

관계자, "무슨 소리요? 법이 있는데 무슨 법으로 강제 격리를 한다는 말이오? 절대 안 됩니다. 대한민국은 법치국가요. 영장도 없이 격리한다면, 당신이 먼저 구속될 것이오."

메르스가 상륙했다!

　사실상 이이원 상무는 회사와 가족의 동의를 얻은 후 격리 상태에 돌입하여 정밀 판단을 기다리고 있었다. GGW 작전본부는 지난 10개월 전부터 국내의 17개 병동에 음압병실을 설치해 연구를 하고 있었다.

　음압병실이란 공기의 기압차를 이용해 항상 병실 안쪽으로만 공기가 유입되도록 설계된 특수 병실을 말한다. 호흡기 질환인 사스나 플루(인플루엔자), 메르스, 결핵 등 각종 질병에 감염된 환자를 치료하기 위해 만든 병실이다.

　섬성병원과 시당국 역학조사관이 검체 의뢰 사례에 대한 역학조사를 했다. 5월 20일 결과가 나왔다. 국립기관에서 실시한 이이원 상무에 대한 유전자 검사에서 메르스 병원체임을 최초로 확진했다. 이에 이이원 상무를 권고 형태로 설득하여 국가 지정 격리 병상인 섬성 병원 강제 격리 병동에 입원시켰다. 이이원 상무의 접촉한 같은 병인 병실 모 씨이 아내(63세)도 발열 증세를 확인차고 격리 병상에 입원시켰다.

드디어 방역 당국은 위기 경보를 '관심'에서 '주의' 단계로 격상하고 이이원 상무를 국내 첫 메르스 환자로 확정, 국가 중요 지정 입원치료 병상으로 이송하였다. 이이원 씨의 부인을 국내 두 번째 메르스 환자로 확정하고, 같은 병실을 썼던 이모씨도 38도 이상의 고열 증세를 확인하고 서둘러 접촉자 전원에 대한 추적을 개시했다. GGW 작전팀은 긴급 구호 차량으로 이이원 상무와 접촉한 모든 주변인을 격리 조치하기 위해 하나하나 사람들의 신분을 확인하고 접촉하여 잡아들이기 시작했다. 물론 여기에서 입원은 모두 강제 격리를 말한다. 다만 용어의 선택을 순화하기 위해 입원으로 표시한다.

이이원 상무와 접촉한 모든 사람을 우선 격리할 것인가, 아니면 병세를 보이는 사람들만 격리 조치할 것인가를 두고 방역 당국과 관계자들의 고민은 깊어갔다. 그 가운데 언론이 먼저 메르스 감염 여부를 의심하는 기사를 보도하기 시작했다.

김구운 국장, "지금이라도 언론에 메르스 치료제가 없다고 발표해야 합니다."

이도훈 원장, "안 됩니다. 지금 전국에서 돈푼 꽤나 있다는 사람들의 문의가 하루 500건에 달합니다. 우리 섬성병원 응급실은 대만원입니다."

방역 당국 관계자들, "뉴스에 메르스라고 발표를 했네? 메르스라고 하면 안 되는데, 절대 보안을 유지해야 합니다."

이도훈 원장, "메르스 중세입니다."

뉴스의 주 내용은 환자 이송 과정에서 접촉을 최소화하고, 보호구를 착용하며 진료를 하는 등의 병원 내 훈련이 필요하다는 지적이었다. 언론은 메르스에 대한 최신 소식이 업데이트될 때마다 보도를 계속했다.

> "현재까지 의사 6명이 감염됐습니다."
>
> "간호사 12명이 감염 의심을 받고 있습니다."
>
> "방사선사 2명, 응급실 이송요원 1명이 메르스에 감염됐습니다."

김구운 국장, "조류 인플루엔자(독감)와 신종플루(新種)는 치사율이 높지 않다."

인플루엔자의 경우, 사실 다국적 제약사들의 예방약을 먹고 사망한 부작용이 더 많았다. 인플루엔자라는 것은 감기 바이러스를 총칭하는 인플루엔자의 줄임말이다. 수억 년 동안 계절마다 인류가 겪어 왔던 감기이다. 감기도 세월에 따라 메르스, 사스, 홍콩독감 등의 형태로 진화한 것이다. 다만 메르스 바이러스는 지금까지의 종류보다 변이점이 있어 위험성이 있었다. 그럼에도 관련 업계와 의료계는 다른 경제 주체를 고사시키고 그들만이 사상 최대의 흑자를 이루기를 고대하고 있었다.

김구운 국장은 속으로 말했다. '나쁜 녀석들, 천문학적인 주가 수익을 올리고 있군'

시중의 주가 동향은 다국적 제약사들에게 천문학적인 돈을 챙겨주고 있었다.

김구운 국장은 분노한 표정을 애써 참으며 이도훈 원장에게 말했다. "감기는 전 국민 상대로 전염될 수 있습니다. 서민들은 엄청난 병원 외래 진료비로 살림살이가 더욱 어려워지고, 유리지갑이 될 것입니다."

그리고 혼잣말로 중얼거린다. '글로벌 다국적 제약회사와 의료 재벌은 더욱더 비대해지고 번영을 누리는 게 이 나라의 국민 행복이란 말인가?'

김구운 국장은 이내 머리를 흔들면서, "안돼! 중산층을 빈민으로 만들자는 것인가?" 외쳤다.

사람에 따라서 메르스는 사스(조류독감), 홍콩독감만큼 몸살을 앓을 수 있지만, 반면 건강한 사람에게는 일반 계절 감기보다 더 싱겁게 지나간다. 그러나 사망자가 나오게 되면 제약사와 병원의 진료비는 엄청나게 불어나고 서민들 지갑은 빠듯해지는 것이다. 메르스 환자를 일반 병실에 격리할 경우, 음압 시설이 없고 배기구에 헤파필터(미세한 세균 먼지를 제거할 수 있는 정화 장치)가 없다면 환자 가족이나 의사, 심지어 병문안을 온 방문자들이 전염될 수 있었다.

이이원 상무와 접촉한 환자가 백령도, 자월도를 들른 사실을 확인했다. 쾌속 함정인 중형 군함은 이른 새벽 인천항을 출발했다. 북한 1군단 김격식이 도발해서 포격으로 파괴된 상흔이 남아 있는 백령초교를 살펴보고, 이후 자월도에 잠깐 내려서 야트막한 분지의 모래를 채

취한 후 다시 서해의 공해 부근까지 나가서 남쪽으로 전력질주한 후 평택항을 향하여 빠르게 이동했다. 서해안의 파도는 끝이 않으며 넘실거리고 간혹 중국 어선들이 공해에 집단으로 모여 있는 모습도 보였다.

이런 공해에서는 일반 스마트폰은 기지국이 없어 무용지물이 된다. 모든 교신을 함정에 마련된 위성 전화로 주고받는 사이에 저만치 평택 항구가 나타났다. 아직은 조성된지 얼마 안 된 새로운 항구답게 안중, 만호의 항구도시는 수줍은 듯이 보일락 말락 했다. 멀리 삽교천이 나무젓가락 두 개를 놓은 것처럼 점점이 나타나는 평택의 모습은 평화 그 자체였다.

긴급히 쾌속선을 달려온 탓일까? 김구운 국장이 평택의 통복시장에 들어섰을 때는 무인도에 온 듯이 인적이 끊어진 허전한 모습이었다. 시장 이곳저곳에 좌판에 놓였던 생선이랑 산나물, 잡동사니만 덩그렇게 있고 시장은 한산했다. 시장 안은 생선 냄새뿐이고 정작 사람의 냄새가 사라진 모습이다. 어쩌다 보이는 사람들은 마스크를 하고 있다. 죽음의 도시처럼 사람들이 사라진 시장이다. 이곳이 사람이 살아가는 냄새가 없는 곳이 되었다는 불길한 생각에 김구운 국장은 서둘러 평택의 섬성병원으로 향했다.

* * *

메르스 주요일지

2015년 5월 20일, 첫 번째 환자 A(68세)가 발생했다. 메르스(MERS) 확진 환자가 25명으로 늘었다. 6번째 환자와 25번째 환자는 치료 도중 숨졌다. 첫 번째 환자와 접촉하지 않은 3차 감염자가 발생했다.

2015년 4월 18일부터 5월 3일까지 바레인 외 사우디아라비아와 아랍에미리트(UAE)를 방문한 사람이 감염으로 추정되는 고열로 병원을 방문했다. 내원을 통해 최초 감염 사실을 확인했다.

5월 20일, 섬성종합병원 역학조사에서 메르스 병원체로 확진됐다. 메르스를 '주의관심 경보'에서 '주의경보'로 격상하고 국내 첫 메르스 환자로 확진된 이는 입원치료 병상으로 이송했다.

5월 21일, 국내 세 번째 메르스 환자와 밀접 접촉한 것으로 의심되는 가족 및 의료진 64명의 전원 격리 조치를 실시했다.

6월 1일, 7명 추가 감염자를 확인했다. 25번째 환자는 유전자 검사 도중에 사망했다. 격리 치료 중이던 환자도 결국 사망했다.

GGW 작전본부는 평택항 섬성병원에 입원한, 메르스 확진 판정이 내려진 환자를 추격하고 있었다. 그러나 이미 이러한 사실이 언론에 보도되어 평택의 통복시장에는 인적이 끊기고 평택 섬성병원도 기피 병원으로 인식되어 있었다. 메르스를 몸속에 품고서 중국으로 도망가려다 공항에서 출국이 금지되자 두려움을 느낀 환자는 응급 이송단이 출동한 것을 눈치 채고 죄수가 탈옥을 하듯이 줄행랑을 친 것이다.

김구운 국장, "메르스 치료제가 없다고 공표합시다. 그리하면 환자들이 몰리지 않을 것이오."

이도훈 원장, "빨리 백신을 만들어 내시오!"

안전국장, "한국의 메르스 사태로 중국 국제항공은 한국행 여행객이 급격히 줄면서 토요일(6월 13일)부터 베이징과 인천 간 노선의 운항 편수를 줄이기 시작했습니다."

윤만세 외교국장, "사태를 관망하던 일본과 러시아도 모든 공항과 항구에 한국인에 대해서 검역 조치를 강화하고 있습니다."

문화국장, "여름 여행 성수기를 앞두고 내려진 이번 조치는 오는 8월 말까지 이어질 추세로 한국으로서는 상당한 타격이 예상됩니다. 우리 관광지 망하게 생겼습니다."

제1번지 BH 소속이자 김구운 국장의 후배인 최영화는 엄숙하게 레디가카의 엄명을 전달했다. "단 한 명의 국민이라도 메르스에 걸린다면 절대 용서를 못합니다. 알아서 하세요."

6월 18일 열린 의원총회의 주요내용에 따르면, 새부리당 김무생 대표가 "고추장, 김치 많이 먹은 우리 민족들 전부 메르스보다 무서웠던 사스도 극복했습니다. 여러분, 메르스는 반드시 극복할 수 있습니다."라고 했다고 한다.

제1번지 BH 소속 최영화, "김구운 선배, 도대체 8개월간 한 성과가 뭡니까?"

김구운 국장, "…그게 다 이초용인가 뭔가 하는 재벌 2세 때문에…"

최영화, "선배님, 지금껏 8개월간 쓴 비용이 얼마인지 압니까? 그게 다 국민의 피 같은 세금이라고요! 레디가카님께서 하라고 한 국격 올리기, 백신 개발 성적표 이리 내놔 봐요! GGW 작전본부가 지금껏 레디가카님을 배신하고 1급 정보를 시중에 공개한 것을 모르고 있는 줄 아십니까? 선배님, 백신을 개발했으면 용서하려고 했습니다. 지금 미국 CIA 관계자와 러시아 KGB 관계자들이 모두 서울에 있는 이유를 설명해드려야 합니까?"

제1번지 BH 소속 최영화는 매우 섭섭하다는 투로 몰아붙였다. "양파나 고추장 따위로 어물쩍 넘어가려고 하지 마세요. GGW 작전본부가 전권을 행사해서 백신 개발에 실패한다면 레디가카님의 명예에 치명타를 입힌 책임을 져야 합니다."

김구운 국장, "아직 포기하기에는 이르네. 정말 미안해."

제1번지 BH 소속 최영화, "이게 '미안해'라는 말로 될 일입니까?"

김구운 국장은 볼멘 목소리로, "동묘 벼룩시장에 인파가 없더군."

제1번지 BH 소속 최영화, "동묘 벼룩시장이나 돌아다니고. 백신 개발은 언제 한답니까?"

이도훈 원장, "미안하오. 거의 완성 단계요. 레디가카님께 조금만 시간을 달라고 하시오."

제1번지 BH 소속 최영화, "전격적으로 발표하여 국민 불안을 잠재울 수 있도록 해 주시오."

제1번지 BH 소속 최영화는 GGW 작전본부 사람들에게 단단히 이야기하고는 긴급히 돌아갔다. 멍하니 실의에 빠진 김구운 국장은 혼잣말로 중얼거린다. "확실히 고추장은 건강에 좋은 식품이고 김치 또한 좋은 것 같군요." 그리고 속으로 생각한다. '동묘 벼룩시장을 방문해서 순창 고추장을 구매했다. 동묘 벼룩시장이 메르스 여파로 한산했고, 무안 양파가 메르스에 좋다는 소문으로 해결되었고, 또 고추장을 구매해서 퍼먹고 나니 힘이 솟는다는 주장들로 고추장이 매진되고 있다. 다 좋은 소식 아닌가 말이다.'

이도훈 원장, "모든 병은 결국 암으로 연결되고 이는 죽음의 한 모습이기도 합니다."

김구운 국장, "메르스로 외국인 관광객들이 줄줄이 방한을 취소하기 시작했습니다. 방한 예정이었던 대만 관광객 1천 3백여 명이 전격적으로 예약을 취소했습니다. 입국 예정된 중국인 관광객 3백여 명도 패키지여행을 전격 취소했다고 합니다."

방역 관계자, "로이터와 BBC, CNN 등 주요 외신들도 이 소식을 긴급 타전했고 중국, 홍콩, 대만 등의 언론이 연일 메르스 사태를 대서특필하면서 한국이 여행 위험국가로 인식되고 있습니다."

여행 관계자, "항공사, 백화점, 유통업계, 요식업계 등 관련 업계들에도 초비상이 걸렸습니다."

언론기자, "증권사 보고서에서 중국 관광객이 10퍼센트 감소할 경우 1조 5천억 원에 달하는 국내 소비 위축 효과가 있을 것으로 전망하기도 했습니다."

김구운 국장, "현시점이 여름 최대 성수기에 진입하고 있고, 한국이 유일하게 메르스 위험국으로 인식되고 있습니다. 게다가 최근 엔화

약세의 힘으로 부상하고 있는 일본 때문에 우리나라가 큰 타격을 입을까 걱정됩니다."

외교국장, "중국에서 출발하는 유람선 관광은 첫 기착지를 한국 인천이나 부산이 아닌 일본으로 변경하고 있는 상황입니다. 중국 정부는 '한국 여행하는 자국민에게 잠재적인 위험을 경계하라'고 당부했습니다."

김구운 국장, "우리가 메르스 백신을 개발해서 중국을 구제해 주려고 했는데…. 오! 메르스여, 너무합니다."

김구운 국장은 하늘을 쳐다보면서 망연자실한 표정으로 말했다. "메르스 확산을 어떻게든 막아야 한다. 모든 수단을 이용해 메르스 환자를 강제 격리하고 차단하라!"

GGW 작전본부는 확진자 격리에 동분서주의 심정으로 기다렸다. 초조함이 더해가는 순간, 시당국의 보건지소 주사가 퉁명스럽게 말했다. "우리는 상부로부터 명령이 없어 아무것도 협조할 게 없습니다."

안전국장. "정부 고위 공무원들의 의견은 일단 메르스가 발생한 것을 피해 연수 목적으로 중국이나 인도로 관광을 나가자는 의견이 대다수입니다."

이도훈 원장, "메르스는 신종플루와 다르게 백신도 예방약도 없습니다. 따라서 걸리면 그냥 스스로 견뎌서 이겨 내거나 바이러스에 의해 사망할 수밖에 없습니다."

제4과장은 엄숙한 저승사자가 된 듯이 엄숙한 표정으로, "메르스 치사율은 40퍼센트로 10명이 걸리면 4명은 죽는 병으로 알려졌습니

다. 아주 무시무시한 병이기에 정부는 '낙타고기 먹지 마라, 낙타유 먹지 마라'는 주의를 내보내고 있습니다."

김구운 국장, "메르스에 치료약이 없기 때문에 국민 스스로 개인위생에 신경 쓰도록 치료약이 없다고 발표해야 합니다."

이도훈 원장, "안 됩니다. 우리 섬성병원의 기술로 백신을 곧 발표할 것입니다."

김구운 국장, "자주 손을 씻고 사람 많은 곳에 가지 않는 것이 최우선입니다."

이도훈 원장과 제1, 2, 3, 4과장 그리고 대책회의 관계자들은 김구운 국장의 '메르스에 치료법이 없다는 사실을 알리자'는 주장을 거듭 반대하고 오직 국격을 올리기 위해 백신 개발에 매진하기로 결정했다. 섬성병원 이도훈 원장과 국내 최고의 의료진들을 설득하여 지난 2014년 4월부터 민관합동 'GGW 프로젝트팀'을 꾸려서 연구 개발에 매진했지만, 실제 메르스가 발병한 시점까지도 성과를 내지 못하고 있었다.

늑골 장군

유년기의 추억 이야기를 해 볼까 한다. 아직 세상을 알아가던 시절이었다. 형제가 모두 나와 친구인 집이 있었다. 나는 그 집으로 자주 놀러 가곤 했다. 어느 날 저녁, 그 친구들 집에서 굿거리장단을 요란하게 하고 있었다. 왜 굿을 하는지는 몰랐다. 양초와 향을 많이 피운 후, 친구 아버지가 굿을 하고 무속인에게 복채를 내면서 끊임없이 무언가를 빌었다. 왜 굿을 하는지 당시는 몰랐다. 그냥 제사 음식을 나누어 먹고 놀다 오는 것이다.

또 다른 날 친구 집에 놀러 갔는데, 그 친구들 엄마가 좀 이상한 모습을 보였다. 우물가에서 낫과 두레박을 공중에 휘이휘이 돌리는 것이다. 그리고 무언가를 많이 중얼거렸다. 나는 귀를 쫑긋 세워 들으려고 했으나 끝내 이해하는 데 실패했다. 무슨 삼국지나 수호지의 대사 같았다.

다른 또래친구들은 그 집에 가지 않았다. 나는 오히려 그 이상한 대사를 이해하려고 자주 갔었다. 친구 형제는 엄마를 윽박질러 구석방에 가두어 두었다. 특히나 내가 놀러 가는 날엔, 더욱 자신의 어머니를 구박하며 비밀을 수호하려고 했다.

그러나 이내 이런 비밀 유지는 탄로나고 말았다. 그 어머니가 내 이름을 불렀기 때문이다. 이제 그 집은 동네 아이들은 아무도 놀러 가지 않는 집이 됐다. 친구 엄마가 때로는 흉기나 낫, 심지어 곡괭이를 들고 행인들을 위협하기도 해서 동네 사람들은 그 집 부근을 얼씬하지 않았다. 나는 친구 엄마와 대화를 이어갔다. 헛소리를 많이 해도 나를 알아봤다. 동네 사람들은 친구 엄마가 미친 것이라고들 했다.

어느 날 아이들이 모두 모여 들판을 뛰어다녔다. 나도 아이들이 있는 곳으로 움직였다. 그곳에는 한 시간에 한 번쯤 머리를 돌리는 그런 아줌마가 있었다. 아이들은 돌팔매질을 하며 깔깔거렸다. 나는 아이들이 돌팔매질을 못 하게 말렸다. 친구 엄마와 같은 병에 걸린 것을 알았기 때문이다.

한 시간에 한 번쯤 어느 일정한 방향으로 머리를 돌리는 그런 병이었다. 농악대가 돌리는 놀이처럼 머리를 돌리는 아줌마를 보고 너무 안타까웠다. 하지만 혼자서 다수의 아이들을 막아내지 못했다. 사람이 병들면 저렇게 되나 하는 생각이 들었다. 왜 나는 아이들과 생각이 다를까? 친구 엄마도 그런 병이 있다는 데서 슬픈 생각이 들었다. 왜 사람들은 병이 들까?

수년이 흐른 뒤, 친구 엄마는 끝내 병을 고치지 못하고 광적인 모습을 보였다. 온몸이 묶여서 발광했다. 그것은 처절한 짐승의 모습, 그것과 흡사했다. 풀어달리는 광적인 고함과 몸부림 뒤에 끝내 죽었다.

친한 친구의 엄마가 낫을 휘두르고 미쳐갔으며, 그 집 동생이 어릴 때부터 낫을 휘둘렀다. 나는 어릴 때부터 면도칼처럼 날카로운 낫을 피해야 했다. 때로는 다리 사이와 목 그리고 머리 위로 '씨~횡~' 하는 바람을 가르는 낫 휘두르는 소리!

그래서 동리의 나의 친구들은 나를 '늑골 장군'이라 불렀다. 친구네 낫 휘두름을 막아내는 나를 누구나 '늑골 장군'이라 불렀다. 내가 세상에 나온 날은 기억하지 못하지만, 친구 엄마가 뛰어다닌 눈빛은 기억한다. 그 엄마가 먼저 나고 내가 나고, 네가 뒤따라 지옥에서 따라왔으리라!

인간의 정신은 무엇인가? 어쩌면 인간에게도 동물의 본능이 잠재되어 있으리라. 인간이라는 생각을 잊어버린 그때부터 동물로 돌아간 것으로 생각했다. 병이 없는 세상을 만들 수는 없을까? 모두가 행복한 세상은 없을까? 나는 항상 그런 생각을 했다.

나는 엄청난 사람들을 구속해야 하는 악마의 부름을 받았다. 인간이 하나의 사회적 흉기로 변했을 때, 그 사회를 지키기 위해서는 어떻게 해야 할까? 메르스 같은 전염병을 마구 퍼뜨리려고 일부러 돌아다닌 사람, 그리고 제도 속에서 부패와 비리를 조장하는 무전유죄 유전무죄의 장사치들이 전혀 다르지 않은 사회적 고통을 만드는 것이다. 전자는 강제 격리가 가능하지만, 후자는 어떤 방법이 있는 것인가? 얼마나 많은 사람들이 유전무죄로 억울하게 자유를 박탈당하고 억장이 무너지겠나….

공안 조작 사건 중, 본인 사후 70년 만에 재심을 통해 억울함을 풀어준 경우가 있다. 그러나 일반 형사 사건이나 강제 격리의 사건은 영원히 재심이 없다. 그렇다고 그것이 정의는 아니다. 그리고 어떤 경우에도 피해자들이 사멸한다고 진실이 바뀌는 것은 더욱 아니다. 진실은 영원한 시간 속에서 진실로서 존재할 뿐이다. 아무리 거짓과 유전무죄 같은 부패가 판을 쳐도 진실은 영원히 진실로서 존재할 뿐이다.

승리는 정의인가? 인간이 하나의 흉기로 변한 때, 그의 정신 상태를 관찰해서 강제 격리를 하는 치료만이 능사가 아니다. 전체 사회의 건강화, 건실화를 생각해야 할 것이다.

질환으로 강제 격리된 사람들은 누구도 자신의 격리를 원하지 않는다. 특히 강압과 폭행 같은 물리력이 강제 격리 집단에 가해지면 이들은 분명히 반응을 보인다. 또 다른 폭력이나 이상행동과 자살 또는 자해가 만연한다.

이들은 어떻게 보면 인간 이하라고 쉽게 말할 수도 있겠고, 인간이 아니라고 주장할 수도 있다. 그러나 이 사람들은 절대적 사회의 편견과 증오로 버림받았음에도 희망을 바라고 외치고 절규하고 있다. 세상의 모든 폭력은 결국 폭력으로 나타난다. 오직 사랑과 배려, 용서와 이해만이 이 세상을 아름답게 만들 수 있다. 폭력의 도미노, 증오의 도미노라 말할 수 있다.

* * *

제1과장, "남편 병간호를 하다 메르스에 감염됐답니다."

이도훈 원장, "감염될 위험성이 있는데도 극진히 남편을 간병한 것 때문에 메르스에 감염돼 사망했습니다."

이 사건은 언론에도 보도됐다.

기자, "KBS 뉴스입니다. 사망한 83세의 환자는 음압병실에 치료 중 숨졌습니다. 고령의 남편과 함께 사망했다고 합니다. 섬성병원 음압병실에서 메르스 바이러스로 부부가 함께 사망한 것입니다."

이도훈 원장, "화장시설 이용료는 전액 정부가 지원한다는 방침입니다."

기자, "이도훈 원장님, 김구운 국장에 대해서 아시는 대로 한 말씀 부탁합니다."

이도훈 원장, "우연히 전염병을 둘러싼 미국 정보기관과 일본, 중국, 독일, 러시아 정보기관의 음모에 휘말리면서 시민운동가의 면모를 버리고 전염병 테러 집단과 맞서게 된 것입니다."

평택 섬성병원 1번 환자는 병원 지하, 병원 밖 슈퍼까지 나다니면서 다수와 접촉했다. 1번 환자는 간호사들에게 주사를 맞고 엉덩이 욕창을 드레싱 받기도 했다. 이런 사실이 외부에 알려지면 평택 지역 경제가 마비되고 병원은 폐쇄될 수 있기에, 병원은 자진 폐쇄를 결정했다. 그러나 이미 소문에 따라 평택의 시장은 철시하고, 인적은 끊어지고 말았다.

1910년대 발생한 만주 흑사병 때처럼 잘못 환자를 이송하여 철도가 끊어지게 해서는 안 됐다. GGW 작전본부는 가능한 함정을 이용해 환자를 이송함으로써 시민 불안을 최소화하는 데 중점을 두고 최선을 다했지만, 이미 평택과 제주도, 흑산도는 주민들 중에서 메르스 환자가 발생했다는 정보가 퍼졌다. 때문에 환자를 피하려는 많은 사람들이 해외로 마구 튀어 나가려 하고 있었다.

미국을 비롯한 유럽 각국과 중국은 이미 흑사병을 겪은 바 있는 나라들로, 한국 여행객의 입국을 전면 차단하고 자국민 보호를 위해 긴장했다. 돈푼 꽤 있던 부자들도 해외 입국이 거절되자 불안한 노약자들은 인근 도시로 빠져나가기 시작했다. 한마디로 핵전쟁의 그것처럼 도시는 텅 비고 사람들은 철도나 대중교통이 끊어지기 전에 메르스 발생 도시를 빠져 나가고자 안간힘을 다하고 있었다. 살려고 몸부림치고 있었다.

GGW 작전본부 쾌속선은 메르스 도망자들을 잡아 강제 격리하기 위해서 평택 항을 출발했다. 군산의 해망항으로 입항하여 군산 시내 노래방에 있던 환자를 잡아 배에 태우고, 노을이 지는 군산항을 벗어나 남으로 항해를 거듭했다. 오월의 햇살에도 푸른 바다에는 찬기가 그치지 않았고, 바다 곳곳에는 해파리들이 군무를 추고 있었다.

김구운 국장 일행의 마음은 급하기만 하다. 확진자가 더 많은 환자를 만들기 때문에 빨리 검거해야 한다. 전염병인 메르스가 통제 불능의 상태로 들어가기 전에 어떻게든 잡아야만 한다. 메르스 환자가 흑신도에 입항했다는 무전이 들어왔다. GGW 작전본부의 쾌속선은 속도를 냈다.

"메르스 도망자 이놈! 잡히기만 해 봐!"

김구운 국장은 이빨을 깨물면서 제주도민의 안전을 위해서 도망간 확진자를 추호도 용서할 수 없다고 다짐하고 또 다짐하며 제주로 향했다. 목포를 떠난 쾌속선은 진도 명량해협을 빠져나갔다. GGW 작전본부의 쾌속 격리호는 잠깐 진도 서망항에 정박했다. 김구운 국장 일행은 서망항의 남단 절벽 위에서 어둠이 걷히는 바다를 바라보았다.

남도산성이 좌청룡이요. 남십자성 아래 용장산성이 우청룡이 되어 감싼다. 허무하게 죽어간 사람들의 고혼의 눈물은 흩어져도 들려오는 파도 소리에 영원하니 찰나의 슬픔은 목젖에 걸터앉는다. 서망항 바위 언덕에서 바라본 바다는 온통 검은 커튼에 가려진 것처럼 캄캄하다. 간혹 파도 소리 속에 물방울이 부슬비처럼 얼굴을 내려친다.

남도산성을 북쪽으로 서망항 남단 바다(맹골수로)는 바다와 하늘을 칠흑같이 가느란 은빛 은하가 어둠 속에 바다와 하늘의 경계를 보여준다. 눈을 돌려 팽나무가 와자한 팽목항을 돌아보니 생명과 죽음 그리고 모든 영혼을 위로하고 있다. 나를 둘러싼 바다와 남도산성의 산맥이 모두 움직이는 듯하다. 마치 파도가 살은 듯하고, 하늘의 은하가 휘감으니 우주가 살아있는 듯하다.

보라! 파도 속에 물고기 때가 아침을 찾아 뛰어오르지 않는가? 와이셔츠 앞주머니의 축축한 수첩에 은하의 모습을 옮겨 적고픈 생각이 너무 부끄럽구나!

해가 져서 캄캄한 진도의 바다는 검은 커튼을 내렸듯이 캄캄한 칠흑의 바다에 적막감만이 맴돈다. 맹골수로의 성난 물소리도 울돌목의 물소리도, 조개구이 동심도 고요한 적막에 갇혔다. 볼펜과 축축해진 수첩을 움켜잡으니 문득 멍게가 불현듯 생각난다.

"멍게는 자신의 뇌를 먹어치워서 고통을 알지 못하게 한다."

그대는 무슨 꿈을 꾸는가? 칠흑 같은 어둠의 커튼이 걷어지면, 아침은 올 것인가?

진도에서 도주한 메르스 확진자를 포박한 GGW 작전본부 요원들과 함께 쾌속정으로 이송 작전에 돌입했다. 쾌속선은 칠흑 같은 밤을 이용해 흑산도로 향했다. 몇몇 무인도를 지나치며 한참을 진도를 뒤로 하고 달렸던가? 멀리 보이는 국제여객선이 맹골수로 때문인지 뒤집어질듯이 바벨탑처럼 기울어진 모습이 인상적이다. 먼 동녘의 활활 타는 듯한 바다의 검붉은 일출과 황홀한 빛이 비치면서 파도가 넘실거린다. 그 아래는 뒤죽박죽으로 흔들리는 거센 물살 맹골수로가 사이사이 세월호를 삼켰듯이 시간을 삼키고 있다.

"어서 흑산도로 가자!"

흑산도의 메르스 확진자를 빨리 잡아야 한다. 모든 사람이 흥미진진해 할 정도로 완벽한 왜곡의 시나리오가 있다고 해도 왜곡은 이정표가 아니다. 전 국민이 환호해도 이정표는 더욱 아니며, 타이타닉의 최후를 기다리는 심정에 불과하다. 많은 사람이 함께 공유해야 할 진실이 그렇지 못하다고 포기하고 내버려 둘 수 없는 것이다. 왜냐면 진실만이 이정표가 될 수 있으므로, 모든 사람이 왜곡을 흥미진진해 하더라도 누군가는 진실을 발견하고 알려야 한다. 이러한 이유로 메르스 감염자들의 제2차, 3차 감염을 신속히 차단하기 위한 GGW 작전 본부의 계획은 불가피한 것이었다.

김구운 국장의 머릿속엔 최영화 후배가 한 말이 또렷해졌다. '단 한 명의 국민이라도 메르스에 걸린다면 절대 용서를 못합니다'

공해로 나아가서 전속력으로 달리는 쾌속선의 바람이 갈매기들의 평화를 한 순간에 가르고 집채처럼 커다란 파도들을 하염없이 부수면서 쾌속선은 날듯이 흑산도로 향하고 있었다. 바다 곳곳에는 파도만이 넘실거리고 있었다. 원시의 바다의 모습을 그대로 간직한 파도의 모습이 때로는 "쾅! 쾅!" 소리가 포탄이 뱃전을 때리는 듯하다.

드디어 제주에 도착하고 문제의 환자를 바로 격리 조치했다. 메르스를 몸속에 품고서 중국으로 도망가려다 공항에서 출국이 금지되자 두려움을 느낀 환자는 응급 이송단이 출동한 낌새를 눈치 채자, 제주행 비행기를 타고 제주도를 W자 모양으로 휘젓고 다녔다. 죄수가 탈옥하듯이 도망을 다닌 것이다. 그러나 GGW 작전본부의 끈질긴 추격 덕분에 그는 얌전히 포박되어 격리 조치되었다.

김구운 국장은 노기 띤 얼굴로 환자를 심문했다. "아름다운 제주가 메르스 하치장인가?"

제주를 휘젓고 다닌 메르스 감염자는 서귀포의 한 노래방에서 노래를 부르다가 강제 격리반원들에 의해 포박됐다. 그는 "죽고 싶소. 그러나 혼자 죽기는 싫었소!"라고 외쳤다. 사실 강제 격리반도, 김구운 국장도 제주 메르스 환자의 메르스 전파에 살인미수죄를 적용하는 것은 무리라는 생각을 하고 있었다.

GGW 작전

"동해물과 백두산이 마르고 닳도록 하느님이 보호하사 우리나라 만세."

김영진 제4과장, "의료진이 다 격리 상태로 들어갔기 때문에 메르스 환자가 사망한다면 우리 의료진도 희생됩니다."

이도훈 원장, "우리 병원이 격리 병상을 운영하기 때문에 메르스 환자가 조만간 올 것입니다. 이때 모든 노력으로 백신을 개발해내야 합니다."

그의 의견에 병원 의료진은 아무도 이의를 제기하지 않았다.

사우디아라비아에서 메르스 환자가 대거 나오고, 치사율이 40퍼센트를 웃돌았다는 정보를 들은 김구운 국장은 민관합동의 범 메르스 신종 감염병 대응 체계 구축을 위한 전담팀에게 '최선을 다할 것'을 요청했다.

김구운 국장, "국제화 시대에 국가 간 교류가 빈번한 상황에서 해외 신종 전염병은 반드시 인도와 중국 같은 거대 인구 집단에 먼저 올 것이다.”

　이도훈 원장, “우리나라가 반드시 치료제를 만들자고 거듭 다짐했다.”

　김구운 국장, “세계 대전이 발발할 경우에 핵전쟁보다는 세균전이 될 가능성이 아주 큽니다.”

　이도훈 원장, “탄저균과 메르스 백신 개발에 성공하겠습니다. 의료는 우리 분야입니다. 미래에 세균전이 될 것이라는 불안이 전파된다면 엄청난 재앙을 불러올 소지가 많습니다.”

　히포크라테스의 살신성인 희생과 봉사 정신으로 환자와 마주한 의사와 간호사도 사람인지라 사실 메르스가 무섭다. 방역 당국의 관계자들도 두렵기는 매한가지다.

격리 병동 일지

모든 격리(입원)가 강압적으로 이루어진다고 할 수는 없다. 하지만 강제 격리(입원)는 사회를 위해서나 개인을 위해서 실제로 필요할 수 있다. 국가인권위원회 결정문, 법원의 판결, 정신병원 입원 경험이 있는 사람들의 진술 등을 종합해 보면, 실제로 강제 격리 대상자로 지정되면 우리 법 제도 안에서 구제 수단이 없다는 주장도 사실에 가깝다.

강제 격리는 '응급 이송단'이라는 차량을 이용해 이루어지는데, 때로는 강제 격리 대상자가 저항을 심하게 하다 직원들에게 폭행을 당하기도 한다. 응급차량은 강제 격리 대상자를 포박하여 이동한다. 심지어 수백 킬로미터를 이동하는 경우도 있다. 강제 격리 대상자는 좁은 자동차 안에서 온몸이 묶여 있거나 제압당한 채 있어야 하지만, 누구도 경험하기 전에는 그 고통을 알지 못한다.

응급차량이 강제 격리 병원에 도착하면, 병원 직원들이 나와서 사람을 인수인계한다. 그 과정에서 사람은 하나의 숫자에 불과하다. 강제 격리 대상자는 신체검사를 받고, 일방적으로 환자라고 진단 당한다.

강제 격리 병동(기타 특수 음압병실)

"누구도 왜 끌려왔는지 묻지 않습니다."

"전문의가 잠시 면담합니다."

"아무리 나는 정상+이라고 외쳐도 누구도 듣지 않습니다."

"나는 멀쩡하다고 주장하거나 무어라 주절거려도 상관없습니다."

 저항을 단념하고 차분하게 있으면 강제 격리 병동에서 주는 입원서류에 사인하고 폐쇄된 병실로 보내진다. 강제로 제압되어 끌려온 사람이라 놀라거나 두려움에 소리를 지르고, 혹은 저항할 기세를 보이면 전문의는 격리, 강박을 지시할 수 있다.

 이번에 중국으로 도망가려던 메르스 의심 환자를 응급 이송단 구급차가 출동해 공항 화장실에서 잡았다.

 제 3과장은 "그 환자는 평생 판결문만 알던 평범한 직장인이었다."고 말했다. 잡혀온 환자는 "내가 누군지 아느냐!"며 고함을 지르고 거듭 저항했다. 김구운 국장은 "전직 판사 나부랭이구먼! 말로는 안 되겠군! 중국으로 도망가려고 했지요?"라며 압박했다.

 평소 얼마나 나쁜 짓을 했으면 이런 고통을 받을까? 큰 소리가 저 멀리까지 들릴 정도였다. 그러나 들은 채 만 채 실험실로 직행했다. 얼마나 오만한 생각에 잠겨 있었겠나? 자신이 세상의 판단자라는 착각과 환상 속에서 생활해 온 오만한 생각이 그의 얼굴에 가득했었겠지? 그러나 그는 지금 한없이 초라한 모습의 강제 격리 상태에 있다. 때론 죽도록 두들겨 맞는 것과 같은 고통이 매 순간 함께하는 곳에 격리되어 있다.

환자는 강하게 거부하는 몸짓으로 "아닙니다. 제주도 관광을 했습니다. 중국으로 출장을 가려는 사람을 도망자 취급을 하고 있어요? 메르스 덤터기 씌우기는 중국 시민들의 험한 분위기 때문이 아닌가요? 대한민국이라는 국가의 국격이 이것인가요?"라고 외쳤다. 김구운 국장은 병동 관계자에게 긴급 지시를 내린다. "병상 침대에 개구리 자세로 4포인트 알티(RT) 하세요." 김구운 국장은 중국으로 도망가려다 여의치 않자 제주도 공항을 종횡무진하며 메르스를 유포한 환자를 살인미수범으로 취급하듯이 포박했다.

환자는 힘에 압도되어 꼼작 못하고 개구리 자세로 포박 당했다. 강제로 바지춤을 내리자, 꼼작 못하는 자세에서 저항도 약해졌다. 간호사는 아주 상냥한 목소리로 말했다.

"자! 코끼리 주사입니다."

"안 돼!"

외마디 소리와 함께 큼직한 주삿바늘이 도망자의 엉덩이에 꽂히자 환자는 서서히 스러져 간다. 환자의 육신은 마루타처럼 서서히 늘어지고 있었다. 코끼리 주사가 잠시 병동에 평화를 줬다. 아니 평택, 흑산도, 그리고 제주도와 한국 사회에 평화를 주고 있는 것은 확실했다. 강제 격리자의 장기나 신체 일부라 해도 이미 자신의 것은 아닌 셈이다.

인간이 살아있다는 것은 정신을 다잡고 몸부림치는 것이다. 조개를 냄비에 넣고 삶으면, 입을 꽉 다물고 있던 조개가 죽으면서 입을 헤벌리고 내용물을 놓아 버린다. 이처럼 인간이 자신의 정체성을 상실한다면, 그 상태는 곧 죽음과 무엇이 다를 것인가?

정신보건법 제46조는 치료가 필요한 환자가 자신과 다른 사람을 해칠 수 있을 때 환자를 보호실이라 불리는 독방에 격리하거나 온몸을 묶는 강박이 가능하도록 규정해 놨다. 환자가 잡혀서 포박된 채로 끌려와서 독방에 격리되어 온몸이 묶인 상황에서도 계속 저항하면 강제로 약물을 투여한다. 이 약물은 안정제인데, 환자들 사이에서는 일명 '코끼리 주사'로 불린다.

이도훈 원장, "환자는 병원에서 '내가 메르스에 걸렸다'는 사실을 알리겠다며 소란을 피우다가 응급 구조단에 체포되어 이송된 환자입니다."

김구운 국장, "이 환자가 이력이 확인되어 제주도민들을 공포로 몰아넣었으나 다행히 제주에서 이송, 강제 격리로 사회가 안전해졌습니다."

이도훈 원장, "이 환자와 접촉했던 43명이 자가 격리를 하고, 접촉했을 것으로 의심되는 179명이 감시 대상자로 정해져 명단이 넘어왔습니다. 계속 저항할 기미가 보이면 보호사나 간호사가 화장실도 보내지 않는 벌칙을 가하세요."

안전국장, "제주 메르스 감염자가 '호텔 민라'에 투숙했다는 사실을 통보했는데, '호텔 민라'는 영업을 잠정 중단했습니다."

김구운 국장, "메르스 전국 확산에 대한 GGW 대책회의 분석 결과, 국민의 인식은 초기 '걱정' 단계를 지나 자신과 가족에 대한 '감염 우려'로 심각한 심리적 변화가 나타나고 있습니다. 빨리 백신이 성공해야 합니다."

이도훈 원장, "이삼 일 이내에 성공을 발표할 수 있습니다."

김구운 국장, "이삼 일… 48시간 이내란 말씀이죠?"

김영진 제4과장, "네, 이틀 이내입니다."

메르스는 더욱더 확산되는 추세였다. 전국은 일시에 혼란에 빠져들었고 확진자 수는 주춤했지만, 수도권에서는 사망자가 계속 나오고 있었다. 수도권과 가까운 항구도시는 소문이 흉흉하고, 평택 시장은 인적이 끊어졌다. 그리고 좋은 병원이 몰려있는 강남에 메르스 공포가 확산되기 시작했다. 전국의 고열 환자들이 구급차에 실려 강남 섬성병원 응급실로 속속 들어오고 있지만, 살아서 나간 사람은 아주 일부에 불과하다. 이러다간 이 나라의 경제 수도인 강남이 먼저 무너질 것 같다.

이도훈 원장, "그룹 이초용 회장님이 병원을 자진 폐쇄하라고 했습니다."

김영진 제4과장, "메르스로 인해 전국의 병원들의 폐쇄가 이어지고 있습니다."

안전국장, "부산시 메르스 상황실 팀장의 자살 소식이 있습니다. 부산시 메르스 상황실 팀장인 김소연(남, 55세) 씨가 북구 등산로 인근에서 목을 매달아 스스로 자살했습니다."

김구운 국장, "부산 지역으로의 메르스 진입 및 확산 방지를 위해 고군분투하다 메르스 유입이 발표되자 심한 자책감을 느껴 스스로 자살을 선택했나요? 종로 안전지부장님, 무슨 일이 있어도 서울 도심

종로에 메르스가 유입되는 것은 막아야 합니다."

종로 안전지부장, "네! 알겠습니다만, 그게 방법이 없어서요."

김구운 국장, "그렇지요? 손 씻기를 권하세요. 그게 최선입니다."

강제 격리자는 퇴원심사청구, 인신구제청구 등으로 구제받을 기회가 있다. 또한 다른 기타 제도도 있다. 변호사를 선임하기도 하고, 수사기관에 고발이나 고소를 하기도 한다. 하지만 그 법으로 격리에서 해제되는 비율은 거의 한 자릿수도 안 된다는 것이 엄연한 사실이다. 여전히 90퍼센트가 넘는 사람들이 국가의 필요성에 따라 강제 격리를 당하고 있는 것이다.

한마디로, 여러분 역시 재수가 없으면 당할 수 있는 일이다. 길을 가다가 교통위반 딱지를 떼거나 보행 위반으로 벌금이나 과태료가 부과되는 것처럼 당하는 경우도 없다고는 못할 것이다. 그런데 한 번 들어가면 경우에 따라서는 영원히 나오지 못할 수도 있다. 이 나라의 법과 제도가 가하는 폭력과 감금 상태다.

이미 말한 바 있듯이 공안 조작 사건 중, 본인 사후 70년 만에 억울함이 밝혀져 재심을 받아준 경우가 있다. 하지만 일반 사건은 영원히 재심을 해 주지 않는 경우가 많다. 이것이 우리 제도의 모습이다. 때로는 극단적으로 유전무죄 장사라고도 한다. 얼마나 많은 사람이 유전무죄로 억울하게 자유를 박탈당했을까! 억장이 무너질 것이다. 모든 억울한 일이 없어지기를 바란다.

강제 격리 일지를 찬찬히 살펴보기로 하자(참고로 날짜는 임의로 표시한 것이며, 사실과는 무관하다. 사실감을 주기 위해 날짜를 표시한 것이다).

✛ "너 자신을 알라!", 2014년 7월 5일

김구운 국장은 찬찬히 강제 격리 환자들의 상태를 관찰하기로 한다. 김구운 국장의 머릿속 기억이 또렷해졌다. '단 한 명의 국민이라도 메르스에 걸린다면 절대 용서 안 합니다'

이때 오영승 환자가 공중전화에 대고 사정조로 말하는 소리가 들린다. "자식 두 놈이 없는 셈 치고 나를 사망신고 해 달라! 마, 산속으로 들어가련다."

'이 양반이 땅속으로 들어가야 사망신고가 가능한 게 우리나라 법인 걸 모른단 말인가? 전과가 없는 걸 보니 백수로 생활했을 가능성이 크다. 집에 배때기 깔고 드러누워 다른 이에게 리모컨 가져다 달라고 할 방콕 인생이 분명하군' 하고 김구운 국장이 생각할 즈음 관리자의 소리가 들렸다.

"전화 끊으란 말이야."

'그나우티 세아우톤(너 자신을 알라)!' 델포이의 아폴로 신전(탈레스)에 새겨진 글이다. 이를 소크라테스가 교육하면서 인용하여 유명해졌다. 모든 인간은 때가 되면 죽어야 하는 사실을 분명하게 자각하라는 뜻이다. 모든 인간에게 영원한 명제다. 인간은 누구나 죽는다.

✛ 2014년 8월 5일

강제 격리 병동에 수용된 사람들에게 병동 관리자들이 머리를 감을 것을 지시한다. 그러나 누구도 쉽게 응하지 않았다. 여기 이렇게 따뜻한 물이 펑펑 나오는데 꺼레 머리를 감지 않으니, 집에서는 오죽하겠나? 머리 감으라는 것은 제 몸 깨끗이 하라는 건데 저래 씻지 않으니… 병이란 놈이 얼씨구나 하겠지?

"저 속옷 좀 봐!"

사람의 정신은 최소한 24시간을 관찰해야 한다. 특정한 시간마다 다른 행동을 보일 수 있다. 김영환 환자는 심장 수술 이후 매 시간 단위로 똑같은 질문을 반복적으로 한다. 최영순 환자는 교통사고로 뇌 일부를 잘라냈는데, 그 후유증으로 기존의 기억력을 상실하고 매 시간마다 똑같은 질문을 한다. 즉, 뇌 수술 환자와 심장 수술 환자는 같은 치매 증세와 기억력 상실을 보인다.

살아만 있을 뿐, 이는 식물인간이나 마찬가지다. 인격적인 사회생활이 불가능하고 주변 상황과 도무지 소통하지 못하고 이해하지 못한다. 이는 생물학적으로 살아 있을 뿐 인격적 인간은 아니다. 살아 있을 때 많이 소통하고 남의 말을 많이 들어야 한다.

✚ 환자가 잡혀왔다, 2014년 8월 5일

15:00 입원 김영신(남, 41세, 자영업), 김영일(남, 45세, 무직), 이영봉(남, 54세), 심영웅(남, 61세), 현영철(남, 67세), 조영래(남, 73세, 무직), 장영조(남, 93세), 김영민 201호, 김영규 202호 배방 완료.

면회 이영봉.

입원 윤영찬 302호 배방 완료.

입원 이영철, 이영주, 김영환, 김영태, 김영승, 김영창, 유영상….

새로이 많은 환자가 입원했다. 아니 잡혀 왔다고 해야 더 옳은 말일 것이다. 그들은 영문도 모른 채 강제 격리된 것이다. 불안하고 초조한 모습이었다. 잡혀 올 때 폭행이나 강압이 있었는지 알 수 없지만, 입원 당시 환자 중 몇몇은 구타나 저항의 흔적이 있었다. 병원 직원들은 신속하게 상처 부위를 치료해 주고 있다.

수용자들은 간단한 혈액검사, 소변검사를 비롯한 신체검사를 마치고 각방으로 배방됐다. 환자 의복으로 착용한 이후 밤이 깊었다. 시간은 0시를 지나고 있다. 모두 수면제나 코끼리 주사로 인해 자신을 상실한 상태의 정말 깊고도 깊은 밤이다.

그러나 병동의 굳게 잠긴 철장 문 앞에는 짐 보따리를 껴안은 채 집으로 가겠다는 환자가 있다. 항상 한두 명씩 있는 불침번이다. 또 걸리적거리는군! 병동 관리자에게 치워버리라고 지시한다. 환자가 "환자도 말할 수 있게 해 주세요!"라고 외치는 소리를 듣고 김구운 국장은 '피식' 자신도 모르게 웃었다.

"환자도 말하게 해 달라고? 어디다. 왜 필요한데?"

영문도 모르는 채 강제 격리된 환자들의 눈빛에는 무엇인가 말하고 싶은 것들이 담겨 있다. 주로 이런 내용들이겠지. 나는 70억 저택을 가지고 있다, 나는 아파트를 소유하고 있다, 나를 집에만 보내 주면 큰돈을 보상하겠다 등.

김구운 국장은 매우 격분된 어조로 말한다. "여기가 서초동 골목으로 보이냐고요?" 그리고 환자에게 강제 격리와 함께 법적인 권리 능력이 제한된다는 사실을 알려 준다.

환자, "그러면 어떻게 되나요?"

김구운 국장, "법정 대리인이 모든 권한을 행사합니다. 당신은 인격적으로 살아있는 시체와 같은 것이란 말이오! 돈을 얼마든지 드릴 테니 내보내만 주세요!라니 무슨 말도 안 되는 소리를."

✚ 뒤척이는 모습, 3월 3일 화요일

조영래, 병실 침상에 앉으셨다 누우셨다 함, 뒤척이는 모습 관찰되심. 식사하다가 E-P+가 지나가며 건드리자 중얼중얼 욕을 하심. 기분, 행동 obs-.

중국의 개방으로 돈을 번 신흥 부유층의 자제들이 한국의 대학으로 많이 유학하러 오고 있다. 그들은 한국의 시골에서 정착하여 귀농하려는 게 아니다. 수도권의 대학을 선호하는 이들은 중국으로 돌아가서 한중의 무역에 종사하게 될 자원들이다. 그런데 지방 대학에서 공부해서는 인재의 활용이 어렵다. 졸업장 장사에 불과할 것이다.

한국과 중국은 이웃 나라이고 지금 중국의 지도층을 이루는 만주족 약 2천만 명과는 역사적으로 형제간이다. 그런데 중국은 탈북자들을 잡아서 북송하고 있다. 중국의 지도부는 그들이 한국인과 형제간이라는 사실을 알고나 있을까? 만주의 누르하치가 중국을 지배할 때는 1백만에 불과한 민족이었기에 조선에서 50만 명의 노비를 보내주었고, 그들이 중국을 지배하고 통치해 왔다. 그들이 지금 2천만 명에 이르고 있다.

중국이 인도적인 시각에 눈뜨기를 희망하면서, 한국과 중국이 형제

국가로서 또는 수천 년 이웃으로 동맹한 나라로서 인권 의식과 인도주의적인 부분의 발전을 기다려야만 하는 것인가?

격리자 전원에게 면도기 제공, 전기면도기 개인지급 여부 확인했음.

김영규 보행기 사용권유 거부. 빨리 죽고 싶은 것인가?

심영음, 23:50 김영규 쇼핑백 짐 들고 집에 간다고 나옴. 00:50에도 똑같은 행동 반복함. 20~30분 간격으로 왔다 갔다 함. 수면을 취하지 못함.

절망에 빠진 심영음은 계속 하나님에게 기도를 큰소리로 하고 있다. 김영규는 부처님에게 기도하고 있다. '나무아미타불'이란 소리가 들린다. 심영음 환자는 자신이 죽을지도 모른다고 생각해서 외치고 있는 것 같다.

"누구를 위한 국민연금이냐? 출생률이 반절이고 오늘, 내일 일도 모르는데 몇 십 년 후에 준다니~ 가입하고 싶은 사람들만 가입시켜라! 모든 연금을 폐지하고 국민연금 하나로 통합해야 한다."

고대 그리스의 살레누스의 신화에는 이런 말이 있다. '인간은 태어나지 않는 것이 최선이고 차선은 일찍 죽는 것이다' 모든 사람은 늙어가고 마침내는 병들어 죽어 없어지는 것이다. 그런 인간이 고통에서 해방되기를 갈구했고 많은 의약품을 만들었다.

예전에 선조들은 전쟁이 나면 적을 만나 죽을 자리를 찾아 용맹하게 전사를 선택했다. 어차피 죽어야 하는 전쟁이라면 잘 죽는 것을 선택한 것이다. 메르스가 발병하여 무한대로 확장되지 않도록 감염원을 차단하고 격리하는 것은 중요하다. 사회나 집단, 심지어 이웃을 위해서도 강제 격리가 꼭 필요한 것이다.

'단 한 명의 국민이라도 메르스에 걸린다면 절대 용서 안 합니다'라는 말이 기억 속에, 죽기 전에 하는 말은 진실이란 생각이 또렷해진다.

✛ 이도훈 원장님 병동 회진, 3월 5일 목요일

김구운 국장, "오늘부터 모든 의료기관에 '메르스 감시를 위한 방문자 전원의 체온을 체크하라'는 지침을 내려 보내시오! 중요 기관에서도 체온 열 감시를 실시하도록 해 주시오!"

이도훈 원장, "도대체 누가 이런 명령과 지시를 하는 것입니까? 이 병원의 원장인 나는 비전문가인 당신들의 지시에 따를 수 없습니다. 우리 의료진은 당신들의 지시를 분명히 거부합니다. 불만이 있다면 법으로 해 주시오."

김구운 국장은 강제 격리 환자들과 이야기를 나누고, 환자들이 그토록 말하고 싶다는 부분을 독자들에게 들려주고자 한다. 이양식 환자의 이야기를 듣기로 한다. 김구운 국장과 대면한 이양식 환자는 전직 경찰 고위공무원 출신이다. 앉자마자 대뜸 질문을 한다.

"제 부인의 내연남은 키가 큽니까? 동거를 하는 것 같습니다."

김구운 국장은 불시의 질문에 놀랐지만, "무슨 말이든지 좋으니 이양식 환자님 하고 싶은 말을 하세요. 마음 놓고 말하세요. 괜찮습니다."라고 다독인다. 이양식 환자는 질문을 이어갔다.

"나를 강제 격리 시설에 수용한 것을 보아 아내에게 내연의 남자가 있는 게 분명합니다. 국장님, 꼭 내연남을 만나게 해주십시오."

김구운 국장, "이양식 님은 밖에 나갈 수 없습니다. 따라서 부인의 내연남을 만날 수는 없습니다."

이양식 환자, "죽기 전에 꼭 만나서 하고 싶은 이야기가 있습니다. 아내를 잘 부탁한다고 말하고 싶습니다. 제 아내 모르게 만나게 해 주시면 더욱 좋겠습니다. 내연남과 단둘이면 더욱 좋겠습니다."

이양식 환자는 옛날 일이 생각나는 듯이 눈물을 흘리면서 기억을 더듬어 말을 이어갔다.

"아마 몇 년 전이지요. 아내가 수영장에 갔다가 어떤 남자에게 성폭행을 당했다고 했습니다. 그땐 그를 알지 못했어요. 아내에게 고소하자고 했었지만, 제가 경찰관을 한 경험으로 보아 우리 법이 농간이 심해 더욱 고민만 했습니다. 그리고 그를 찾고자 수소문도 하고 수영장도 가곤 했는데 찾지를 못했어요. 그러다가 남자가 집사람 핸드폰으로 협박 문자를 보낸다는 사실을 알았어요. 아내에게 전화번호를 가르쳐 달라고 요구했는데, 번번히 거절당하고 결국 연락처를 가르쳐 주질 않았습니다.

밤 12시에 아내에게 문자를 보내고, 그리고 새벽 3시에 문자를 두 달간 보냈어요. 새벽에 문자가 오는데 보여 달라니깐 삭제를 해버리고 보여주질 않았어요. 그래서 경찰관 지구대에 맡겨둔 공기총을 준비했는데, 기회를 놓쳤어요. 하루는 새벽에 아내가 동네 슈퍼에 가길래 모르게 따라갔는데도 잡지를 못했어요. 결국, 제가 강제 격리 병원에 수용 되었습니다.

제가 경찰관 출신입니다. 지금 이렇게 갇히게 될 줄은 몰랐습니다. 국장님이 저보다는 법을 모르실 것입니다. 경찰관 조사할 때에 남편 있는 여자가 바람을 피우는 것은 불륜이라고 합니다. 남편이 없는 여자가 바람 피우는 것은 내연남이라고 합니다."

김구운 국장은 지친 상태였다.

"이양식 환자님, 지금은 간통죄도 없어졌습니다. 그리고 그만큼 했으면 이제 그만 합시다. 어쨌거나 서로 좋으면 붙어살면 되고 연애도 하면 되는 것이지요. 싫어지면 찢어지면 되는 거 아닙니까?

세상이 법으로 혼인을 강제하고, 재산을 나누기 위해서, 상속받기 위해서, 자원을 차지하기 위한 것이 결혼 제도 아닙니까? 우리 법이 말하는 법정 혼인제도도 인간의 사랑을 가지고 세상의 재산을 차지하기 위해 있는 것입니다. 요즘 젊은이들 보세요. 이제 그런 생각 마시고 부인을 놓아주세요. 어차피 이양식 환자님은 죽을 것인데 말입니다. 내연남을 만나서 뭐하자는 것입니까? 이상 오늘 상담은 이것으로 끝입니다."

✚ 세균이 인간의 생각을 지배한다, 3월 6일 금요일

김영민 배방, 김영규 병실 낙상.

일이 안 풀리면 가족 탓, 남 탓을 아주 징글징글하게 합니다. 술을 마시면 혼잣말을 심하게 합니다. 술을 마시고 폭력이 나옵니다. 주취 폭력이시요. 유리를 깨거나 탁사를 두드린나든가 아주 증오심을 보이는데 걱정됩니다.

산천초목 들판에 잡초 하나에서 곰팡이, 지렁이에 이르는 모든 생명체가 종횡으로 끼리끼리 연결되어 생존하고 있다. 인간이라고 세균과 무엇이 다를 것인가? 바이러스나 세균 없이 인간은 살아갈 수 없다. 세상에 존재하는 세균과 바이러스가 생명의 생산과 소멸에 관계하고, 인간의 감정과 뇌의 정신까지도 조절하고 있다. 이런 바이러스와 세균이 인류와 공생을 해온 것이다.

그러나 메르스는 자신의 숙주인 인간을 살육하는 상태로 변이된 종류이다. 이놈과의 싸움이다. 인간 뇌의 도파민, 세로토닌 아드레날린 분자는 신경세포 신호전달 물질로서 억제, 차단 목적을 달성하는 물질임에도 스스로 생각할 수 있는 능력이 없다. 인간의 사회활동은 무의식의 비중이 이성보다 훨씬 광범위하다. 이성과 규율, 진화론의 강한 존재와 약자 자연도태의 질서…. 더욱더 큰 무의식의 세계가 세상을 움직이고 있기에 세상에 약자도 존재하는 것이다.

김구운 국장은 데카르트의 한 구절을 떠올렸다. '내가 누구인지, 무엇을 안다는 것인가? 그곳(생각)에 내가 있다. 안다는 것은 내 머릿속의 상념에 투영된 것에 불과하기 때문이다' 피식 웃음이 나왔다. 인생이란 무엇인지 몰라도 돈 그거 별 거 아니더라. 지위, 명예 그거 별 거 아니다. 늙으면 돈도 명예도 지위도 다 소용없다. 마지막으로 우리 아이들에게 날개를 달아주는 사회를 만들어야 한다는 생각을 했다.

가족의 환자에 대한 진술과 본인 진술은 중요 부분이다.

"초등학교 때부터 스트레스를 받으면 자해를 했습니다. 기분 변화가 너무 심하고 정말 기준이 안 좋은 날엔 죽고 싶은 생각을 끊임없이

하게 돼요."

"조울증 같기도 하고 우울증 같기도 해요. 스트레스 받을 땐 다 부수고 소리를 막 지르고 싶어요."

"학교에서 따돌림 당하고 선생님이 면박을 주는 것도 아닌데요, 학교 다니기가 너무 힘들고 시도 때도 없이 눈물이 나요. 중학교에 가니 더욱 힘들다는 것이고요."

✚ 일회용 면도기의 소중함, 3월 8일 일요일

전체 일회용 면도기 지급.

김영규 보호자 전화 수신 후, 집에서 전화 오면 꼭 바꿔 주고 자기는 비참하며 인간답게 살고 싶다고 함(흥분상태로 보임).

이양식, 경찰에 신고하여 경찰이 집에 출동함. 주의 후 조치 요망.

이 나라가 대체 어디로 가고 있는가? 나침반이나 있는 것일까? 컨트롤 타워는 있는 것일까? 국민이 주인인 나라가 맞는 것일까? 어떻게 살란 말인가? 메르스 치료제는 만들 수 있을까? 아직도 미련을 버릴 수 없다.

✚ 3일 9일 월요일

이양식(경찰관으로 평생 근무 후 퇴직하여 연금 생활자임) 부인, 원장님 면담.

김구운 국장은 대책회의에서 주제 넘는 발표를 말했다.

"이국 노동자들은 한국에 코리안 드림 달러를 빼먹다 불리하면 자기 나라로 돌아가면 그만입니다! 우리 한국 내 이웃, 형제자매들은 죽으나 사나 이 땅에서 살아가야 합니다! 우리는 탄저균과 메르스, 사스, 기타 핵폭탄 문제까지 모든 사고와 사건의 상처를 안고 살아가야 합니다! 한해 약 50조 원이 유출되고 있고, 수천억 원이 유출되고 있습니다! 노동보증제도로 인력의 상향 고용을 해야 합니다."

그리고 노동보증보험을 만들고 '기본소득보장'까지 외쳐온 김구운 국장은 애타는 목소리로 말했다.

"메르스 경제 피해는 내 이웃의 피눈물입니다! 한국의 의료진 여러분, 이도훈 박사님. 꼭 메르스 백신을 세계 최초로 개발해 주십시오."

✚ 이양식 전화 사용 거절, 3월 10일 화요일

맨 정신일 때는 가만히 앉아서 멍을 때리다가도 혼잣말을 하곤 합니다. 엄마는 동생 때문에 잠을 하루도 편히 잘 수가 없을 정도고 폭력성 때문에 가슴이 떨려서 살 수 없는 정도라고 합니다. 참고로 예전에 정신병원 상담을 받은 적 있어서 다시 한 번 가보자고 해도 싫다고 치료를 거부하는 중입니다. 아파트 주민들도 혼잣말을 하는 동생이 무섭다고 민원을 넣는데 입원시켜야 하나요?

가족이 심리치료를 받자고 해서 병원에는 가보고 싶은데요. 기록이 남고 비싸고 그런 것 때문에 고민입니다. 20대 초반부터 우울증이 있었는데 요즘 심해졌습니다. 약 10년째 취직을 하지 않고, 담뱃값도 부모님께 타 씁니다. 가끔은 일용직 아르바이트로 돈 벌러 가기도 하는데, 뭐 하는 일마다 한 달을 못 버티고 술 마시고 깽판 부리다 잘리기 일쑤입니다.

이양식 님, 새벽 4시 약효 떨어져 거동 불편하니 특별히 그때 잘 보살펴 주길 보호자가 특별히 부탁했다.

이영호 환자가 끝내 자살을 선택했다. 아마도 자신은 안락사를 선택했다고 생각했으리라.

이들의 절대적 갑질인 판단 처분권(피판자의 운명 결정권은 신과 같다)은 어디서 나온 것일까? 판단자들의 엄청난 자부심과 오만과 독선 그 자체는 인간의 범죄와 다를 것이 없다. 이러한 오만과 독선이 우리 사회에 엄청난 범죄자를 양산하고 파탄자를 만들며, 엄청난 세수를 증가시킨다고 한다.

김구운 국장, "이것은 바로 식민지 지배 시절의 식민지배국을 위한 애국심이다. 일본 범죄율의 열 배가 넘는 범죄율을 만들어 유랑민으로 만들어 만주로 내몰아 유민화(불량선인)시키던 역사적 왜곡의 유산이다."

역사적 왜곡의 유산이 바로 오만한 독선을 가능하게 하는 절대적 판단과 처분권이다. 이러한 처분이 권력인 사회가 그 안에서 살고 있는 피지배자들에게는 바로 피로사회인 것이고, 창살 없는 감옥과 같으므로 자살을 선택하는 것이다.

김구운 국장, "자살이 범람하는 사회적 타살. 즉, 살인 면허를 획득하는 게 하나의 오만한 독선인, 위임받지 않은 권력이다."

김구운 국장은 잠깐 속으로 이런 생각을 했다. 시민들은 이러한 위임받지 않은, 타살 같은 오만과 독선의 처분권을 향유하는 권력자를 추앙하고 맹신한다. 그러며 몸과 마음을 스스로 바치길 애걸하는 것으로 보인다. 정신이든 육체든 건강할 때 스스로 지키지 못하면 건강함을 유지하지 못하는 것이다. 이것은 사실, 기만과 부정부패가 사회 전체의 정의가 된 사회이다. 이러한 사회에서 바른 소리를 하는 사람은 곧 정신병자인 셈이다. 그러니 비정상과 정상의 대칭이 뒤바뀐 세상에서 강제 격리의 병동에 수용되어야 할 사람은 바로 오만과 독선에 빠진, 선량한 사람들을 파탄시키고 범죄자로 낙인찍는 판단자인 우리 'GGW 작전을 지휘하는 멤버들'인 셈이다.

방대한 나라나 대규모의 조직 집단들, 연합체, 동맹체가 경쟁적으로 병렬 구조로 혼재되어 존립할 때, 이러한 조직들을 움직일 수 있는 컨트롤 타워 없이는 아무것도 할 수 없다. 그런데 컨트롤 타워 역할을 해야 할 집단이나 인력(정신)이 오만과 독선에 빠져 있다면, 일반인들이 느끼는 심정은 어떨까? 판단과 해결책 자체를 가지고 있지 않는 즉, 강제 격리 대상자들이 컨트롤 타워라면 불행이 아닐 수 없다!

✚ 가족 진술입니다. 3월 12일 목요일

강영식(남, 59세) 즉시 303호 배방.

강영식 가족 진술입니다.

"오늘 또 새벽에 손목을 소주병으로 자해해서 응급실에서 연락이 와서 지금 치료 중입니다. 퇴원 후 나와서 엄마한테 해코지할까봐 무섭습니다."

홍영원(여, 41세) 식물나라 비누 분실.

격리 병원 관리자, "이영길 님, 거히는 법에 따리 강제 격리 대상자로 결정되었습니다. 핸드폰과 라이터 그리고 의복과 혁대, 볼펜은 위험물로 간주되어 압수하여 보관합니다. 물컵과 치약, 칫솔, 세수비누, 휴지는 격리 대상자 부담입니다. 필요하시면 구매를 신청하실 수 있습니다."

이영길, "네. 아무것도 없으니 챙겨 주십시오."

격리 병원 관리자, "신청하신 휴지가 나왔으니 여기 사인 하십시오!"

이영길은 한참 볼펜을 들고 미적거려 보지만 별 수 없자 사인했다.

세균은 오염원을 청소하고 영양 물질을 나누는 역할을 한다. 메르스나 탄저균의 역할도 크게 세균의 그것에서 벗어나지 않는다. 그러나 초보운전자가 처음 운전할 때 두려워하듯이 사람들도 메르스와 처음 맞닥뜨리는 것이기에 두려워하고 있다. 인간 사회가 신분의 벽을 쌓아 나누지 않고 자신을 지키려 하듯이 메르스 바이러스도 자신을 지키려 하는 변이가 생긴 것으로 보인다.

김영승, 식은땀. 병동 왔다 갔다 함. 구경하는 모습을 보이심.

김영승이 중얼거렸다.

"도둑들이 이 땅을 차지하게 해 주고, 서민에게는 면도날 대응을 하는 사법부! 사법을 집행하는 자들의 '유전무죄' 인식이 착한 사람을 가난하게 만드는 모든 불의의 원천이다. 보편적 사법 민주화가 정의다."

심영승, 가족에게 전화. 남배 보내날라고 함.

이영동 보호자(부인) 오셔서 얼굴 피하며 간호사에게 Helf. 이야기하고 돌아감.

이양식, 전화 후 집에 보내 달라고 행패부림.

강영식과 장영조 2차례 싸움.

장영조, 혈압 체크 BP158/98 −90이 나와 혈압이 높게 나왔다고 하자, "높은 게 좋은 거."라고 말함. 다 좋다고 함. 점심 투약 중에는 병원 직원에게 "아버님 잘 계시냐."고 함.

안영식, 침상에 누워 뒤척이다 간호사에게 "저, 술 냄새나요? 조금밖에 안 먹었는데요."라고 말함.

'도둑놈!' 이양식의 주머니를 뒤짐. 이양식이 "전화카드 훔쳐갔다면 도둑놈이다!"라고 외쳐서 우리가 뒤져보니 이양식의 주머니에 전화카드가 있었음. 수억 원의 아파트 두 채를 소유한 이양식의 전화카드에 대한 탐욕을 봄.

✚ 최고의 선택, 3월 17일 화요일

민주주의 사회는 일반 시민들이 논쟁과 여론을 통해 차선과 차악을 선택하는 시스템이다. 사법고시와 같은 고급 관료제는 최선을 선택하는 제도다. 최선이라 선택 받은 자들의 '우리가 남이냐'라는 최고의 선택이 민주주의를 억압한다.

대륙 조선의 혼을 위해 만주 땅과 인도 땅, 그리고 엘도라도를 찾기 위해 고군분투하는 사람들. 아틀란티스보다 더 큰 잊어버린 대륙을 찾기 위해 고군분투하는 사람들. 잃어버린 대륙은 언제나 되찾을지? 과연 잃어버린 대륙을 찾기ㅏ 할 수 있을지 궁금하다.

김구운 국장은 속으로 생각했다. '과태료니 벌금이니 단속에 걸어서 세수를 증대해서는 안 된다. 모든 국가 수입은 국민의 잘못을 추궁하면서 징수해서는 안 되는 것이다. 국민이 잘못했으니 벌금을 내야 한다는 것은 모두 없애야 한다. 국가를 위해 장발장이 되는 것은 없애야 한다. 국가에 돈이 필요하다면 능력에 맞게끔 직접세로 징수해야 한다는 생각이 든다.

내가 병들어 강제 격리되었다고 생각하지 않고, 못나서 격리되었다고 여기며 자기 학대를 하고 있다. 어릴 때부터 학교에서 서로를 따돌리고. 사회가 짜고 치는 고스톱이 관습법이라서 그런지 사람이 병들면 죽어야 한다는 사실도 알지 못하는 듯하다. 격리 자체를 하나의 형벌로 받아들이고 자신이 못났다고 생각하는 것이다.

사람은 누구나 병들고 죽는다. 당연한 진실을 거부하고 몸부림치고 있다. 편하게 강제 격리의 운명을 받아들이지 않고 자신이 못났느니 하는 그런 게 죽음 앞에 무슨 의미가 있을까? 이왕 죽는다면 편하게 운명을 받아들이면 좋겠다. 잘나고, 신분이 있고, 지위가 있어도 병마와 죽음 앞에서 그런 것은 아무런 소용이 없다'

강제 격리자들의 이력을 죽 훑어본다. 이거 기록을 보니 한 놈도 인간 같은 놈이 없어 보인다. 파렴치에다 사기꾼, 과태료가 덕지덕지 또는 벌금 전과자들이다. 관계 기관에서 부쳐온 진술과 쪽지를 보면, 죽어도 전혀 억울할 게 없는 인간 군상으로 보인다.

정말 깨끗한 인간은 없는 것인가? 천연기념물이란 말인가? 그들 하나하나는 모두 착하고 선한데 어쩌다 저리들 됐나? 가슴이 아파진다.

속이 쓰리다. 이 땅에 살아가는 죄구나! 우리 아이들이 자라서 이래서는 안 되는데, 누굴 탓하랴!

우리 법전과 괴변에는 사필귀정 같은 게 없어 보인다. 모든 인간은 태어날 때는 선하게 태어나지만, 사회 환경에 따라서 두 가지 종류의 사람이 된단다. 좋은 행동을 하는 '좋은 사람'과 나쁜 행동을 하는 '나쁜 사람' 이 두 사람은 차이가 없는 것이다.

이때 김구운 국장의 생각을 알고 있는 듯이 김영진 제4과장이 말을 건네 왔다.

김영진 제4과장, "국장님 대법원이 모든 판결문을 공개하기로 했답니다."

김구운 국장 열을 내면서, "판결문 공개는 다름 아닌 잘못된 허위조작 사건들의 거짓을 정당화해 주려는 또 다른 폭력이오. 이 땅의 사법이 부패했기에 유전무죄 무전유죄라고 하고 있소. 올바른 재판이 얼마나 있단 말이오? 지구상 최대의 모함과 거짓인 허위 문서를 공개해서 정당화하자는 것이지요? 잘 보시오. 저 격리자들 모두가 악인들로 보입니까? 유전무죄의 그 피해자인 서민들을 영영 죽이자는 법이오."

김영진 제4과장, "모사리치들의 짓이지요. 그렇게 해서 유전무죄로 챙겨주신 은혜를 갚는 게 의리라고 생각하는 게 문제이지요."

김구운 국장은 혼자 생각했다. '추락하는 다이달로스와 이카로스가 날개를 만들어 달라고 하여 하늘을 날아 미궁에서 빠져나왔다는 그리스 신화가 생각난다. 한국의 유전무죄 사법에서 서민은 이카로스의 날개를 가졌다 해도 전과와 죄인의 굴레를 벗어날 수 없을 것이다. 왜

냐면 국가의 세수 징수 때문이다. 나라를 위한 애국이 범죄가 되기 때문에 정의와 불의는 양립할 수 없다.

우리나라가 사법부정 사건의 재심 신청이 가능한 나라일까? 공안 사건은 그 대상에 항상 북한이 있다. 납북어부 간첩 사건에 연루돼 억울한 옥살이를 한 뒤 숨진 사람이 있다. 그는 37년 만에 재심으로 무죄가 확정됐다. 사법부정과 부패 그리고 권력독직 사건들도 재심이 가능한 나라가 되었으면 좋겠다고 생각해 본다.

BH 후배의 말이 기억난다. "아직은 성장을 해야 한다.", "우리가 현재보다 더 성장하기 위해서는 내수시장이 있어야 가능합니다.", "단 한 명의 국민이라도 메르스에 걸린다면 절대 용서 안 합니다."

김구운 국장은 쓸쓸한 표정으로 '그래서 국가를 위해 돈 내는 사람들이 범죄자의 낙인까지 받고 너는 못난 놈을 외치게 해야만 하는 것인가' 스스로에게 되물어 보았다.

지상낙원

김구운 국장은 강제 격리 병동을 지상낙원으로 만들기로 하고 실행하기로 했다. 고통은 누구나 안다. 장애인도, 병든 자도, 건강한 자도….

속이 상한다. 신선놀음은 도끼자루 썩는 줄 모른다더니 시간이 축지법처럼 쑥쑥 지나간다. 날짜가 핑핑 돌아가는 것이 늙어가고 있다고 생각된다. 땀 흘리고 고통 받는 시간은 촘촘하게 사는 것이다. 인생을 알차게 즐기는 사람은 고통을 즐기는 것이다.

'비극은 그 자체로서 진지하고 장엄하며 완전함이 있는 행동의 모방이다. 비극은 연민과 공포를 불러일으키고 그것을 통해서 정서를 정화해 준다' 아리스토텔레스의 한 구절이 생각났다.

같은 자원을 이용해도 생산성에 따라 가난한 나라와 선진국으로 구별된다. 이는 그 나라의 주체 세력이 낮은 생산성을 유발하는 제도를 만들었기 때문이다. 지도층이 자국을 선진국으로 이끌어가지 못하고 국민을 부자로 만들지 못해서 가난한 것이다. 김구운 국장은 '단 한 명이라도 메르스에 걸린다면 용서 안 합니다'라는 말이 떠올라 혼자 속으로 중얼거렸다. "아, 몰라!"

이제 지상낙원의 강제 격리 병동이 되는 것이다. 죽고 싶어도 죽을 수 없다. 세상의 모든 의약품을 투여하고 줄기세포를 뇌척수에 투여하여 노화마저 되돌릴 것이다. 불안과 불면은 신경안정제와 각종 마취 성분의 약들을 투여하여 조절할 것이다. 이렇게 지옥처럼 고통이 가득한 강제 격리 병동을 지상낙원으로 바꾸고 말 것이다.

김구운 국장은 이도훈 원장을 돌아보며 공포감으로 고함지르는 환자들에게 '졸아티반'을 투여하라고 지시한다. 졸아티반은 자신을 상실시켜 안정을 꾀하는 신약이다. 일단 환자가 강제 격리 병동에 입원하면 그 즉시 졸아티반을 주사하여 환자가 고통을 알지 못하게 하자는 것이다. 졸아티반은 새로 개발한, 환자를 행복하게 하는 처방약이다. 이 약을 주사 맞으면 기분이 좋아지고 자신이 누구인지 인식하지 못하게 된다. 그래서 항상 웃고 있게 된다.

졸아티반을 활용해 강제 격리 병동을 스마일 병동으로 만들 것이다. 또 취침시간인 밤 10시에는 저주파 웨이브 알파 파를 발사하여 환자들의 뇌가 수면에 들게 하였다. 병동은 조용히 죽음처럼 고요했다. 이제 드디어 GGW 작전본부에 지상낙원이 건설된 것이다.

그러나 메르스에 감염된 환자들의 뇌는 메르스 변종들에 의해 졸아티반도, 저주파 웨이브 알파 파도 무용했다. 메르스 변종 바이러스는 인간의 기술에 반란을 쐬하고 있었다.

✚ 신입 환자 이영길 강제 격리 입원, 3월 19일 목요일

이영길, 20대에 결혼 초반부터 폭행 지속하다 40대에 이혼함. "사람들이 내가 운전하는 택시에는 타지 않는다."고 말함. 부인이 사람들이 내 차에 타지 않도록 조종한다고 말하고 부인이 간통한다고도 말함. 몹쓸 짓을 했다고 말하면서 폭행. 뒤통수를 집중적으로 가격함. 끊어진 인대 부분을 공격한다고 함. 자신이 폭행하고선 112에 신고하기도 하고, 여성 3명을 폭행하기도 했다는 서류가 도착함. 이영길은 전혀 그런 내색을 보이지 않고 점잖은 모습을 보이려고 애쓰고 있음.

모든 시장은 기만 위에서 존재한다. 사업을 하면서 빚을 지거나 거래했던 이해 관계자들이 법을 악용하면 재산과 신체적 자유를 잃게 될 수 있다. 그런데도 많은 사업가들이 자신만은 예외로 생각하기에 시장이 형성된다. 즉, 정보가 완전히 공개된 곳에서는 시장이 존립할 수 없다.

지상낙원은 지옥이 존재해야 건설할 수 있다. 강제 격리의 대상자들의 전과는 사실 여부를 떠나 국가라는 조직의 힘으로, 폭력으로 평생 동안 신분을 강제하는 것이다. 어떠한 지구상 생명체도 이처럼 거짓된 문서로 구속하고 속박하는 경우가 없다. 치자들 또는 사건의 초동 단계에서 경찰, 판검사에 의해 수사과정에서 인간이 파렴치 나부랭이로 단정 지어지는 경우이다. 사실 일본보다 열 배가 넘는 전과율과 범죄율은 일본의 식민 지배를 위한 것이었다고 해도, 자국민이 스스로 이러한 불합리를 개선하지 않음으로써 엄청난 이익을 보는 집단이 있기에 전통이 세워지는 것이다.

관계자들의 합리적 의심의 시간도, 이유도 없는 권위주의의 오만과 독선에 의해 언제든지 '부정과 비리'가 '정당'으로 뒤바뀔 수 있다. 아니 사실은 아주 조그마한 푼돈 몇 푼 때문에 진실이 뒤바뀌는 경우가 더 많을 수 있다. 각종 교통사고나 사건에 있어서 뒤바뀐 거짓이 영원히 진실인 양 기록된다. 이 기록은 일신에 불이익을 주고 죽은 이후에도 불이익을 주게 된다. 그게 사실과 관계없는 국가의 법이다. 이것이 이 세상의 게임이고 재미이며, 그게 신분이고, 인간의 삶이다.

천사의 종들은 이마에 인이 쳐지기 전까지는 지상낙원의 바람에 붙잡혀 있어야 한다. 인류 최후의 마지막 큰 전쟁을 위하여 그들은 전염병을 점령하고 다스리며 생사를 결정할 것이다.

우리에게 얼마 남지 않은 시간이라도 아름답게 사용해야 한다. 지옥에 건설하는 지상낙원, 꿈같은 파라다이스! GGW 작전본부의 강제 격리 병동이다. 우리는 환자가 아프면 고쳐 주고, 고통스러워하면 진통제를 주고, 배고파하면 밥을 준다. 지옥의 염라대왕이 부르러 온다 해도 줄기세포를 투여해서 죽음마저 막아내는, 지옥 속에서 지상낙원의 파라다이스를 건설하는 것이다.

모든 병을 퇴치하는 불생불멸의 병동이 되도록 하라! 김구운 국장은 세계의 모든 의료 기술과 의약품을 모두 갖출 것을 명령하기 시작한다. 그래! 행복을 위한 지상낙원을 실현하라!

✚ 보호자 동반 외출, 3월 20일 금요일

최영길, 보호자 동반 외출.

어떤 정부가 가장 훌륭한 정부인가? 그것은 바로 우리 스스로 통치하도록 가르쳐 주는 정부이다. 괴테의 명언과 '한 사람의 올바른 신념은 수많은 사람의 행동을 변화시킨다'는 폴 메스켄지의 명언이 생각난다. 역사에서 성공은 이기심보다는 신뢰가 바탕이 된다. 가난은 게으르고 무지하기 때문이 아니라 나라의 제도와 법 때문이다. 부자들이 경제를 잘못 이용하기 때문에 생기는 것이다. 선진국과 후진국의 차이는 제도의 문제에서 발생한다.

모든 인간은 선하게 태어난다. 사람마다 나쁜 점과 좋은 점이 있으나, 좋은 점을 발견하고 신뢰를 교환함으로써 좋은 세상이 된다. 한국이나 이탈리아에서 법대로 하면 모든 기업들이 파산할 것이다. 임금은 선진국이든 후진국이든 어떤 수준(최저임금=법)이 있다. 이것으로 개인의 가난과 부가 결정되는 것이다.

사람들은 자신을 둘러싼 제도 환경에 적응해서, 또는 충돌하면서 그냥 그렇게 사는 것이다. 가난하다고 기죽지 말고, 잘 산다고 자랑할 것은 아니다. 가난과 부자 이런 것들도 제도가 보장한 것이지, 다른 행성에서 주는 것이 아니다. 그러기에 인생의 참다운 행복은 먼 곳에 있지 않다. 지금의 삶을 소중히 생각해야 한다.

박영복, 간질 1분간 소발작.

오늘은 이런 말을 계속했다. "정직하고 투명한 사회, 땀을 흘리는 사람들에게 정당한 보상이 돌아가는 사회라야 신뢰를 얻을 수 있습니다. 내가 왜 이런 말을 하는지 나도 모르겠다."

안락사와 인권

안락사를 요구하는 격리 병동 환자들의 인권은 과연 0시를 벗어날 수 있을까? 대답은 '아니오'다. 즉, 격리 병동은 인권 제로 지대일 뿐이다. 법과 민주주의는 인권 제로 지대를 정당화하는 도구가 된다. 세월호 참사로 목숨을 잃은 교사들 중 기간제 교사라는 이유로 죽어서까지 차별을 당한 사람들이 있었다. 비정규직이 죽어서도 차별을 당했듯이 나의, 우리의 대한민국에서 법치라는 이름으로 신분제의 논란을 남긴 것이다.

이양식은 밥을 먹으러 가고 싶다고 한다. 저렇게 생각이 없을까? 머리를 자르기 전에 수차례, 미리 이발할 사람은 머리를 감으라고 방송을 했다. 이발 봉사자들이 머리 자르면서 말했다. 이양식이 머리를 감지 않았다고. 자신의 머리를 다듬어 주는데 저래 생각이 없는 것은 무엇인가?

저런 사람들은 집에 가면 가장이랍시고 꼼짝 않을 사람들이다. 빈둥빈둥 맨날 드러누워 TV 리모컨까지 가져다 달라고 할 위인들이지 않은가? 그럴 것은 뻔히 눈에 보인다. 그럼에도 강제 격리만 되면 취직해야 한다, 돈 벌어야 한다, 사업해야 한다 등 갑자기 마음이 바빠진다. 평소에는 하지 않았던 것들을 해야 한다고 마음을 졸이는 것이다.

✚ 전체 병동 검방, 3월 24일 화요일

유영상, 상의 주머니에 있던 33만 5천 원을 분실하여 전체 병동 검방 시작.

이영주, 멍~한 태도 보임.

장영조, 상자에 무엇인가를 숨기는 제스처를 계속했다. 확신을 가지고 장영조를 집중 검방 조치하였으나 별다른 혐의를 발견하지 못함. 심정적으로 확실히 장영조가 범인이라는 확신이 들었다. 자백하지 않아서 화가 난다. 결국 시간만 소모함.

검방 하는 사이에 이영주가 무단으로 냉장고를 뒤져 음료수 훔쳐먹음. 이영주 격리 및 결박 조치의 벌칙을 가함.

이양식의 양말에서 현금 33만 5천 원을 찾아냈다. 범인은 이양식이었음. 다른 검방 대상자들이 초조와 불안으로 평소와 다른 행동을 보인 것을 알았다.

격리자는 예외 없이 죽을 경우 화장되거나 또는 병동을 나갈 수 있는 자유를 얻는다. 가족 면회 시 환자의 의복을 갈아입혀 단정한 모습을 보일 것을 지시했다.

이양식은 "너희 전과는 죽어도 남아 있다. 나는 병 때문에 격리되었을 뿐, 너희와는 다르다. 나는 매월 연금이 3백만 원, 죽을 때까지 나온다. 나는 나라가 보장하는 사람이다."라고 절규한다. 그의 고함과 절규는 격리 병동 내부에서 메아리 치고 있었으나, 누구 하나 관심을 가지지 않았다. 그냥 소리는 사라지고 있었다.

✚ 코브라 헬리콥터, 3월 26일

GGW 작전본부의 코브라 헬리콥터는 부산시 상공을 선회한 후 남쪽으로, 거제도로 들어가는 칠천도를 끼고 구불구불한 해변을 따라 온통 작은 관광지를 내려다보며 날았다. 해변가에는 민박집과 펜션이 즐비했다. 마당에는 모닥불 피우는 연기가 모락모락 피어오르고, 배낭 차림의 소녀들이 깔깔대고 웃는 모습이 내려다 보였다. 해변의 갯바위에 부딪쳐 부서지는 파도는 행복한 웃음소리 같고, 백합 조개들이 숨어들게 하는 것처럼 보였다.

이어진 남해의 다도해, 기막힌 섬들이 늘어선 바다를 가로지르면 파도가 갯바위에 부서지는 철갑송어들이 바닷가를 지키고 있는 것을 볼 수 있었다. 남해의 아름다움을 몇 조각 떼어내 백지 위에 글로 옮기고 싶은 시인의 마음이 된다. 부산과 거제도 남해 그리고 보리암 상공에서 코브라 헬기로 내려다보는 장관은 참으로 아름답다.

멀리 일출 장관이 황금빛 갯바위 위로 수놓아진 옥빛 바다! 황홀한 장밋빛 대양! 메르스와 사투를 벌이는 처절한 코브라 헬기의 선회를 보리암의 수행하는 스님은 알시 못하리라! 메르스를 잡기 위해 코브라 헬기는 사정없이 선회하면서 남해 다도해의 바다를 청정하게 지키고자 했다.

GGW 작전본부의 코브라 헬리콥터는 국방부가 내어 준 것이다. 남해 일대로 도주한 메르스를 잡아 강제 격리를 달성하는 무시무시한 무기이기도 했다. 그러나 김구운 국장은 이런 작전 중에도 아름다운 남해의 다도해를 바라보며 일출 장관에 넋을 읽고 있었다. 참 아름다운 대한민국이다. 김구운 국장은 저절로 감탄하고 말았다.

이양식과 이영주, 밤에 잠 못 이루며 괴로워함.

여러분, 아직은 성장을 해야 한다. 우리가 현재보다 더 성장하기 위해서는 복지를 통한 내수시장이 있어야 가능하다. 이런 이야기 많이 들었을 것이다. 메르스, 꼭 막아야 한다.

식탐과 격리

✚ 배고프다며, 3월 27일 금요일

301호 이영주, 심한 욕설과 배고프다며 쓰레기통을 뒤져 쓰레기를 섭취했다. 식탐이 유난히 강하다. 예를 들어 쓰레기통을 비우다가 껌 딱지를 발견하면 까서 먹는다. 또는 책상 밑에 떨어진 콩자반 쪼가리, 밥풀떼기, 심지어 마포걸레에 붙은 밥알도 아무도 모르게 쓱, 입 안에 넣는다. 전생이 있다면 똥개였을까 싶다.

보통 사람은 바로 식중독에 걸려 고통 받을 것이다. 면역이 생긴 것인가? 실험실에 들어가서 수은 구슬을 훔쳐 먹기도 한다. 기겁하면 진시황이 먹은 불로초라고 둘러댄다. 뭐, 화장실 변기물을 내리면 떠오르는 것까지 아무도 모르게 주워 먹는 걸…. 쓰레기통 속의 썩은 생선이나 과일 껍질, 침 묻은 사탕을 즐긴다. 보통 사람 같으면 먹고 탈나거나 죽을 것 같은데.

의료진의 이야기로는 항상 먹었다면 병원균에 대한 새로운 내성이 생겨서 그럴 수 있다고 한다. 남의 눈을 피해서 쓰레기를 먹는 것, 그것도 쾌감인가? 아무리 해도 버릇을 고칠 수 없다.

수사기관이나 권력기관, 심지어 음주로 여성을 성추행하고 돈 5백만 원을 요구한 경찰이 그런 것도 같은 식탐이 아닐까? 끊임없이 뜯는 재미, 쾌감 그런 것이리라. 권한을 가지고 고통을 주는 옛날 고문 같은 것의 쾌감, 삥 뜯는 재미, 사람을 바보로 만드는 기분. 어쨌든 사람들은 할 짓이 없으면 식탐에 집착하게 된다.

목숨은 줄지라도 괴짜 식탐은 버릴 수 없다. 메르스 공포, 그것도 먹고 싶은 사람이 있을까? 분명한 사실은 피하려 겁내면 병균도 달라붙는다는 사실! 우리 인간은 메르스보다 수억 배 강한 병균 자체임을 말하고 싶다.

비정규직, 3월 28일 토요일

신영덕(여, 53세) 딸 면회. 우울증이란 무엇인가. 우울증에 걸리면 사람을 만나기 싫고 정상적인 활동이 어렵다. 불안, 불쾌, 불만이라는 행복과는 반대의 기억이다. 우울증은 병이라기보다 본능 중 하나다.

네티즌들은 비정규직이 메르스 사각지대에 놓여 있다는 사실과 대형병원의 비정규직 숫자에 놀라워한다. "섬성병원 비정규직이 2,944명이란다?"

섬성병원 이도훈 원장은 이번 메르스 감염자 관리에 대해 "비정규직은 메르스 접촉자 명단에는 포함되지 않았다."고 말했다. 김구운 국장은 사망자 가족들이 장례 업체 직원이나 컴퓨터 수리 업체 직원들, 심지어 개인택시 운전자들과 접촉하여 적은 돈을 주고 일당 인부인 비정규직을 고용해 장례를 하려고 했기 때문에 어쩔 수 없이 병원의 외부인 출입을 통제하도록 명령했다.

이도훈 원장, "비정규직은 존재 자체로 슬픈 현상이니 우리가 보호를 한 것은 정말 잘한 것 같습니다."

김구운 국장, "그렇습니다. 시체를 잘 알지 못하는 비정규직이 감염 위험에 노출될 뻔한 것을 차단한 것은 잘한 일입니다."

김영진 제4과장, "하마터면 비정규직과 날일 일당 고용 용역회사들로 인해 메르스 사태가 더욱 확장될 뻔했군요."

신입 환자 김영연(여, 43세) 입원. 경찰을 동반하고 보호자들 방문했으나, 강제 격리 필요성을 설명하고 법에 따른 격리임을 '고지'하자 돌아감.

김영연, "열도 없는데 나를 격리한다고?"

병원 직원, "위중한 상황인 만큼 확진 검사 때까지 격리하는 게 원칙입니다."

김영연은 펑펑 운다. 결혼과 출산, 흘러간 세월의 한이 눈물이 되었다. 정말 나이만 먹었을 뿐이다. 남은 것이 없는 인생이다. 정말 마음이 아프다.

'세상에 존재하는 것 중 가장 아름다운 것은 정의롭게 되는 것이다. 최상의 것은 질병을 벗어나는 것이다' - 피어슨 -

✚ 격리 포박, 3월 30일 월요일

이영주, 흡연실에서 직원에게 욕설. 격리 조치. 2시간 포박 후 격리 해제.

젊은이들은 부정하고 악랄한 사람들이 성공하고, 착실한 사람들이 가난해지는 불의가 판치는 것이 맘에 안 든다고 한다. 그러나 이는 사법이 부패했기 때문일 뿐, 세상이 원래 그런 것은 아니디!

역사 왜곡이 단지 개개인의 견해에 그친다면 별 문제가 아닐 수 있지만, 그로 인해 귀중한 자원이 잘못 사용되기 때문에 국가의 미래 번영과 직결된다. 영국의 식민지였던 아메리카의 독립과 번영은 토머스 모어 미르치아 엘리아데가의 예언처럼 유토피아적 운명을 지닌 약속된 땅이 되었다. 모든 사람이 진실을 만년설과 같은 거대한 빙하에 가두어 놓아도, 그리고 영원히 꺼낼 수 없다고 해도, 왜곡의 비밀이 영원히 지켜진다고 해도…. 한 줄의 글귀로 지하에 갇힌 수많은 진실을 비집고 꺼내야 한다!

이양식, 대변이 안 됨.

한영수, 면담. "밤에 기침 많이 해요."라고 말씀하심.

이양식 님이 어제 밤에 벽에 끄적거린 낙서입니다. '한반도를 넘어 잃어버린 대륙 역사의 혼을 찾아 전진합시다. 고구려의 광활한 영토 회복, 뒤틀린 역사 회복을 위해서! 깨어나라! 웅비하라! 국민이 주인 되는 대한민국 메르스 백신은 우리 의료진의 연구로 만들어야 합니다. 제가 실험 대상이 되겠습니다. 얼마 살지 못할 저를 이용해 주세요'

✚ 가족과 본인 진술, 4월 1일 수요일

20여 년 전 앓던 정신분열증 on-set됨. 국립 서울병원 등에서 치료 시작함. 병식 없고 치료에 대해 거부적임. 환청, 피해망상 때문에 가족을 의심하고 칼로 찌르려는 행동을 보임. 시골에서 부모님과 3명이 살았는데, 상기 증세로 어머니가 제초제 중독으로 자살했음. 7년 전부터 지속적 음주 행동 동반. 정신과 입원 치료 중 가족들을 죽일까 봐 퇴원시키지 못한다고 함.

공무원이 자기 근무처에 방화했다? 할 수도 있겠지, 근데 이게 뭐라고 보도를 하나? 어쨌든 보도했으니 말인데, 그곳은 당신의 사무실이 아니다! 국민의 재산이다! 당신은 그냥 그 자리를 닦고 조이고 기름 치고 해야 할 심부름꾼일 뿐이야!

정신이상자에게까지 세금을 퍼 줘야 하는 나라에 살고 있다. 세 자매 자살사건에서 보듯이 하루 평균 40여 명이 사회적 타살을 선택한다. 왜 이 엄청난 재앙에 대한 대책이 없나?

인간 복제가 가능하여 유전자를 복제한다면 어떨까? 점차 유능한 신분의 사람이 복제된다 한들, 사회에 저열한 부패가 만연하다면 다른 우주에서 유전자를 가져와 양육해도 범죄자로 낙인 받을 것이다. '귀에 걸면 귀걸이, 코에 걸면 코걸이'인 법 앞에서는 그 누구도 범죄자로 낙인 받지 않을 수 없겠지?

하긴 지구 주위를 태양이 돈다고 믿어왔던 인류의 시기가 상당했지만, 큰 문제가 되지 않았다. 어느 날 그 비밀을 밝혀낸 스페인 군대가 아메리카 원주민들을 멸망시키러 진군한다. '태양이 지구 주위를 돌고 있다'는 스페인 군대는 '태양이 추장 주위를 돈다'는 미개한 종족을 당연 멸망시킬 대상으로 보았다. 왜 우리 스스로가 기만과 왜곡과 진실을 무시하는 열등한 문화를 펼치는가?

✚ 병의 고통은 보건복지부 담당, 4월 4일 토요일

이양희(여, 61세) 보호자 면회.

메르스 같은 병의 고통은 보건복지부 담당이다. 마음이 아픈 사람은 종교 담당이다. 하지만 사법이 부패해서 아픈 사람을 담당하는 데는 없다. 아! 국민고충처리위원회는 고충을 해결해 준다.

고충이 법적으로 무엇인가? 인간이 동물의 일종임에도 질서정연한 사회를 만들어 공동체 생활을 하는 이유는 무엇인가? 자연은 강자의 권리뿐이라는 진화론만이 자연의 질서가 아니다. 세상엔 약자들도 많이 생존하고 있음을 보여 준다.

인간에게 선행을 지향하는 능력이 있음을 임마누엘 칸트는 '존엄성'이라고 극찬했다. 물론 루소는 칸트보다 300년 전에 '인간은 자유롭게 행동하는 존엄성이 있다'고 주장했었다. 한국인에게 필요한 것은 진화론이 아니라 인간 존엄성을 깨닫는 것이다. 철학자 니체가 언급했던 것들은 특이한 것은 아니었지만, 지그문트 프로이트를 통해 철학사의 위대한 사상의 시초가 된다. 아베 총리의 역사 인식이 우연이 아니라 식민사관의 문화계가 자초하고 있다는 말을 하고 싶다.

'메르스 한 명이라도 발생하면 용서 안 합니다' 최고의 선택만을 해온 고급 관료들이 어떻게 차선을 알 것인가? 그것이 곧 세월호나 메르스 사태 처리에 나타난 것이다. 정치인들의 잘못이 아니라, 고급관료들의 최고 지향의 결과인 것이다.

니체는 인간이 스스로 만든 논리와 진리에 근거해서 '신이 인간만을 특별히 만들었다'는 판단이 무엇인지 보여주었다. 인간은 이성이 아닌 충동과 본능, 원초적 의지에 한계를 가진 인식 동물이다. 영국의 신학자 찰스 다윈은《종의 기원》에서 인간이 동물 중 진화한 종이라고 발표했다. 이에 독일의 교회는 1차 대전까지 다윈의 추종자들과 싸웠지만, 끝내 패배했다. 영리한 원숭이가 신을 이긴 것이다. 그리고 찰스 다윈도 동물로 돌아갔다.

데카르트는 '나는 생각한다. 고로 나는 존재한다'는 말을 남겼다. 모든 것을 의심하고 또 의심하는 생각의 그 주체가 나라는 것이다. 세계 인식의 전환점을 만든 사나이다.

한국에는 생각이 없는 사람이 많다. 어떤 특정한 상황에서 사람을 죽여도 좋은 권리가 있다면, 찰스 다윈의 진화론이 법의 질서와 가장 부합하다. 그런데 종교 일반의 사회에서 그들에게 사람을 자살하게 할 권리가 정말 있을까? 약자는 청탁이 거절되어 죽지 않을 방법이 있었을까? 중국 속담에 '장강의 뒷물이 앞물을 밀어낸다'라는 것이 있다. 지도자들의 선택을 뭐라 할 수 없다.

✦ 치약 훔쳐 먹음, 4월 8일 수요일

이영주, 김영규 치약 훔쳐 먹음. 이양식 보관자가 약도 훔쳐 먹음으로 벌칙으로 격리 조치.

이양식 수저로 난동. 앞 과정에서 등허리 부분 11센티미터 상처 발견, 치료. 이양식 밥상을 뺏어감. 전화로 시간만 나면 112 신고 전화를 눌러 영문을 모르는 경찰이 수차례 출동하였다가 고지를 듣고 돌아감. 불필요한 신고인을 본인이 이해하지 못하는 듯함. 공중전화를 허용하자 아파트 관리실, 친구, 친척 등등에 전화하여 자신의 부인이 동거남과 함께 있다고 가보라고 신고를 틈만 나면 함.

모든 신체가 생기다 만 미숙의 육체를 가진 아이들. 정신 연령은 10살 내외로 보인다. 감정도 어린아이처럼 쉽게 울고 쉽게 웃는다. 어릴 때부터 생기다 만 육체 때문에 정상 생활이 어려웠다고 한다. 그런 만큼 부모와 가족의 사랑과 이해 속에 보호받았던 모양이다. 조그만 일에도 수시로 삐치고 눈물을 뚝뚝 흘리며 운다. 지금도 4층 복도에 앉아서 무엇이 그리 설움인지 울고 있다.

✚ 침상에 앉자 하염없이 밖을 바라보심, 4월 9일 목요일

김영승, 공중전화 신고. 침상에 앉자 하염없이 밖을 바라보심. 난약 안 먹는 사람이라고 함.

조금 있다가 김영승이 공중전화로 112에 신고를 했다. 5분 후 경찰 순찰차가 병원 앞에 도착했다. 젊은 경찰 요원 두 명이 차에서 내려 병원 문의 초인종을 누르고 있었다.

경찰 대원, "안녕하십니까? 경찰입니다. 신고가 있었어요."

병원 관계자, "여기는 특수 병원입니다."

경찰 대원, "네, 알고 있습니다. 112 신고라 무전으로 지시를 받아서 출동했습니다. 환자가 고통이 심한가 봅니다. 우리가 왔다 갔다고 상부에 확인해 주시라고 방문했습니다. 전화 좀 하지 못하게 해 주십시오."

박영덕, 혈당 체크. 기억력이 없음. 어지럽고 밥도 못 먹고 몸이 힘들다며 소금을 물에 타서 먹으면 넘어간다고 함.

박영덕 환자는 공중전화에 대고 자신에 질병이 어머니 탓인 양 마구 행패를 부리며 말을 하고 있었다. 두고 보자는 등 아주 살기등등한 상태다. 우리 관계자들에게는 아주 상냥한데, 자신의 부인과 어머니에게 아주 섬뜩한 말을 해댄다. "야 다 죽여 버린다. 내가 나가기만 해 봐라!" 주위에서 지켜만 봐도 그 가족들의 두려움이 느껴질 정도로 매몰차게 욕설을 한다.

이양희, 쪽발이 과도한 치료로 퉁퉁 부음. 가족과 본인 진술로는 '서울, 부산 요양병원 등지에 있었다' 함. 밤에 잠이 안 와서 아침까지 술을 마셨으며 밥은 한 달 이상 안 먹음. 금단 증상으로 마비가 온 적이 있었다 함. 당뇨.

✚ 교도소 생활 하다가 퇴소 후 음주 상태로 격리, 4월 14일 화요일

이영국, 108 혈압.

상기 환자는 주취폭력으로 인해 교도소 생활을 함. 퇴소 후 음주 상태로 입원함. 지속적 자살 기도 경력 있음. "살아야 할 의미가 없어서 일 안 하며 우울증 있고, 술을 끊을 필요가 없다."고 말함.

이영국 환자는 다른 환자의 볼펜을 빌려가서 집에 편지를 쓴다면서 그림도 새까맣게 그리고 볼 사람도 없는 편지를 수도 없이 깨알 글씨로 쓰고 있다. 편지를 다 쓴다 해도 외부로 보낼 수도 없는 현실이다. 볼펜의 약이 다 떨어지게 한 후 빌려준 환자에게 돌려주었다.

이게 말이 되는가? 빌려갈 땐 분명히 한 번 쓰겠다고 했지 않았느냐? 그럼 한 번 쓴다고 했지 두 번 쓴다고 했더냐? 강제 격리 병동에서 볼펜은 매우 소중한 것이다. 본래 휴대도 허락되지 않았었다. 원래 강제 격리 병동 생활 내용은 기록이나 녹음 등등이 허락되지 않는다. 강제 격리 병동은 비밀스러운 곳으로, 오직 체험한 사람만 알 수 있다. 그들도 퇴원과 함께 기억을 상실시키는 정신과적인 약물을 투여받게 된다.

그런데 왜? 그들은 그림을 그리고 편지를 쓰는 것일까? 편지를 받을 사람도 없고, 강제 격리 병원은 병원균의 감염 가능성이 있는 모든 것은 외부로 보내지도 않는다. 그런데 편지를 쓰다니? 누가 이따위 편지를 쓰라고 했어? 그리고 볼펜으로 그림을 그리라고 누가 그랬어? 왜 시키지 않는 짓을 하는 거야?

여기 강제 격리 병원이 알타미라 동굴이야? 고구려 안악 고분인 줄 알고 있어! 여기에서는 어떤 문서도 기록도 남겨서 안 되는 곳이야. 설령 모르게 기록한 편지가 있다 해도 수신인에게 전달하지 않고 소각해 버린다는 사실을 똑똑히 알란 말이야! 순간 어디선가 우락부락한 방호복 입은 모습이 우주인 같은 강제 격리 병동의 인권 보호사의 고함 소리가 쩌렁쩌렁 울렸다. 아마 이영국 환자도 이러한 규칙을 잘 알고 있을 법하다.

전영건, 배방.

이영주, 강영섭 주먹다짐. TV 시청 문제로 싸움. 포박 후 독방에 조치함.

4시간 동안 독방에 감금한 상태에서 교대 자가 관찰한 결과, 강영성은 자신을 제발 죽여줄 것을 애원하고 있었음. 상 하체 여러 곳에 피멍이 들고 지름 10센티미터 정도의 멍 자국이 발생한 것을 발견하여 소독 조치를 해 줌. 이영주와의 싸움에서 많은 구타를 당한 것으로 추정되나 사실 여부는 알 수 없음.

　이영주는 자신이 맞았다고 하며 관리자들에게 집단 구타를 당했다고 주장함. 이에 따라 CCTV를 확인했으나 기록이 없었으며, 싸우면서 생긴 멍 자국으로 판단함(참고로 격리 병실 곳곳에는 사각지대가 있다). 국가인권위원회 직원이 방문하여 함께 CCTV를 확인했으나 특별 징후를 포착하지 못했으므로 상당 기간 강제 격리를 지속할 필요성이 있다고 판단됨.

집에 가고픈 사람들

✚ 15년째 강제 격리 상태라 함, 4월 16일 목요일

양영주, 김영순 배방.

특히 양영주는 현재 15년째 강제 격리 상태로 생활하고 있음. 집에 보내달라는 요구를 매일 매 순간 하고 있음. 양영주를 비롯해 김영순 이외 수십 명이 장기 격리자로 15년 이상 격리 상태에 있으나 집으로 보내줄 법률이 현재로는 없는 상태임. 그리고 가족들이 귀가를 원하는지 확인할 수 없거나 격리 상태 유지를 희망하는 경우, 귀가할 수 없는 격리 상태를 지속해야 할 것임. 집으로 보내줄 것을 요구하는데 죽음 이후에는 귀가할 수 있을 것을 고지하지 못하는 상황이 현실인 경우, 다른 관심거리를 제공하거나 프로그램을 만들어 줄 필요성이 있음.

김영옥, 최영순 님이 같이 저녁 먹자고 챙기려 하자, "나 본 적 있어요? 나 아세요. 저한테 왜 그래요. 너."라고 삿대질 하며 너무 불편하다고 하심. 나가면 술이 생각나지만 조절할 것 같다고 함.

분노조절 장애를 겪는 환자도 있다. 김영일 환자(남, 27세, 95킬로그램)는 학교생활을 하지 못해 가족과 본인이 애먹었다고 한다. 고등학교를 졸업하고는 편의점, 피시방, 주유소 아르바이트를 하고 건설현장 등등에도 다녔으나, 성격이 급하고 참을성이 없어 한 직장에서 오래 근무하지 못했다. 그러던 중 한 친구가 네트워크방문판매(피라미드)라는, 일정 회비를 내면 직급을 올려주는 회사를 소개해 주었다고 한다.

그런데 그 친구들이 김영일을 반강제적으로 교육프로그램을 이수하게 하며 탈퇴를 못하게 했다. 되지도 않는 네트워크방문판매이기에 그만둔다고 하자 교육실에 가두고 집에 보내주지 않기에 격분하여 이를 권유한 친구의 따귀를 때렸는데 코뼈가 부러져 코피가 났다고 한다. 신고 되어 경찰로, 검찰에 가서 벌금 1백만 원 전과가 붙었다.

마땅한 일자리가 없어서 젊은이들이 피라미드에 빠져드는 심정을 왜 모르겠나? 행여 호기심으로 가보면 인간을 인질처럼 잡고 놓아주지 않는다. 약속한 시각이 돼도 놓아주지 않아 빠져나갈 길이 없을 것 같아서 폭력으로 겨우 탈출한 것이라고 했다.

폭력 행위 처벌법에 따른 벌금 1백만 원. 무엇을 해서 벌어서 낼 것인가 걱정한다. 엄마가 장안평에서 식당 종업원으로 근무하는데 대신 내어 주겠다고는 했지만, 판검사 너희도 피라미드를 해 봤나? 그럼 그려놓고 미쳐있는 사람들도 안됐긴 하지만, 신규 회원모집이 강압적인 거 때문에 청소년들이 속아서 피해가 잦다고 푸념을 했다.

김구운 국장은 김영일 환자를 바라보면서 생각했다. 집에 가만히 있다고 해도 무자위에 의한 법치이 엄청나게 의무를 부과해서 벌금을 거두어들이고 있고, 어떤 사업을 하거나 행동을 하는데도 범죄자나 전과자로 낙인하고 벌금을 거두는 데만 법이 작동되는, 식민지배 정책인 '조선인 류민화(난민) 정신'이 정책과 법에 아직도 남아 있는 것이 아닌가?

한반도 본토인을 유민화시켜 만주로 스스로 떠나게 했던 조선총독부령이 우리 법의 정신으로 남아 있다. 아무것도 하지 않는다고 해도 처벌하거나 심지어 거의 모든 행동을 처벌하기에, 엄청난 신용불량과 전과자의 양산과 같은 지배국을 위해 집행되던 법은 이제 이 나라 주민에 의한 사법 민주화가 이루어져 시민이 주인이 되는 세상이 될 수는 없는 것인가?

폭정으로 인한 탐관오리들의 수탈이 극심하거나 전쟁과 기근이 발생하면 그 지역의 사람들은 스트레스와 피로로 인하여 인체의 면역력이 저하되었다. 이러한 때에 세균은 비정상적으로 증가해 전염병(역병)이 창궐하여 인종 청소를 해온 것이다. 오늘날도 인류는 세균과의 투쟁에서 승리한 것이 아니다. 우리 인류가 면역력을 잃는 순간, 인류는 종말을 고한다고 할 수 있다. 스트레스와 피로가 없는 국민이 행복한 대한민국이 될 수는 없을까?

조선총독부령(사법)은 조작질로 일본 놈들에게 이 땅을 차지하게 하려고 조선인 유민화 정책을 펼쳤었고, 우리 선조들은 유민(난민)이 되어 만주로 쫓겨 가던 시절이 있었고, 독립군이 되어 떠돌았었다. 서민에게는 법은 면도날 대응하고, 일본인의 정착을 도왔던 판사들은 일본말로 재판을 했었다. 사법을 집행하는 자들의 유전무죄가 착한 사람을 가난하게 만드는 모든 불의의 원천이다. 보편적 사법 민주화가 시민이 스스로 법원을 구성하는 배심제에서 보편적 정의이다.

"법이 벌금이나 돈을 내놔라!", "돈 뺏기, 백성의 주머니가 텅 빌 수밖에~"

"대한민국의 주권은 국민에게 있고, 모든 권력은 국민에게서 나온다." (헌법 제1조 1항 2항)

헌법 제1조에 반하는 조항인 헌법 103조, "법관은 헌법과 법률에 의하여 그 양심에 따라 독립하여 심판한다." '헌법' 부분의 딱 두 글자가 삭제, 개정되어야 할 것이다. 모든 억울한 일의 원인인 판검사들의 범죄를 법정에 세울 수 있게 해야 한다. 해방 60여 년이 넘도록 국민의 권리를 짓밟은 사법 횡포와 검찰, 경찰들의 인권 침해 원인이 삭제되어야 한다. '헌법'이라는 두 글자만 삭제해도 부정한 재판이나 누명을 씌운 범죄를 판검사도 법정에 서게 할 수 있다.

법관의 양심이 헌법 제1조 1항 위에 있을 수는 없다. 법관과 골프를 치고, 검사와 폭탄주를 마시고, 전관 변호사와 거래를 하여 죄를 매매하는 것이 헌법적 양심이 될 수 없다. 부정한 판검사들의 양심을 헌법적으로 보호하는 나라가 어디에 있다는 말인가? 전 세계의 식민 통치가 끝난 후에도, 해방 60여 년이 넘어서도 제도에 의한 독재가 일상화되어 있는 것이다.

김영일 환자는 벌금을 낼 수 없을 것이고, 강제 노역으로 대신할 것이다. 이런 아이들이 어떤 애국심을 가지고 사회에 어떻게 이바지할 수 있을지 걱정된다.

노점상, 교통, 음주폭력, 고성방가 등의 사건들, 경찰에서 원만히 해결할 수 있는 사건들에 대해 벌금을 받고 전과를 붙이는 이런 일이 법관이 하는 재판의 본질이라고 생각되지 않는다. 들리는 이야기로는 성인 남자, 사회활동을 하는 자영업자 10명중 7에서 8명이 전과자라고 한다. 수사기관이 보유한 국민 21퍼센트에 해당하는 전과 기록을 소각하는 것이 바람직하다.

　선량한 시민들을 전과자로 낙인찍는 것, 그 자체로 사회나 국가 개인으로 보면 엄청난 손실이다. 선량한 사람이라도 전과를 붙이는 순간 그 사회는 불안해진다. 사회적으로는 신용불량, 전과 기록을 보유하고 관리하는 그 자체의 비용이 적지 않고, 개인적으로는 전과 기록이 누적되어 활동이 제약받게 되어 전과 때문에 강력 사건으로 연결된다. 결국, 전과 누적으로 마일리지가 쌓인 전과자를 국가가 부양해야 하므로 이 또한 국민 부담이 될 뿐이다. 전과 자체가 사회적으로나 개인적으로 손실이고 피해가 되어 사회에 긍정적이지 않다.

　우리 선량한 시민들을 모두 벌건 줄을 그어 전과자를 만들게 되는 것이 검찰과 법원의 식민 전통의 피해인 것이다. 선량해야 할 시민들이 생명을 버려 가면서 저항하고, 가정과 생명을 버릴 각오 하에 나타난 비극은 가능한 없어졌으면 생각해 본다. 시민들이 살아갈 수 있도록 재활을 위해서도 전과자 제도가 사라져야 한다. 전과 자체를 지금의 100분의 1 이하로 줄여야 한다. 전과를 줄이면 사회가 훨씬 안전해질 것이다.

　정의로운 사회가 좋다. 흥부가 제비를 구해주는 친절로 박 씨를 심어서 박이 넝쿨로 대박을 터트려 부자가 되었다는 이야기가 있다. 이런 이야기 속의 좋은 사회란 정의로운 사회가 되어야 가능한 것이다. 흥부 같은 가난한 사람들이 부자가 되려면 정의로운 사회가 먼저 되어야 가능한 것이다. 아무리 사회가 발전하고 국가가 발전해도 정의롭지 못한 사회에서는, 도둑이 범람하는 사회에서는 흥부 같은 사람은 자살로 내몰리게 될 것이다. 법과 제도가 정의롭지 못하면 약자들은 살아갈 수 없게 된다.

오늘 강제 격리 병동의 벽에 그려진 낙서는 다음과 같다. 그리스 신화 이카로스가 달고 날고 있는 날개, 추락하는 다이달로스와 이카로스가 날개를 만들어 달라고 해서 하늘을 날아 미궁에서 빠져나왔다는 그리스 신화가 있다. 한국의 유전무죄 사법에서 서민은 이카로스의 날개를 갖기 전에는 누구도 죄인의 굴레를 벗어날 수 없을 것이다. 그러나 강제 격리는 정의에 근거해서 자유를 줄 것이다.

김구운 국장은 오늘 이런 의학서적을 펼쳐 보았다. 폭력과 강제 격리는 인간의 기분에 영향을 주어 세로토닌의 분비량을 통제하여 이때 화가 나게 된다. 호르몬의 일종인 혜르토닌이 알기닌 바소프레신(시상하부 호르몬)을 교란시켜 싸움을 일으킨다. 극도로 억압된 타율의 사회나 단체생활이 스트레스를 주면, 세로토닌 수치가 낮아지게 되어 폭력과 같은 증오 범죄의 도미노를 일으킨다.

거리 행려자로 강제 격리 입원, 노숙자 주머니에서 1만 원 권 47장, 5천 원 권 97개, 동전 7개를 발견함. 목욕 후 의복들을 모두 버리고 한가복 차용함. 권영준의 나이는 73세. 소변과 대변을 가리지 못하고 배고프다고 함. '디펜드' 착용 조치.

안○ 지구대 소속 경위, 이양식 님 신고로 방문. 예전 동료였음을 설명하고 만나게 해달라고 해서 잠깐 면회 허용함.

권영철(남, 74세) 강제 격리 입원 배방 완료. "언제일지 모르는 불안 감도 무섭다. 제발! 사람답게 살다가 사람답게 죽을 수 있게 해줘라." 권영준 환자의 고함소리이다. "기본소득보장!", "부양의무제 철폐하라!" 그의 고함과 투쟁은 높다란 철문에 갇힌 채 이내 사라졌다.

영원히 노예로 살 것인가? 아니면 미래를 번영과 축복으로 바꿀 것인가? 미래 세대에게 번영과 축복을 선물하기 위한 투쟁! 당신의 노력이 당당한 대우를 받아야 가능하다. 권영준 환자처럼 제 아무리 고함을 질러도 누구도 돌아다보지도 않는다. 바로 그곳이 강제 격리의 세계이다. 지옥이라면 지옥일 수 있고, 지상낙원이라면 지상낙원일 수 있다.

법에 의한 강제 격리, 법에 의한 폭력은 무조건 정당한 것으로 주장 하는가? 우리가 비록 지옥 속에서 있어도 지상낙원을 만들 수 있다는 사실이다. 비록 권력과 제도와 싸워 이길 수 없더라도, 처한 강제 격리의 세계를 천국으로 바꾸는 노력이 가능하다는 사실이다.

✚ 대화가 어려움…, 4월 19일 일요일

현영철, 이방 조치함. 상기 환자는 5년 전 어머니가 돌아가시기 전 까지는 집에서 어머니가 돌보다가 이후 병원 생활 중이심. 가족은 알 아보나 인지능력 저하로 조리에 맞지 않는 말을 하셔서 대화가 어려움….

김구운 국장은 환자 차트를 읽은 후 마지막에 사인을 했다.

박영덕. 45세. 핸드폰 가방 1점 보관. 이발 봉사자들이 병동을 방문하여 이발 봉사를 시행했다.

모든 인간은 태어날 때는 선하게 태어나지만, 사회 환경에 따라서 두 가지 종류의 사람이 된다고 한다. 좋은 행동을 하는 '좋은 사람'과 나쁜 행동을 하는 '나쁜 사람'. 이 두 사람은 차이가 없이 행동하는 것이다.

윤영율. 92세. 입원. 가슴 및 알티(RT) 함. 부상 위험 있음(이는 병원에서 도구를 사용, 포박 강제함을 말함).

✚ 공사장 소음으로 인해 충동적인 과잉행동 입원, 4월 22일 수요일

민영열(남, 69세) 강제 격리 시행 입원.

최근 집 근처 공사장에서 들리는 소음으로 인해 충동적이고 과잉행동을 보여 타 병원 입원 후 이송되어서 오심. 디스크로 의가사제대를 함. 차트의 내용과는 달리 민영열 환자의 모습은 핸섬하게 잘생긴 편이고, 깔끔한 모습을 보임. 본인에게 몇 마디 질문을 던지자, 조리 있게 말을 하고 자신이 왜 강제 격리 대상인지 받아들이지 않고 있음. 차트의 환자 이력과는 상당히 다른 모습이지만, 언제 돌변할지는 알 수 없다.

한국이란 죽을 준비를 해야 하는 88세에 검정고시를 해야 하는 나라다. 히루리도 살려면 학력이 필요한가 보다! 나이를 먹으면 죽을 준비를 해야 하는데, 이건 법으로 자원 배분을 하는 괴팍한 나라다 이거다. 상업은 자원 배분의 한 수단이긴 하지만, 완전하지 못하고 법에 예속되어 활동한다. 어떤 환경도 우리는 극복해야 한다. 그리고 부정과 부패와 부조리 또는 갑질 그리고 권세, 경제력 이런 것에 적응해야만 한다.

김영국, 강제 격리 시행. 가족 진술 부분, '거슬리면 욕하고 물건 던지고, 가족들이 많이 맞고 지내며, 경찰에 신고는 한 건도 없다' 함. 중화요리기사로 일하고 결혼 당시에 주민증 말소상태로 법원에서 쫓아다닌 후, 크고 작은 법적인 문제가 평생 지속됐다고 함. '스포츠 토토' 복권 1등에 당첨되었다고 하는 등 계속 거짓말로 결혼을 유지하려고 함. 음주 시 주사가 심하고 부인을 폭행, 뜨거운 냄비를 던지고 "다 죽여 버린다."며 협박을 지속적으로 해왔다고 함.

사실 우리나라 범죄자의 교도소 수용자 대부분이 이런 유형이라고 한다. 스스로 생활을 할 수 없는 환경에서 몸부림치다가 사회의 재물이 된 유형이다. 환경적인 요인이 범죄로 내몬 것 같은 안타까움이 있다.

권영준의 아들 면회 오겠다며 위치 문의.

이영주는 노영만을 발로 차고 때렸다고 함. 노영만 아들이 전화 와서 집으로 전화 금지 요청.

✚ 평양 방송에서 메르스 치료제 발표, 5월 1일

이도훈 원장, "평양 방송에서 메르스 치료제 주사약 '금당'을 발표했다고 합니다."

김구운 국장, "그쪽도 의료진이 관심을 갖고 있었군요."

이도훈 원장, "평양 방송이 보도한 메르스 치료제라는 금당은 자양강장제일 뿐입니다."

김대정 전 대통령 시절 김정규 전 실장, "저는 초등학교밖에 졸업하지 못해 사법고시를 합격한 민정비서관들의 견제를 많이 받았습니다. 그들이 나보다 더 유능하다고 할 수 있은 점은 모사리 치는 것밖에 없었다고 생각합니다."

'나는 내가 미친 존재라고 고백한다. 적어도 광기와 뒤섞이지 않는 한 위대한 정신은 존재하지 않는다' – 페트라르카 –

권영준과 장영조 주먹다짐 싸움.

경찰로 한평생을 마치고 은퇴한 이양식 님의 구구절절한 하소연이다. 6층에 어떤 돼먹지 못한 놈이 골프 연습을 해서 시끄럽고, 특히 밤에 그 소리 때문에 괴로웠다는 것이다. 요즈음은 자동차에 골프 가방을 싣고 나다니는 꼴을 보기가 너무 힘이 든다는 것이다.

그 이야길 듣고 보니 옛날 일이 생각났다. 신림동 달동네 세무서에 다니던 선배 이야기다. 어떤 사람이 장사를 얼마나 잘(사기질) 했는지, 어느 날 3층으로 하얀 집을 증축해서 집의 조망이 꽉 막아버린 일로 당시 세무조사를 하고 망하게 한 일이 있었다. 골프 연습한다는 그도 빨리 배워서 빨리 내기 골프라도 치고 싶어 그런 것 아니겠나. 골프 연습할 정도면 접대를 하고 싶어 그런 것일 수도 있는데 그 기분도 이해해야지 - 또 건강 스포츠를 하는 것일 수도 있지 않니? 그 기분 알겠는가? 밤늦게 아파트에서 골프 연습 제발하지 마세요.

신입 환자 강영원, 55세, 강제 격리 입원.

김구운, "보건당국은 관련법 규정을 고쳐야 합니다. 자가 격리 불이행 징수 벌금이 최고 300이 뭐예요. 최고 3억 원으로 10배 올리든가 해야 합니다."

이도훈 원장, "메르스 1번, 14번 슈퍼 전파자처럼 진찰에서 부정직하게 발병 원인, 배경, 감염경로, 진료 이력을 속이고, 공중보건 명령이나 조치에 위반하고 불응, 미준수하는 자들은 공안사범으로 무기징역까지 엄벌해야만 합니다."

홍연정 간호사, "전염성 질환 감염자의 타인 접촉이나 불특정 무단이동은 사실 가해 수단과 유형만 다를 뿐, 대중테러 행위이자 공중위해 행위라는 철저한 인식들이 자리를 잡아야 합니다."

김구운, "법은 국회의원들이 만드는 것이고, 그 집행은 사법부의 판사가 하는 것인데요."

강제 격리 병동에서 사람들은 오직 자유를 얻기 위해서 몸부림치죠.

✚ 노영만 쥐가 자주 난다고 호소, 5월 5일 일요일

노영만은 매일 강제 격리 병동의 공중전화로 집에 전화한다. 그러나 그가 집이라고 생각하고 거는 전화는 받는 사람이 없다. 그러나 노영만은 매일 밤 전화를 시도한다. 내가 꼭 하고 싶은 말이 있다. 부모를 요양병원 등지에 버리지 말라고 하고 싶다.

일본보다 10배는 높다는 범죄율이 한국 사법의 현실이다. 한국인

범죄자가 발생하는 90퍼센트는 제도의 문제라고 생각된다. 일제를 위해 수탈하던 사법(판검사) 일벌백계 관습, 한국인이 일본인보다는 착하다거나 일본의 10배 범죄율이라는 것은 진실이 아니라, 오직 돈을 뜯어내기 위한 제도적 현상일 것이다. 어쨌든 한국인이 일본인보다 10배 나쁘다는데, 이는 전혀 사실이 아니라고 믿고 싶다. 한국인은 일본인보다 절대적으로 착하다.

끝내 노인들을 버린 것이다. 노인을 버리다니? 국민을 버리다니? 제 민족을 버리다니? 아니 그리고 보니 버리는 것은 나쁜 것인가?

강동 섬성병원 관계자, "의심 환자가 메르스로 확진될 경우 감염경로를 파악하기 위해 구체적으로 어디를 다녀왔는지에 대해 확인 질문을 한다. 이 과정에서 환자가 미리 겁을 먹고 오해한다."

홍연정 수간호사, "환자분, 어디를 다녀오셨나요?"

김영일(141번 버스에서 하차한 환자), "아파서 병원엘 왔는데요. 왜 나를 강제 격리를 하려 하느냐?"

이해를 못한 김영일 환자는 빠른 걸음으로 응급실로 들어가려 했다. 메르스로 비상 상태라 응급실 부분의 보안이 좀 허술하여 환자를 신속히 격리하는 데 실패했다. 환자가 그 길로 귀가한 것으로 추정되어 경찰이 출동했으나, 환자는 집으로 가지 않고 다른 곳으로 이동하고 있다가 위치추적을 피하고자 스마트폰을 꺼 버린 상태이다.

이도훈 원장, "도망자는 살인 미수로 처벌해야 한다니까?"

수간호사, "환자분은 응급실에 기면 안 됩니다. 환자, 환자분! 격리 병동으로 가는 것이 원칙입니다."

홍연정 간호사가 환자에게 격리실에서 잠깐 기다려야 한다고 누누이 설명했으나, 환자는 격리실을 나가겠다며 화를 냈다. 하지만 환자가 응급실로 갈 줄은 전혀 생각지 못했다. 환자가 메르스를 여러 곳에 옮기게 되면 의료진은 모두 노심초사이다. 응급실 환자들이 이구동성으로 말했다.

"메르스 의심 환자들 막 도망가고."

"실종되고."

"그러는 그 사람들 심정은 이해가 가는데요."

"국민 입장 좀 생각해서 의심 환자분들 희생정신 발휘해 주세요."

"저 메르스로 죽기 싫어요!"

"전 메르스로 죽고 싶진 않다고요."

✚ 교통사고로 다친 뇌 수술 후유증, 5월 7일 목요일

최영순, 목욕 후 면회 남동생 부부.

최영순은 몇 년 전에 교통사고로 크게 다친 후 뇌 수술을 한 적이 있다고 한다. 증세는 기억력 단절 현상으로 방금 한 것도 잊어버린다. 일정한 기억력은 있으나, 순간순간 맥이 끊어지고 잊어버려 자신이 무엇을 하고 있는지도 인지하지 못하는 행동을 계속하고 있다.

불면의 밤을 지새워야 할 격리자들에게 수면제는 고마운 약이다. 그들 강제 격리 대상자들은 오직 죽음만을 기다려야 하는 기분이다. 그래서 그들은 차라리 고통 없는 죽음을 간절히 바라는 것뿐이다. 의학과 과학이 할 수 있는 것은 아무것도 없다.

국가는 아무런 이유도 필요 없이 강제 격리를 통해 전체 사회를 지키려고 할 뿐이다. 그들은 전체 사회를 위해 고통을 강요당하고 있다. 전체를 위해 강제 격리를 당하고, 모든 재산과 지위 신분을 법의 이름으로 박탈당한 것이다. 그러나 사회는 그들의 고통에 감사할 것인가? 사회 안전과 개인 자유, 영원히 양립할 수 없는 평행선을 메르스가 깨트리고 있다.

최영순, 설사. 병동 관리자가 최영순 가족이 택배로 오디와 복분자 주스를 1.8리터 페트병에 담아 택배로 보내왔다고 알려준다.

김구운, "면역력 증강을 위한 음료 같으니 환자에게 전달하는 것도 무방해 보인다. 과일주스는 상온에 보관하면 알코올로 변해 술이 될 수 있어 압수 조치했다."

이양식, 이왕 죽을 몸이라며 자신의 기분이 나쁘다고 이영주를 때렸다. 이양식이 밤에 잠을 못 이루다. 병실의 환자들을 깨워도 깨지 않자 물을 끼얹고 슬리퍼로 머리를 때려서 취침중의 환자를 깨우는 행위를 반복했다. 이양식은 무어라고 말한다. 그러나 들리는 소리는 짐승들의 표현과 거의 유사하다. 시간마다 울부짖는 흥얼거림도 동물원 곰의 모습과 거의 동일하다.

인간은 동물인가? 동물도 인간인가? 동물에게 인권이 있는 것인가 반문해 본다. 어쩌면 강제 격리의 지대에서 질병과 사투를 벌이는 사람들의 얼키설키 신음과 고통의 비명이 나름 지옥의 위안과 평화의 오케스트라 같다. 인간의 기분 나쁨과 기쁨은 어디서 오는 것인가?

✦ 일본 위안부 피해자 떠나가다, 11일 밤

일본 위안부 피해자 김달선, 김외환 할머니 두 분이 떠났다. 한일 역사 왜곡의 질곡 앞에 투쟁해온 두 분의 명복을 빌었다. 그분들의 희생으로 '한강의 기적'(아베 주장)을 선물 받은 조국은 그 은혜를 전혀 갚지도, 책임도 지지 않았다. 끝내 노인들을 버린 것이다. 노인을 버리다니? 일본에 책임을 떠넘기는 행태에 슬플 뿐이다.

면회에서 보자마자 우는 아이 때문에 가슴이 찢어졌었다. 헤어질 때 아들을 안아봤는데 참았던 울음이 다시 나왔다.

모든 문제에 있어 용서했어요. 증오의 편지를 썼었지요. 모든 걸 용서하니 이제 너무도 마음이 편하고 홀가분합니다. 모두 잊어야겠다고 생각합니다. 이제는 모두 내려놓아야 한다는 생각입니다. 아들과 며느리 말대로 살겠습니다. 날 위해 울어주는 딸보다 더 소중한 아이를 위해서도 모두 잊어야죠.

가족 접견을 했습니다. 나를 보자마자 우는 며느리가 제 가슴을 찢어 놓았습니다. 울면서 마주 보고 앉았습니다. 얼굴을 마주 보고 앉았는지 잠깐 이미 시간은 훌쩍 지나 헤어질 시간이라고 합니다. 사랑하는 아들을 안아봤는데 아들이 참았던 울음을 터뜨려서 함께 울었습니다. 고통은 고통 받는 자와 가족 모두를 슬픔 속으로 몰아넣는 지옥의 전령입니다. 모두를 기쁘게 하는 것이 대한민국을 기쁘게 하는 것이리라!

이도훈 원장, "최영순 님, 전에도 열이 난 적이 있었나요? 예전에 경이대학 병원에 내원하여 무엇을 치료 받았나요?"

최영순은 많이 아픈 척 말했다. "골반염증 치료를 받은 적이 있습니다."

이도훈 원장, "신우염 같은데 소변 검사는 이상이 없고. 토하는 것은 없나요? 배는 아프지 않나요?"

최영순 환자, "2주간 37.5도의 열이 반복되고 기침이 있습니다. 어젯밤부터 추웠습니다."

이도훈 원장, "아신 병원에서는 체장 쪽을 들여다봤네요? 어제는 체온이 40도까지 올랐어요. 소변은 괜찮고 체장을 건들 정도는 아닌데…. 신장 쪽이 의심스럽네요. 신우신염이 의심스러우니 배 안에서 염증이 있을 수도 있겠네요."

세 살 된 아이를 둔 이영숙이 퇴원 후 3일 째 되는 날, 자살했다고 남양주시청에서 통보가 왔다. 그렇게 살아있는 것이 힘들었던가? 그의 명복을 빌어준다.

위안부로 고통 받으신 할머니들의 명복을 빌어본다. 이건 나라라기 뭐 하다. 일본에 미룰 일이 아니라고 생각한다. 차라리 월급을 반납하고 싶다.

절망의 편지

✉ **김하나 마음**(24세 소녀의 편지1)

가슴이 빵빵한 것처럼 답답하다. 무언가 불편하다. 사람들 눈을 볼때 똑바로 볼 용기가 없다. 눈치를 보게 된다.

좋은 사람 만나서 연애도 하고, 여행도, 결혼도 하고 싶다. 즐겁게 살고 싶다. 잘하는 것도 없고, 취미도 없고, 찾는 방법도 모르고, 가르쳐주는 사람도 없고, 의욕도 없고… 난 스스로 아무것도 못한다. 누가 시켜줘야 할 수 있다.

사람들 많은 곳에 가도 나한테 관심은 없다. 무관심의 세상, 내가 투명 인간이 된 것 같다. 돈이 생기면 식당에 가서 찌개를 시켜 막걸리 한 병 먹는다. 집에서도 밥하고 막걸리를 먹을 때가 많다.

돈만 많으면 놀이동산, 드라이브, 바닷가, 해외에도 가고 싶다. 남자친구가 생기면 꼭 같이 구경하고 싶다. 죽기 전에 연애나 제대로 하고 죽을지 모르겠다.

✉ **김하나 마음**(24세 소녀의 편지2)

내가 술 마시는 이유는 우울해서, 답답해서, 수다가 없어서, 심심해서, 할 일이 없어서. 자주 답답해서 소리를 지르거나 울고 싶다. 병원에 입원해도 심심하고, 답답하고, 외롭고, 투명인간 같고… 언니들이 잘 해 주어도, 모든 분이 잘 해 주시는데 뭐 때문에 이렇게 불만이고, 싫고, 뛰쳐나가고 싶을까?

나가도 술만 마실 것 같다. 사람들이랑 잘 안 어울리려고 하고 혼자 있게 된다. 내가 낄 자리가 없다. 사회생활이 힘들고, 일도 못 하겠고, 집에만 있으면 영 심심하다. 그래서 술이 마시고 싶다. 술을 마시면 눈물부터 나오면서 속에 답답했던 말이 하나씩 나온다. 속풀이가 되어 잠을 바로 잘 수 있어 좋다. 그래서 알딸딸할 때까지 마신다.

집에서도 밖에서도 스트레스, 스트레스 공화국이다. 이렇게 사느니 약을 왕창 먹고 쓰러져 눈 뜨고 싶지 않다. 빨리 떠나고 싶다. 유언장 같지만 내 마음의 진실이다.

어린 아이들을 상대로 하는 학교폭력, 왕따 같은 폭력은 무의식적 폭력을 반복 재생산한다. 이것이 발전해 사회의 증오범죄, 억지 폭력으로 나타나고 노후에 치매로 나타난다. 사회적 억압과 폭력, 무리한 갑질의 전횡이 모든 정신과 병의 가장 중요한 원인이다. 자폐나 자기 학대 같은 것들이 대표적인, 폭력이 낳은 비극이다.

인간이 '죽음은 평화로운 것'이라고 인식하게 되면 평화롭게 죽음을 맞이하게 될 것이고, 반대로 생각하면 고통을 받게 될 것이다. 세상에 태어난 모든 것은 죽음이라는 과정을 거치게 된다. 암과 같은 병원균도 인간과 다를 거 없이 죽음의 순간을 맞이한다. 그러기에 우리는 아름다운 죽음, 아름다운 삶을 생각해 보게 된다.

✛ 구청 직원 면회, 5월 20일 수요일

김양운, 직원 동행 외출 허용.

권영준, 구청 직원 면회.

김영일, 모친과 통화 중 흥분해 철제 캐비닛 몇 차례 가격.

김구운 국장은 곰곰이 생각해 본다. 어떤 긴급 상황이 발생했을 때 사람들이 어떻게 행동하는지는 사회가 자율성과 타율인 권위주의적 규율이 억압하는 사회인가에 따라 확실하게 다르게 나타난다. 평시 자율적이고 자유로운 사회는 사람들이 스스로 행동을 하게 된다. 가정과 학교, 단체와 기관 할 것 없이 권위만 내세우는 조직과 타율로 법치만 내세우는 사회는 긴급 상황이 닥치면 아무것도 할 수 없게 된다. 세월호 재앙이 그러했다.

"그래서 민관 자율적인 'GGW 프로젝트'가 자율성을 기반으로 정부기관들을 이끌게 하였던 것입니다."

이도훈 원장, "중국인 관광객들의 관광취소는 약 10만 명에 달할 것으로 예측됩니다. 한 사람당 평균 약 71만 원을 소비하는 것을 고려할 때, 약 716억 원의 관광 손실로 나타나고 있습니다."

김구운 국장, "메르스 백신 개발만이 이 피해를 막을 수 있습니다."

지방경찰청은 메르스 환자 등과 접촉해 자택 격리자로 통보된 뒤,

자택을 무단이탈한 권영준 씨를 '감염병 예방법' 위반 혐의로 붙잡아 보건당국(격리 병동)에 인계했다. 경찰은 고발장을 신청 받아 위치추적과 탐문 등을 통해 권 씨의 신병을 확보했으며, 신병을 인계받은 보건당국은 권 씨에 대해 다시 격리 조치를 했다. 아울러 경찰 관계자는 "무단이탈 등 보건당국의 격리 조치 등에 적극 협조하지 않을 경우 강력히 처벌할 방침."이라고 밝혔다.

그나마 강제 격리된 사람들은 병원이 목숨을 지켜주기 위해 최선을 다하고 있다. 그러나 강제 격리 병동에 입원하고 싶어도 병실 부족으로 입원하지 못한 사람은 그 절망적이고 황폐한 도시 속에서 악전고투해야 한다. 권력, 그리고 법 위에 군림하는 사람들은 시민들이 된장찌개 속의 모시조개처럼 입을 벌리고 아무런 이의나 저항을 않기를 바랄뿐으로 그것이 아주 좋은 나라라고 생각하기 쉽다. 맘대로 조개를 발라 까먹기 위해서는 끓는 상태의 조개가 쉽고 맛있기 때문이다.

메르스, 미치고 환장할 노릇이다. 걸리면 죽으면 되죠, 안 걸리면 다행이고요. 메르스 확진은 병원 폐쇄와 지역 경제를 박살을 낸다. 그뿐 아니다. 그 가족들, 심지어 의료진 가족까지 따돌림을 당한다. 치료 방법도 전혀 없다. 사망자 가족들은 장례도 치를 수 없는 현실이다.

○○ 병원 간호사가 섬성병원 응급실에 막 도착했다. 심한 오한과 고열, 전신 근육통으로 두통을 호소하고 있었다. 의료진은 직업상 피할 수 없는 운명에 노출되어 있다. 하는 수 없이 ○○ 병원의 간호사를 임시로 하얀 천막으로 만든 야외 진료소에 이동시켰다.

간호사는 여러 통증과 극심한 오한으로 떨면서 두려움에 정신을 놓았다 들어왔다를 거듭하고 있었다. 완전 무장을 한 제1과장이, "메르스 확진 검사를 진행하기로 하였습니다."라고 말한다. 그런 말을 알아듣거나 하는지도 모르겠다. 왜 병이 고통을 주는 것일까?

제1과장은 엄숙하게 "응급실 의료진은 메르스를 겁내지 말라고 수차 다그친다."고 말했다. ○○ 병원 간호사가 응급실에서 인공호흡기에 체외 순환기까지 달았다는 말을 하는데, 제1과장은 "우리같이 젊은 사람에게 감기가 감염되어봐야 무슨 죽기는 하겠는가!"라고 소리쳤는데, 그래. 의료진도 걸리면 죽는다는 공포 자체이다. 간호사들이나 환자는 너무 많이 힘들어하는데, 의료진이 안정제 주사 한 대와 진통제 주사를 놔줄 뿐이라 너무 안타까웠다.

의료진이 근무 중에 메르스에 걸린다는 생각이 드니 너무도 혼란스럽다. 제1과장이 간호사를 처리했기 때문에 확진 결과가 나올 때까지 집에서 자가 격리를 주문해야 했다. 이는 우리 백신 개발팀으로서는 실로 엄청난 손실이다. '단 한 명이라도 메르스에 걸린다면 용서 안 합니다'라는 말이 떠올라 혼자 속으로 말했다. '아, 몰라~!'

메르스 백신 개발 성공

✚ 5월 25일 금요일, 제4과장 백신 개발 성공

김구운 국장은 기억해냈다. '단 한 명의 국민이라도 메르스에 걸린다면 절대 용서를 못합니다' 제4과장은 숨이 막혀 말을 잇지 못하는 표정으로 로마군이 승리를 알리는 듯이, "메르스 환자에서 축출한 항체를 실험실에서 배양하는 데 성공했습니다."라고 외쳤다.

이도훈 원장, "드디어 성공했군요!"

김구운 국장, "이제 메르스를 잡는 것이란 말인가?"

이도훈 원장, "거의 백 퍼센트 성공입니다. 이제 배양 항체를 환자에게 투여하면 됩니다."

제4과장, "하느님이 보호하사 우리나라 만세!"

누구랄 것 없이 합창이 터졌다. "우리나라 만세!"

김구운 국장, "빨리 레디가카에게 보고하겠습니다."

김구운 국장은 이도훈 원장이 보여준 메르스 항체를 보는 순간 목이 메이 가슴이 찢어지는 아픔을 느끼고 있었다. 벅찬 감정이었다.

'주사위는 던져졌다' 율리우스 카이사르가 루비콘 강을 건너 로마로 진격하면서 남긴 말이다. 일을 결단했으니 뒤돌아보지 말고 나아가야 한다는 뜻이다. GGW 작전본부는 이미 루비콘 강을 건너 메르스 백신과 인간의 모든 질병의 세균을 이겨내는 슈퍼항생제를 개발하는데 성공했다. 슈퍼항생제의 개발은 지난 10개월간의 섬성병원과 그룹 차원의 지원으로 제4과장이 몰두해서 이루어낸 성과였다.

중세 유럽에서 2천만 명 이상이 죽었던 흑사병과 땅속에 살아가는 탄저균, 사스와 홍콩독감, 메르스 같은 바이러스에 강력한 살균력을 동반하는 슈퍼항생물질을 메르스 감염 항체에서 추출하여 배양하는 데 성공한 것이다. 지난 수억 년 동안 인류를 괴롭혀온 바이러스와의 대결에서 김영진 제4과장이 승리했다. 인류를 숙주로 이용하는 바이러스와의 대결에서 드디어 인류가 바이러스를 제압한 것이다. 인간을 먹이처럼 삼키고 적절히 번식하며 인류의 규모를 유지해온 바이러스와의 대결에서 최초로 인간이 승리한 것이다.

18년 간 해군 정보부에서 일하였고, 민간인으로서는 미국 해군 정보부에서 최고로 높은 계급에 오른 로버트 람보 CIA 국장이 찾아왔다. "김구운 국장, 좋은 일이 있으면 함께 합시다."라고 능청스럽게 말했다. 무엇을 아는 듯한 표정이 꺼림칙하다. 그는 전직 CIA 비밀담당관이기도 하다. "대부분의 테러리스트는 우리 정보부에 의해 만들어졌습니다." 그는 대놓고 이래 말하고 다닌다.

김구운 국장은 기가 차서 말했다. "로버트 람보 국장님, 미국처럼 역사가 짧은 나라는 장구한 세균의 역사를 이해하지 못할 것입니다."

로버트 람보 국장은 웃으면서 말했다. "세균의 역사는 인류 역사보다 훨씬 깁니다."

미국의 CIA 국장인지, 테러리스트의 국장인지 알 수 없는 사람이다. 그는 모든 잘못은 미국의 FBI가 시킨 일이라고 주장한다. 대 테러 전쟁은 미국 산업을 증진시키기 위해 ISIS(CIA를 말함)라는 테러 위협을 다시 조작한다고 주장한다. 참으로 알 수 없는 사람이다. 내일 남산의 자락 호텔에서 미국대사의 리셉션에 참여하라고 초청하고 갔다.

그 후 GGW 작전본부는 메르스 배양체를 수차례 환자에게 임상 투여했다. 그리고 승리를 기약하고, 미국의 정보기관과 러시아의 정보기관을 피해 은밀히 국제 거대 언론과 인터뷰할 것을 계획했다.

김구운 국장, "행운의 여신이 우리에게 미소를 보냈소이다."

✚ 밧줄로 포박 격리, 5월 28월

한영범, 밧줄로 포박 격리, 입원. 56세.

"내가 왜 입원을 했는지 모르겠어요."라고 하시며 흥분상태. 자타의 위험성 있어 CR keep에 설명한 후 입실 후 소지품 검사 및 환의 체인지 함. "와이프와 종교 불화로 가정에서 풀어야 하는 일인데 여기 들어왔어요. 이 병원을 어떻게 알았는지….." 하심.

행운목 5년생 나무의 마지막 잎과 줄기가 힘없이 떨어져 죽었다. 뿌리만 덩그러니 남았다. 아니, 뿌리와 큰 줄기는 죽은 것처럼 보일 뿐, 아직은 죽지 않았는지도 모른다.

죽음은 무엇일까? 어린 시든 잎이 가장 먼저 사라지고 다음은 줄기가 사라지고 뿌리둥치는 비바람을 맞으며 오랜 시간 후에 사라지겠지. 그러나 나무의 죽음이 오래가는 것은 아니다. 마지막 이파리가 떨어지면서 나무는 생명의 마지막 숨구멍을 잃었다. 단지 생존의 흔적이 오래간다고 그것은 생명이 아니다.

"메르스는 아직은 치료약이 없습니다."

"메르스는 현재로썬 백신이 없습니다."

"우리 병원이 세계 최초로 백신과 치료약을 개발해낼 것입니다."

"여러분, 희망을 잃지 마세요."

병원은 그냥 치료한다. 죽을 사람은 죽고, 살 사람은 산다. 너무들 걱정하지 마라. 재수 없으면 당신이나 내 차례가 될 수도 있고, 아닐 수도 있다. 만일 메르스가 발견되었다는 뉴스가 나오면 그 지역은 박살이 난다. 모두 마스크맨이 되는 지역에 시민은 물론 관광객도 오지 않는다. '여러분! 메르스 키우지 마세요!'

김구운 국장은 속이 터지는 듯이 답답하다는 표정으로 말했다. "강제 격리보다는 의심 증세자는 자가 치료를 하시는 게 나라나 사회에 유익합니다. 잘 생각해 보세요. 병원에서 해 줄 건 별로 없다 이 말입니다. 그리고 치료비도 병원이 부담하기 어렵습니다."

이도훈 원장, "제발 국장님, 그런 말씀만은 비밀로 해 주셔야죠."

김구운 국장, "그냥 의심 증세자는 행동을 줄이고 자가 면역력 향상 방법인 산삼이나 보약, 기타 민간요법을 시행하고 좋은 약을 구해 먹는 것도 애국이 아닐까요? 다 죽는 건 아니란 말입니다. 우리나라는 법치 만능 국가이니만큼 메르스는 엄청난 소송을 불러올 것입니다.

메르스가 대통령도 만들 것이라는 생각들을 해선 안 됩니다."

'씨벌!'

제1과장, "메르스로 시도 때도 없이 방콕만 하는 부류들, 방콕 족은 사회적 인지 부적응의 한 현상이다. 이것도 하나의 정신장애이다."

환자 이영수, "나는 정상이오, 억울하오! 집으로 보내주시오. 환자에게도 발언권을 주시오. 내게도 말할 권리를 주시오!"

제1과장, "석가모니께서 오늘 대한민국에서 태어났었다면, 강제 격리 병동에 수용되었을 것입니다. 아니, 예수처럼 노상에서 노숙하고 유세 다니는 행위들도 오늘날 행려자(노숙자)로 수용 시설의 격리 대상자입니다."

격리 대상의 문제는 정신보건법이나 법치의 운영상 편의를 위해서 그런 판단을 하는 사람들이 누구인가에 달렸다는 점이다. 이런 강제 격리의 판단은 법에 주어진 것이다. 불법이 아니라 합법으로 사회를 지켜낸다는 오만한 정신의 산물이리라!

이도훈 원장은 매우 불만족인 말투로 말했다. "우리 사회는 알코올 중독, 약물중독이 만연된 매우 위험한 사회입니다. 학생들은 본드를 마시면 '유기화합물관리법' 위반입니다. 성인들은 알코올과 담배, 마약 심지어 각종 약물을 혼합해서 환각제를 조제해 섭취하거나 술에 칵테일 해서 파티를 합니다. 모두 불법입니다."

김구운 국장, "만일 사회가 순조롭게 순리가 통한다면 누가 술을 퍼먹고 알코올 중독이 되겠소! 정신과, 우울증과 조울증 이런 것도 사회의 불건전성이 초래하는 것이오!"

이도훈 원장, "파킨슨병, 루게릭병, 그리고 노인성 질병 치매 같은 질병들은 죽음에 이르는 과정의 일환입니다."

김구운 국장, "사람은 모두 언젠가는 죽습니다. 알코올 중독자가 많아지자 주폭을 단속하고 처벌하여 해결하려고 하지만, 이는 주객이 전도된 대책입니다. 알코올 중독자가 만연된 원인이 알코올 때문이란 발상일뿐, 사실은 알코올에 세금을 높게 부과하면 알코올 섭취를 줄인다고 생각하기 쉽지만 사실은 그 반대입니다."

김구운 국장은 이도훈 원장에게 답답하다는 듯이 말했다. "사회가 되는 게 없는 상태입니다. 궤변이 정의라고 우기는 오만과 편견의 판단 속에 빠진 왜곡의 세상에서 정상적인 사람들이 그나마 술에 의존하여 정신을 지탱하는 것입니다. 맨 정신으로 살아가기 어려우니 알코올 중독자가 되는 것이 아닌가요?"

이도훈 원장, "강제 격리야말로 지상낙원과 같은 곳입니다. 죽을 목숨이 보존되는 곳입니다."

김구운 국장은 이도훈 원장의 주장에 반론을 펼치지 않았다. 그러나 속으로 '알코올 중독이 아니라면, 극단적으로 사회를 불신하여 자살을 선택하는 사람들도 있지 않은가?'라고 생각했다.

✚ 나를 구해 달라, 5월 28일 목요일

GGW 작전본부 지휘부가 비상을 긴급히 발표하고, 지프에 오른 김구운 국장의 지휘로 기동대 버스에 특수 요원들을 태웠다. 일행이 평택 외곽의 경찰들의 포위망에 접근했을 때, 평택 경찰서 강력계 형사

김상돈 반장이 상황 보고를 했던 시간은 오후 7시경이었다. 평택 시내는 메르스 경보로 인적이 없었으며 유흥가의 불빛만 휘황하게 켜져 있었다.

평택 메르스 의심 환자는 바로 홍등가의 사장이었기에 부근에서 잠복에 들어갔다. 김상돈 반장의 보고에 의하면 평택 메르스 의심 환자는 며칠째 행방불명 상태라고 했다. 김구운 국장은 직접 자동차에서 잠복하기로 했다. 밤 9시가 지나가는 시간쯤, 메르스 의심 환자의 가게에 한 여자가 들어가는 모습이 포착됐다.

김구운 국장의 머리에 스치는 것이 있었다. 바로 뒤따라 들어간 김구운 국장은 그를 잡아챘다. 바로 여장을 하고 모양새도 여자의 모습인 트랜스젠더(성전환자) 박영록이었다. 손쉽게 여장을 한, 아니 여자로 변한 평택 메르스 의심 환자를 체포한 것이다.

부근의 홍등가에 이 소식이 어떻게 번졌는지, 평택 지역의 조직폭력배 30여 명이 삽시간에 몰려와서 김구운 국장 일행을 에워쌌다. 박영록을 내놓으라는 무력시위였다. 상우회 회원이기도 한 이들은 맹목적인 친목이 두터운, 지역 인신매매를 비롯한 각종 사소한 범죄조직원들이었다. 이들의 수에 반해 GGW 요원의 숫자는 7명에 불과해서 애써 잡은 메르스 의심 환자를 빼앗기기라도 하는 날에는 큰일이었다.

김구운 국장은 경찰의 지원을 요청하고, 김상돈 반장에게 박영록에게 쇠고랑을 채우게 한 뒤 자동차 문을 잠그게 하였다. 얼마 되지 않은 사이에 조직폭력배들의 수는 점차 불어났고, 그중 두목격인 덩치가 큰 녀석이 박영록을 풀어달라고 대들었다. 김구운 국장은 잽싸게 두

목을 내동댕이치고 땅바닥에 눕혀 밟고는 쇠고랑을 채우면서 외쳤다.

"다들 꼼작 마라! 박영록은 살인미수죄로 체포됐다. 나서는 놈들은 도주원조죄로 체포할 것이다."

조직폭력배들은 경찰이 출동하는 사이렌 소리에 놀라서 모두 순식간에 자신들이 관리하는 점포로 사라졌고, 김구운 국장 일행은 무사히 평택 메르스 의심 환자를 강제 격리하는 것에 성공했다.

신체검사 결과, 박영록은 중성으로 남자의 모든 것을 갖추고 있었으나 작동되지 않는 물건을 소지했고 자신도 남자이길 거부했다. 길게 기른 머리카락과 볼륨 있는 커다란 가슴, 여성스러운 복장으로 인해 누가 보아도 여자였는데, 남성의 상징인 가운데 물건이 기능하지 않는 물건을 소지하고 있었다. 박영록은 아쉬운 듯이 투덜거렸다.

"남자 성기를 자르고 여성으로 바꿀 수술 날짜를 잡았는데 그전에 잡혔구나!"

그의 운명은 여자였을까? 운명이 여자가 되는 것을 막고 있었다.

* * *

이영길, 전화 중 재발신 이용해 친구에게 전화해서 "구해 달라."고 함. 독방 격리 포박 조치 벌칙 가함. 혼수상태임.

수간호사, "메르스 사망자 시체는 즉시 비닐로 감싸집니다."

제1과장, "시체 백에 이중으로 담겨 봉인되며 염이나 방부 처리는 할 수 없습니다."

김구운 국장, "메르스 사망자는 감염 위험 때문에 장례 절차를 치를 수 없습니다."

보건 담당자, "장사법 6조에 따라 24시간 이내 화장을 해야 하기 때문에 가족들은 임종마저 지킬 수 없을 것입니다. 참으로 안타까운 일이지요."

김구운 국장, "환자 상태가 위중할 경우, 가족들에게 장례 절차 없이 24시간 내 화장을 해야 한다는 규정을 알려주고 있는데…."

수간호사, "가족들이 이를 듣고 오열할 때 마음이 아픕니다."

김구운 국장은 슬픔 속에 생각에 잠겨 생각한다. '인간의 뇌를 지배하는 것은 뇌세포이다. 이것들은 하나의 세균과 유사한 세포라는 생명체이고, 뇌세포들이 바이러스나 세균에 감염되어 이상이 생기는 것은 지극히 당연하다. 인간의 인지력 이것도 세포의 작용일 뿐이다. 과연 인간의 존엄이 인간에게 있는 것일까? 인간의 뇌세포나 정신에 존엄이 있는 것일까? 인권은 어디에 맞춰져야 할까?'

메르스 사망자는 법에 따라 24시간 안에 화장해야 한다. 메르스 사망자의 시신은 2차례 밀봉시킨 후 그대로 화장 시설로 직행시킨다. 사망 환자 가족 중 메르스에 걸려 격리된 이들이 많기 때문에 이들은 사망 환자의 임종을 볼 수 없다. 안타까운 일이다. 사망 시 장례 절차 없이 24시간 내 화장을 해야 한다는 규정은 가족들에게 큰 상처가 된다. 어쨌거나 장례를 지켜볼 수도 없고, 부검해서도 안 된다.

유영혜 양의 엄마는 자식이 강제 격리되자, 입원이 된 병원을 수시로 오가며 씻기고, 빨고, 챙겨주려고 했다. 이것은 아이를 바보로 만들고 있는 것이라는 생각이 들었다. 엄마는 유영혜 양을 보고 울면서 말했다.

"다른 엄마는 한 달에 한 번 또는 일주일에 한 번 면회를 할 것이다. 나는 거의 매일 어려운 면회를 허락받아 이렇게 애정을 쏟는다. 무슨 천벌인지? 왜 우리에게 이런 천벌이 내린 것인가?"

유영혜 양의 어머니 이야기로는, 오빠가 어릴 때부터 폭력 행사로 여동생을 억압했기에 여동생이 자폐 증세를 보였다고 한다. 어머니가 오빠의 눈을 피해 과보호를 한 것이 유영혜 양의 정신에 영향을 끼쳐 대인기피와 어머니의 과보호를 요구하면서 스스로 무기력해졌다고 한다.

눈물을 뚝뚝 흘리고 영혜와 포옹을 하고 얼굴을 닦아준다. 아무런 말이 없던 영혜도 엄마를 붙잡고 울긴 마찬가지이다. 내가 아무래도 영혜보단 빨리 죽을 것이지요? 내가 죽고 나면 우리 영혜는 어떻게 살까요? 천덕꾸러기가 되어 살기는 할 수 있을까요?

문의 치곤 좀 애매하다. 인간이 한 치 앞도 알 수 없는 한시적인 존재임을… 아리스토텔레스의 '너 자신을 알라'는 탈레스 신전의 문구가 생각났다.

"글쎄요? 완치도 있고 그건 알 수 없습니다. 오늘 일만 걱정하시지, 보호자가 사후까지 말씀하시면 드릴 말씀이 없습니다(아이를 과잉보호하여 엄마가 바보로 만드는 것을 자각하지 못하나)."

엄마가 말했다.

"오빠가 군대 가기 전에는 괜찮았는데요, 영혜를 보면 소리치고 막

대들어요. 너무 심하다 싶고 영혜도 나를 막 때리니 어쩜 좋아요."

영혜에게 하듯이 아이들을 너무 과보호 사랑을 쏟았으니 당연하다. 더 이야길 듣지 않아도 짐작이 가고 남는다. 아이를 양육할 때 사랑스럽다고 과보호를 하게 되면, 그 아이는 성인이 된 후에도 누군가에게 평생을 보호받아야 한다. 결국에는 국가나 기관이 평생을 보호해야 할지도 모른다는 생각이 든다.

김양운, 가족 및 지인 수 명과 변호사 대동 접견 요청하며 병동 방문. 병원은 면회 거부 조치를 결정함. 김양운, 전화카드 요청.

제1번지 BH 소속 후배, "부산시 메르스 상황실 공무원 스스로 목매 자살했군요. 등산객이 발견했답니다. 유서에는 '미안하다'라고 쓰여 있었답니다."

김구운 국장, "부산은 81번 환자 발생한 이후 하루 최고 570건 신고 전화가 빗발치고 있었소. 정상과 비정상의 차이는 없다. 사망은 비정 상이지만, 이것이 만연되어 엄청난 사망자가 발생했을 때는 비정상이 라는 인식이 정상으로 받아들이게 되기 때문이다."

윤영선, 목사님 면회 옴.

서울시 안전국장, "박연순 시장은 오늘 밤 긴급 기자회견을 열었습니다. 메르스 확진 판정 의사가 시민 1천여 명 이상 행사에 참여하는 등 직간접적으로 접촉했다고 발표했습니다."

김구운 국장, "박연순 시장이 대통령이 되고 싶다고 했습니까?"

서울시 안전국장, "그런 발표는 아니고 메르스가 매우 무서운 질병 인 것처럼 이야기했습니다."

이도훈 국장, "아마 정부의 메르스 대책을 비난하고 자신이 영웅이 되고 싶은 모양 같군요."

　김구운 국장, "뭐랬어요. 치료약이 없다고 발표를 하고 손 씻기를 해야 한다고 발표했어야 한다고 했지 않소!"

　이도훈 원장, "레디가카를 모사리(모함) 치다니?"

　그때 권영준 환자가 갑자기 발작했다.

　"씨발, 개새끼들아. 아예 나를 죽여라! 이게 뭐하는 짓이고, 나는 죽어 시체가 되어 나가련다. 마~ 죽이라고! 왜 살려서 약 주고, 너희 맘대로 주사 놓느냐고…."

　이어 극도의 신음 소리를 내며 말한다.

　"으으… 죽이라고 죽여줘요. 내가 월남전에서 동료들 다들 죽을 때 죽었어야 하는데…."

　담당 간호사, "환자분 다시 행패를 부리면 독방 감금에 8밀리미터 약물을 투여합니다."

　권영준, "아이고, 담당님. 살려주소. 허! 뭐, 이런 데가 다 있나? 나는 경상도 사나이. 고집 하나밖에 없소. 죽여주소."

　병동 관계자, "이 탱감아! 네가 사나이냐?"

　권영준 환자, "뭐라고요, 아이고 잘못했습니다. 살려만 주세요! 야! 여기 무서운 데네."

　권영준은 마구 5분간 발작을 한다. 인간은 미미한 존재임을 알겠다.

　중세 교회에서 면죄부를 팔아 챙겼듯이 오늘날 유전무죄가 면죄부 장사와 무엇이 다를 것인가? 중세 교회는 하나님 빽으로 장사했다면,

오늘날의 유전무죄 무전유죄는 판사 빽이라고 한다.

황영환 환자님, 화장실에서 낙상하여 졸도. 정신을 차리게 하였음.

"급성 열감기 또는 독뱀이나 독사에게 물릴 때 자가 면역 향상에 흔한 약초, 잃어버린 대륙을 보면서…."

전쟁이란 저 나라 젊은이가 우리를 향해 총을 쏘고, 우리는 저 젊은이를 향해 활을 쏴야 한다. 조선, 일본 양국 통신사가 왔다 갔다 하면서 전쟁의 비극을 막을 노력을 전혀 하지 않는 기망이 안타깝다. 관료주의, 무책임이 임진왜란을 불러왔다. 어쨌든 병만 고치면 되는 거 아닌가? 민간요법도 나쁜 것은 아니란 생각이 든다.

메르스 환자 발병률이 세계 2위로 올랐다는 불명예가 창피하다! 중국 10억이 넘는 인구, 인도 12억 넘는 인구, 미국도 메르스가 발생해도 환자가 한두 명 이내라는데, 곧 세계 1위를 탈환하게 되면 어쩌나?

안전국장, "대통령님이 오후 범정부 대책본부 상황실을 방문하고, 메르스 방역 상황 및 각 부처의 방역 대응 지원 상황에 대해 점검했습니다."

김구운 국장, "대통령은 메르스 확산 방지를 위해 총력 고군분투하고 있으나, 국민들은 잘 알지 못하는 듯합니다."

제1번지 BH소속 최영화, "대통령께서는 '전문가 중심의 신속한 대응'과 '확실한 현장 이행 점검'을 강조했습니다."

새 총리 후보, "메르스가 발생하기 1년 전에 국가적인 메르스 도상 훈련까지 했습니다."

김구운 국장, "실제 첫 환자로, 우리가 우왕좌왕 했습니다. 메르스 환자에게 기관지 내시경, 객담 검사, 기관 삽관 제거 등을 할 때 '에어로졸(공기 전파)'가 발생할 수 있으니 N95 마스크를 장착하라는 것입니다."

이도훈 원장. "장갑, 긴소매 가운 등 보호 장비를 착용해야 합니다."

✚ 유서 3장 발견, 6월 9일 화요일

이양식, 유서 발견. 독방 벌칙 가함.

이도훈 원장. "격리 병원은 투석치료를 받는 많은 환자분들이 노출돼 있습니다. 격리 조치 상태에서 투석치료를 받으셔야 하는 분들의 추가 감염을 막기 위해서 병원보다 안전하게 격리된 상태에서 강화된 조치가 필요합니다."

김구운 국장. "병원 측에 신규 입원을 중단하고, 시급한 투석 환자의 격리 조치를 위한 병상 확보를 요청했습니다."

이도훈 원장. "메르스는 확진 환자와 접촉한 의심 환자, 유사 증상자뿐만 아니라. 접촉력이 없는 폐렴 등 중증호흡기 환자를 대상으로 광범위하게 진행되고 있습니다. 현재까지 지역 사회에서 양성으로 확진된 바는 없습니다."

홍연정 간호사. "메르스가 주로 발생한 4개 시도의 병원 중심으로, 중증 폐렴 환자를 대상으로 메르스 검사를 시행했습니다. 그 결과, 693건 모두 음성으로 판정됐습니다."

방역 당국 관계자. "메르스와 사투를 벌이고 있는 일선 의료진에 감사의 말씀을 드립니다."

김구운 국장, "자가 격리자는 환자가 아닙니다."

이도훈 원장, "메르스는 잠복기 기간 동안에는 전파가 되지 않습니다. 메르스 최고 예방법은 마스크 하기가 아니라 손 씻기입니다."

김구운 국장, "한경련이란 신문에서 '메르스 사태 8월까지 가면 20조 손실, 성장률 2퍼센트 경제에 치명타'라는 뉴스가 보도됐군요."

이때 김영환 환자가 말했다. "퇴원을 하고 싶습니다."

병원 관계자, "김영환 님 마음대로 퇴원하고 싶다고 되는 게 아닙니다."

김영환 환자, "돈 벌어야 가족이 유지됩니다."

간호사, "돈 벌어서 뭐 하게요."

김영환 환자, "병원비라도 내야죠."

간호사, "국가와 가족이 다 부담하니 걱정 마세요."

김영환 환자, "가족 중 돈 버는 사람이 없는데 제가 나가야 벌죠."

간호사, "나가서 뭐 하시게요."

김영환 환자, "내가 하던 포목장사를 해야겠습니다."

병동 관리자, "그냥 병원에 잘 계시는 게 가족 돕는 일입니다."

김영환 환자, "퇴원해서 장사로 돈을 벌어서 다시 들어오더라도 입원비가 있어야 하겠습니다."

병동 관리자, "국가 의료보험이 있는 거 아세요? 다 이럴 때 사용하는 것입니다."

김영환 환자, "그래도 개인부담이 있을 거 아녀요?"

병동 관리자, "그건 몇 퍼센트라 얼마 안 됩니다. 걱정하지 않아도 가족이 책임질 거예요. 김영환 님은 주는 밥 잘 드시고 병원에 잘 계시는 게 가족을 도와주는 것입니다."

김영환 환자, "가족 생계는 누가 책임집니까?"

병동 관리자, "그건 가족이 하는 거죠."

김영환 환자, "그건 말이 안 됩니다."

병동 관리자, "왜 말이 안 되나요?"

김영환 환자, "내가 벌다가 병원에 잡혀 온 것인데 누가 번다는 것이에요."

김영환 환자가 애원하며, "내가 나가서 돈을 벌어야 가정이 되고 병원비도 낼 수 있습니다. 퇴원시켜 주시면 나가서 돈을 벌어 다시 입원하겠습니다."라고 말하자 드디어 열 받은 관리인이 소리쳤다.

"개소리 그만해! 여기가 놀이터냐! 전 국민을 죽일 셈이냐고? 이건 뭐 메르스 키운 놈보다 나쁜 놈이네."

김영환은 슬그머니 도망치듯이 사라지고 있었다.

✚ 하염없이 장대비가 억수로 쏟아지는, 6월 11일 목요일

이영수, 신입 환자, 57세, 82/102/1143.

방역 당국 관계자, "대전에서 메르스로 죽은 사망자 유가족들이 장례에 관한 모든 비용과 보상 국가유공자에 따르는 희생자 대우 등을 요구하면서 화장을 거부하고 있답니다."

김구운 국장, "고인과 유가족에게는 안 된 말이지만, 이건 아닌 듯합니다."

인간의 정신에는 모든 주변 사항을 보고 거기에 맞추는 인지 능력이 있다. 이러한 인지 능력에 문제가 있는 사람들을 정신과 환자라고 하는 것이다. 우울증이나 조울증, 불면증, 알코올 및 약물 중독 등 정상적인 정신 활동 이외의 활동을 치료하는 것이다.

우리 사회가 정상적인 자원 배분이 안 되는 비정상 독과점의 무전유죄 유전무죄의 상납사회라고 한다면, 그 구성원들의 적정한 인지력이란? 인지력은 무엇일까? 현실을 수용하고 무조건 참는 것만이 정상으로 판단해야 할 것인가? 모든 저항과 불만 같은 인지 부조화를 어떻게 봐야 할까? 어쨌든 우리 사회를 위해 강제 격리 병동은 존재하고 누군가는 수용되어야 한다.

✦ 정읍에서 잡혀 오다, 6월 12일 금요일

송영근, 정읍에서 잡혀서 들어오다.

김구운 국장은 속으로 생각한다. 강제 격리란, 조선 시대 폐유廢儒, 속유俗儒가 불러낸 봉건시대 악습으로 환원하는 느낌이다. 사대부도 나름 나라를 위해 일 한다며 눈만 뜨면 상소를 쓰고 패거리 싸움을 해댔었다. 이 나라의 뿌리인 신라는 어떤 나라일까? 강제 격리 병동은 밥을 주고 질병을 치료하는 약을 주는 생존을 연장시키는 곳이다.

김구운 국장은 내어 또 소리친다.

"여기 강제 격리 병동은 다른 말로 지상낙원 중 하나이다! CNN이 세계 7대 미스터리로 지목한 코소보의 정신 병동이 지옥이라면 강제 격리 병동은 지상낙원 이름 그대로 지상낙원이다."

많은 환자들이 울먹이는 소리로 합창했다.

"낙원이다."

김구운 국장은 그제야 웃음을 얼굴에 담을 수 있었다.

시민들의 주머니가 두둑해야 좋은 세상이다. 정부는 왜 시민들의 등가죽을 벗겨 먹으려고만 할까? 이나 뼈 등 신체가 아프면 돈을 주고 치료받게 해야 하는데, 의료보험이나 국민연금 등 정부가 대신 돈을 내주겠다며 자신들에게 돈을 내라고만 한다. 그것까지는 좋다. 그렇다 하더라도 청년들은 수입도 없는데 수업료를 올리는 등 돈쓸 곳만 만든다. 국민들을 쥐어짜서 죽이려는 것인가?

뒷주머니 지갑에 5만 원권 10장 정도 넣고 쇼핑을 다녀야 기분이 좋은 것이다. 신용카드로 쇼핑하려고 돌아다니는 기분은 단지 "에이, 빨리 집에나 가자."는 마음뿐이다. 버스를 타고 집으로 오면 "아이쇼핑 맛이 이거구나!"할 뿐이다.

이왕 돈 이야기가 나왔으니 말인데, 메르스 사태로 난리가 난 상태에서 법원이 삼성의 손을 들어 주어 삼성 후계자가 인수합병으로 세금 한 푼 안 내고 자산 5백조 원의 삼성그룹을 상속받게 됐다. 한국만의 획일적인 회사 소유 지배 구조 정책, 공정거래법, 엿장수 법조계가 하는 '유전무죄 무전유죄' 장사… 그 뒤에는 무서운 시민들의 패배가 있었다.

IMF를 초래한 원인도 문민정부가 방어막 없이 글로벌 국제금융 앞에 자국 기업을 무장해제 시킨 것 때문이었다. 기업이나 시민들의 이해를 고려하지 않은 관료의 선도주의가 얼마나 위험한 것인가?

영국계 펀드 헤르메스는 2004년 삼성물산에 투자를 했다. 삼성물산 지분 5퍼센트를 취득한 후, 경영진을 압박해 지분을 전량 매각해서 3백 8십억 원의 차익을 봤다. 헤지펀드 소버린은 2003년 에스케이(SK)에 투자를 했는데, 이후 SK와 소버린 사이에서 경영권 분쟁이 일어났다. 그 과정에서 SK는 경영권 방어를 위해 1조 원가량을 지출했지만 소버린은 1조 원가량의 시세차익을 얻은 것으로 알려져 있고, 칼 아이칸은 KT&G와 경영권 분쟁을 일으켜 1천 5백억 원의 시세차익을 획득했다고 알려져 있다.

그나마 SK는 국내 요지에 이동통신 대리점을 내주어 국내 요지 부동산 점포의 임대료 상승을 갑절로 올려준 공은 있다고 할 것이다. 즉, 이동통신사 대리점들이 요지의 임대료와 국부의 팽창에 기여한 바가 분명히 있었다.

10대 재벌이 곳간에 쌓아놓은 돈 522조 원. 이것은 모두 국민의 돈이다. 1천 9백만 노동자 중에 소득이 월 2백만 원 이하인 사람이 9백 4십만 명이라는 데 도대체 누가 개혁의 대상일까? 헤르메스, 소버린, 엘리엇이 노리는 쌓아둔 돈은 지켜진 것으로 보이는가?

시민에게, 노동자에게 돌아갈 몫을 재벌들이 가로채 쌓아놓고 있으면서 끙끙대니 직장인들의 삶이 불안하다. 임금을 올려야 경제도 살아나지 않겠나! 시민 주도 주민 경제 체제로 가야 한다.

외국계 엘리엇은 "삼성의 합병 비율은 삼성물산에게 불리하며, 삼성물산 이사들이 삼성그룹 오너 일가를 더 고려하고 이사회가 제대로 불구이니, 삼성물산이 보유한 자산을 주주들에게 나눠달라."며 투자

수익 대부분을 곧바로 펀드 투자자들에게 배당한다.

제일모직 주가의 가치가 높고, 삼성물산 주가의 가치가 낮다. 합병하기 전 삼성물산 주가의 가치를 높여야 소액주주들과 엘리엇이 지닌 주의 가치가 높아지고, 삼성전자 지배구조는 취약해서 적은 주로 서로 그물망처럼 그룹을 지배하고 있기에 대표가 보유한 주가를 끌어올려야 경영(지배)권 방어가 된다. 어쨌든 법원의 결정으로 경영권은 방어했다. 장기적으로 삼성은 많은 법정(영국, 미국, 한국) 분쟁에 시달리게 되고 외국계 투자자로부터 받을 불이익은 과소평가 할 수 없다.

참고로 엘리엇의 창립자, 최고경영자는 미국인 폴 싱어(Paul Singer)다. 하버드대 로스쿨을 졸업한 변호사 출신으로, 1977년 자본금 1백 3십만 달러로 엘리엇 매니지먼트를 설립했다. 2001년 아르헨티나 디폴트 사태(2001년 1천억 달러 규모의 아르헨티나 파산 선언) 때 국제 채권단은 채무의 75퍼센트까지 탕감해주는 구조조정에 합의했다. 그러나 엘리엇은 이 합의에 응하지 않고 미국 법원에 소송을 해서 아르헨티나 국채 가격이 폭락한 틈을 타 액면가 4억 달러의 국채를 4천 8백만 달러에 사들인 뒤, 소송에서는 액면가와 이자를 포함한 13억 3천만 달러를 상환 요구해 승소했다.

결국 한국의 10대 재벌들이 보유한 부(富)가 서방 자본인 헤르메스, 소버린, 엘리엇의 먹잇감이 되어 줘도 문제 안줘도 문제인데, 이것을 시민에게 돌려주고 시민 주식회사 경제 체제로 바꿔야 한다는 것이다.

세계적인 격리 병동인 코소보 정신 병동은 세계의 7대 미스터리로 CNN이 지목했을 정도다. 반면 한국의 정신 병동 격리 지대는 정말 재미있는 곳이다. 한국 사회의 축소판이고, 사회에서 볼 수 없는 행동을 유일하게 볼 수 있는 곳이다. 한 사회의 병리 현상의 집합을 볼 수 있는 곳이다. 특히 특정 모순 기억의 병리 현상의 집대성이다.

유영혜 환자의 경우, 좋다는 감정 표현을 때리는 것으로 한다. 그래서 반갑다고 간호사를 철썩 때린다. 그로 인해 죽도록 감금당하고, 약물을 투여 받고, 모든 세상의 방법을 사용한다 해도 고칠 수 있을까? 전혀 아니다. 유아기에 인지된 기억은 그 자신 자체이기에 죽어도 고치지 못한다는 사실이다. 그의 죽음만이 그런 현상을 없앨 수 있다. 그러니 사회의 각종 흉악범죄나 훌륭함도 우리 사회가 만든 자업자득인 셈이다.

격리 중인 박정관을 법원이 소환해서 이송시켰더니 구속했다고 알려 왔다. 과연 구속하고 할 만한 가치가 있었을까? 격리 자체가 형벌과 다름없는데, 법원은 법의 준엄함을 보이려고만 한다. 사회의 모든 것이 기억된 현상에 하나일 뿐이다. 그것은 새롭지도 창조적이지도 않은 기억의 일부이다.

상황에 따라 격리가 필요할 수 있고, 법의 준엄함이 필요할 수 있다. 그러나 그에 앞서 모든 범죄와 병리의 이면에 그것들이 발생하게 된 현상의 원인이 사회에 있다는 책임을 우리 모두가 공유하지 못한다면, 법이라는 이름하에 인간의 폭력은 계속될 수밖에 없을 것이다. 그러나 우리 사회가 책임을 공유한다면 그러한 범죄나 병리는 사라지게 될 것이고 인류의 미래는 평화로워질 것이다.

✦ 6월 13일 토요일

신입 환자 최영훈, 외견상 정상 상태이나 본부에서 질병 발병자와 접촉하여 우선 격리 대상이 됨. 자신이 왜 이곳에 와야 하는지, 격리에 대해 전혀 무지함. 안정제 주사 주입 후 격리 병동 수용 조치하여 흥분상태. 이전에 마취 수면을 취하게 함. 독방 감금 결박 벌칙을 가하다.

메르스 사망자의 장례비용은 유족의 주소지가 있는 시청이나 주민센터에 사실 확인을 한 후 받을 수 있다. 외국인은 메르스에 걸리면 관광비에 치료비까지 공짜로 주겠다는 발표를 했다. 혹여 놀러 왔다가 목숨 잃으면 1억을 준다면서 관광객을 유치해 보려고 난리이다.

자국민에게 비정규직을 하라면서 메르스는 걱정하지 말고 일하라고 한다. 메르스 검사를 해 달라고 찾아가면 병원들도 도토리 개밥 취급하는 것이다. 그럴 수밖에 없는 것이 환자도, 병원도, 단체장들도 사실은 모두 도망을 다니는 것이다. 만일 메르스 확진을 발표하면 병원에 약 60억 원의 손실이 발생하고, 병원을 폐쇄해야 한다. 더 나아가 지역도 폐쇄된다.

내국인이 안전해야 외국인도 안전한 것이라고 주장한 'GGW 작전'을 무시하다니? 아예 돈푼께나 있거나 조금이나마 유리한 위치에 있는 자들은 여행과 관광을 핑계로 외국으로 도망갈 생각만 하고 있다. 시민들이 이런 사실을 모르니 나 자신에게 한심한 생각이 든다.

시장 메르스로 수사, 6월 14일 일요일

'박연순, 메르스 허위 사실 유포로 조사?' 오늘은 메르스보다 서울 시장 수사에 관한 뉴스가 더 많다.

법무국장, "박연순 서울시장이 메르스 허위 사실을 유포했다는 혐의로 검찰 수사를 받게 됐습니다."

검찰 검사국장, "검찰은 14일, 위원회가 박연순이 메르스 관련 허위 사실을 유포 혐의로 고소해 수사에 나선다고 신속히 밝혔습니다."

김구운 국장, "검찰의 신속한 수사로 독수리 바위에 박연순 시장이 투신한다면 국제 망신입니다. 수사의 속도를 조절해야 합니다."

검찰 검사국장, "수사 속도를 조절할 필요는 있습니다. 레디가카의 의중이 그렇다면 말입니다."

이도훈 원장, "서민에게는 면도칼이라는 수사기관이 정치인 수사에는 솜방망이 처분을 종종 보여줍니다."

김구운 국장은 법무국장에 전화를 말했다. "검찰이 야당인 서울시장이 독수리 비위로 등산을 가게 신속한 수사를 하는 것을 막아야 합니다.”

법무국장, “GGW 작전본부의 의견도 중요하지만, 레디가카의 의중이 중요합니다.”

김구운 국장은 법무국장의 확답이 없음에도 일단 모든 기관은 박연순 시장이 독수리 바위로 움직일 수 없도록, 전염병 예방을 위해 모든 동선을 차단하라는 명령을 지시했다.

✚ 이상 행동은 무엇입니까? 6월 15일 월요일

김영홍, 윤영선. 가족 전화와 격리 상태에 적응하는지 문의하여 잘 적응한다고 함.

김구운 국장, “강제 격리 병동의 사람들의 이상 행동은 무엇입니까?”

정신과 전문의 제1과장, “프로이트는 무의식에 인간의 마음을 구성하는 사고, 감정, 본능, 욕구, 동기, 갈등 등 자료들이 저장되어 있다고 했습니다. 인간 무의식 속의 대부분의 자료들은 의식되지 못한 채 인간의 행동을 결정한다고 보았습니다. 의식되지 못하는 기억들은 ‘억압’이라는 기제를 통해 원하지 않는 감정이나 행동을 일으키도록 자극하는 요인이 된다고 했습니다.”

이도훈 원장, “심장 수술을 한 환자나 뇌 수술을 한 환자가 같은 기억을 되풀이합니다.”

김양순은 완치로 퇴원 조치가 결정되자 눈물을 흘렸다.

방역 당국 관계자, “메르스가 발병되는 지역과 병원은 완전히 폐쇄

상태로 변합니다."

본부 관계자, "메르스에는 지금까지 어떠한 약이나 치료법도 없는 상태에서 강제 격리나 자가 격리자로 분류되기 때문에, 의심 환자들이 메르스 확진을 두려워하여 외국으로 줄행랑치고 있습니다."

수사기관 관계자, "사실상 미필적 고의에 의한 살인죄에 해당하는 것이지요."

김구운 국장, "그렇다면 메르스가 발견되거나 확진되면 지역도, 나라도, 개인도 모두 피해를 보는데요. 4개의 병원이 확진 판단을 해야 합니까?"

집권당 김무생 대표, "메르스를 키운 자는 용서해서 안 됩니다."

김구운 국장, "박연순 시장을 조사 하자는 것입니까?"

이도훈 원장, "지금이 수사를 할 때라고 보십니까? 임진왜란을 다룬 다큐 역사 소설《잃어버린 대륙》을 보면, 67페이지부터 광범위하게 의병들이 독사나 독뱀에 물린 경우 치료하는 약초들이 나오고 메르스 같은 급성 열감기에 좋은 약초들이 나옵니다. 자가 면역력 향상에는 아주 좋습니다."

본부 책임자(한국 최고위 컨트롤 타워), "의료인으로서 병원장님께서 백신은 고사하고 임진왜란과 역사를 들먹입니까? 그러니 레디가카께서 애태우는 거 아닙니까?"

이도훈 원장, 홍연정 간호사를 둘러보며 "미안합니다. 국내 최고의 권위자인 제가 백신 개발에 실패했으니, 항우석 박사께 부탁해 보시지요. 도저히 안 되겠습니다."

오영승과 장영조는 병동 내에서 죽음을 앞두고 결투를 벌인다며 주먹다짐을 했다. 결국 무승부로 끝났다.

이영길(남, 64세, 경찰관)은 심리검사에 착수했다. 자꾸 이상한 소리를 중얼거린다. "서민들 등가죽을 벗겨 먹는구나!", "나 어제 6만 원…." 벌금이 문제기도 하지만 전과는 평생 따라다니고 죽어도 없어지지 않는 악마의 문서임을 누가 알 것인가? 그것도 억울한 모함과 누명을 쓴 대부분 사람들이 악마로 기록된 진짜 문서이다. "지난해 과태료 1조 육박, 또 하나의 서민 증세 벌금…." 이영길을 심리검사 해서 분노조절 장애에 대해 조사하기로 했다.

김구운 국장, "이렇게밖에 법을 이용할 수 없을까?"

자살률 1위의 국가라고 한다. 즉, 자살이 아무렇지 않은 사회인 것이다. 우리의 정신은 바로 이런 것이다. 주변과 조화를 이루면 정상이고 부조화는 비정상이다. 인간의 정신 그것은 완전하지도, 정상적이지도 않은 것으로 시시각각 달라지고 변화하는 생각이다.

질병과 안락사?

✦ 6월 17일 수요일, 의료진 감염 확진에 놀랐다!

메르스 백신 개발을 담당한 제4과장에게서 메르스 양성 의심 판정
이 확인되었다. N95 마스크와 보호 장구를 착용한 상태에서 진료했
기 때문에 전염 위험도가 없다고 했지만, 결국 2차, 3차 확진 검사에
서 제4과장이 강제 격리 대상자가 된 상황이다. 충격 그 자체다. 메르
스 환자를 지켜봤던 간호사 전원과 의료진은 근무 일정을 바꾸고 확
진자의 격리에 들어갔다. 제4과장은 외쳤다. "설마 내가 메르스에 걸
릴 리 없다. 다시 검사해라!"

충격 그리고 충격에 멘붕 상태였다. 메르스 환자를 직접 만난 수일
만에 벌써 수간호사와 제4과장이 희생되는 상황이 눈앞에 닥쳤다. 말
과 글로 다할 수 없는 몸부림을 지켜봐야 했다.

메르스 환자가 확진되는 순간, 병원의 직 간접적인 손실은 약 60억
원 정도가 예상된다. 손님이 오지 않고 결국은 병원을 폐쇄해야 한다.
치료약도 없다.

인간 사회가 극도의 탐욕으로 피로가 누적된 결과 인체의 면역력이 떨어지게 되면 메르스, 천연두, 페스트, 홍콩독감 같은 감기에도 쉽게 사망할 수 있다. 병원균은 면역력과 상관관계를 가진다. 옛날에도 전쟁과 기근이 닥치면 전염병이 창궐했고 치료가 되지 않았었다. 우리 사회가 극도의 탐욕을 부림으로써 피로가 쌓이면, 병원균은 마스크나 방호복을 뚫고 확산될 수 있다.

인간 개인은 그래 위태하지도 뛰어나지도 않은 것이다. 메르스와 같은 생명체 그 이상도 그 이하도 아니다. 그저 살아 있는 생명체로서는 같은 것이다. 인간들이 쌓아 올린 지위와 명예 그리고 신분이 주는 자존감들은 정신적 우울감과 신경쇠약 같은 질병 앞에서 보잘것없는 자존심에 불과하다.

레이건 미국 전 대통령이 걸린 파킨슨병은 치매를 동반하는 뇌신경 마비 중세로 나타난다. 이처럼 병은 지위나 신분을 가리지 않는다. 미국이든 일본이든 국무회의 도중 대통령이 고열과 헛소리를 해서는 안 될 것이다. 미국 대통령이 정신장애를 일으킨다면 나라의 안보가 매우 위험해질 것이다. 대통령이 우울증으로 죽고 싶다는 충동을 억제하지 못해 핵 기폭 스위치를 누르게 되는 날엔 인류의 운명도 끝인 것이다.

시민이 푹 쉬는 날을 만들어 주는 피로 해소가 전염병 퇴치의 기본이다.

작년 10월에 서울의 모 병원에서 암 수술을 받았는데, 수술 후 지금까지 계속하여 매일 24시간 항문을 바늘로 콕콕 쑤시는 통증과 쓰라림, 욱신거림의 통증이 느껴진다. 대변 때 항문에서 잦은 출혈이 있다. 잠시도 앉아 있기 어렵고, 바로 누워있기 어려워 옆으로 기대거나 누워서 지낸다.

삶을 마감하려고 수차례 시도했었다. 암이란 덩어리가 너무 고통스럽다. 신경정신과에도 입원했다. 자주 누워 생활하다 보니, 엉덩이 쪽에는 욕창이 생겨서 썩어가고 있다. 하루라도 드레싱이 없으면 내 몸은 썩어질 것 같다.

수술이 잘못 되었다고 하니 병원장은 나를 정신이상자로 보면서 나한테 억울하면 법대로 하라고 한다. 내가 간호사에게 뭐라고 했는지, 붕대를 던지지 않았는데 원장이 나에게 왜 자기 병원 직원한테 거즈를 던지고 귀찮게 하느냐 화를 내고, 나는 그저 당하고만 있었다.

항문의 통증으로 누워도 힘들고, 바로 해도 출혈로 몸이 썩어가는 고통이 어찌 두렵지 않을까? 나는 두려움 속에 떨고 있다. 이제 손톱도, 발톱도 세균들이 서로 차지하고자 하는 모습을 지켜보기만 할 뿐, 어떻게 할 수 없다.

정말 고통이 없는 안락사가 허용되었으면 좋겠다. 나의 병치레로 인하여 아내와 자식, 가정이 정말 비참하다. 요즘 세상, 유전무죄 무전유죄이니 병원과 다툴 수도 없고 나는 죽음을 몇 달 앞두고 있다.

지금 내 눈은 파킨슨병으로 글씨가 아주 작게 보인다. 작은 글자를 읽을 때 돋보기를 해야만 한다. 나는 요즈음 노후와 삶의 마지막 순간에 대해 많은 생각을 한다. 그리고 두렵다. 의미 없는 목숨만 연장하다가 죽게 될 생각 때문이다. 노환으로 인한 질병으로 내 가족의 삶이 지장을 받고 부담이 커질 경우에 행복한 마음으로 안락사하고 싶다.

안락사 시켜 주십시오. 아직 사리분별을 할 수 있는 의식이 있을 때, 안락사를 시켜 주시기 바랍니다.

노영만(남, 74세), 잠 안 온다며 한숨지음.

장례

메르스를 피할 수 없는 의사와 간호사, 그리고 장례 지도사, 기타 보건 관련자는 임종이란 '죽음' 앞에서 무기력하기만 하다. 우리 장례의식에 의하면 자식이 부모의 임종을 함께하지 못한 것은 큰 불효인데, 부친상에는 아들과 사위들이 모친상에는 딸과 며느리들이 입회했지만, 메르스 환자의 경우 누구도 입회할 수 없었다.

김구운 국장, "메르스로 병원에서는 임종도 함께하지 못하고 입관(대렴)도 병원에서 조치해준 대로 진행할 수밖에 없는 상황으로, 무조건 24시간 이내에 화장火葬을 해야만 합니다."

김구운 국장, "지금 감염 환자는 88명입니까?"

이도훈 원장, "섬성병원 간호사(여, 24세) 1명이 메르스 확진 판정을 받았습니다. 환자가 입원한 격리 병동에서 환자를 간호하다가 그만…. 현재 환자는 88명으로, 이 가운데 의료진은 이날 확진 판정을 받은 간호사를 포함해 13명입니다."

김구운 국장, "오늘도 간호사기 사망히여 화장 처리를 했다는 말씀이지요?"

병동 관리자. "네···."

김구운 국장. "이거 다 죽는 거 야냐? 이왕 죽는다면 환자들을 강제 격리까지 할 필요가 있나요?"

병동 관리자. "우리 격리 병원 맞은편에 족발집이 있습니다. 우연의 일치인지 환자분들이 죽더라도 족발을 먹고 싶다고들 합니다."

김구운 국장. "어차피 죽을 사람들이라면 족발을 시켜 주세요."

병동 관리자. "그래 하겠습니다."

족발집 사장님은 빙그레 웃으며, "급성 열감기나 독사에 물리거나 독뱀에 물릴 때 치료하는 흔한 약초를 소개한 내용이 《명량, 왜곡과 진실》, 《잃어버린 대륙》 등 많은 자료에 있는데요, 우리 족발은 임진 왜란 당시 의병들이 많이 이용한 약초인 면역력 향상에 유용한 약초를 넣은 족발입니다."

김구운 국장은 족발보다는 통통한 생마늘에 관심이 있는 듯이 냉큼 마늘을 고추장에 푹 찍어 한입에 속 집어 삼킨다. 이내 김구운 국장은 입을 벌리고 죽는 시늉을 한다.

"이게 뭐야, 독마늘이었어?"

마늘을 먹으면 인체 면역력이 향상된다는 소문이 돌자 식당과 갈비 집, 심지어 삼겹살집에서 중국 산동성 고원지대 마늘을 수입해서 국 산으로 속여 내놓기도 했다. 김구운 국장은 바로 이런 수입 독마늘을 먹고 죽을 뻔한 것이다. 중국산 마늘 중 독마늘은 크기가 좋고 색깔도 먹음직스럽다. 그러나 한입에 넣고 씹으면 혀부터 말려들어가는 매운

독이 퍼진다. 이런 마늘은 인체 면역하고는 관계가 없는 청산가리 같은 독소인 셈이다. 약이란 인체와 맞아야 효과가 있는 것이다.

김구운 국장, "구급차를 보내 족발집 사장을 잡아 오시오. 마늘을 이용한 살인 미수 아니겠소."

이도훈 원장, "메르스로 족발집 사장을?"

김구운 국장, "연구 대상과 임상 자원자 수가 부족하니 그래 합시다."

✦ 최영규 완치 판정 및 퇴원 조치, 6월 22일 월요일

"최영규 님을 퇴원 조치합니다."라고 하자 격리 병동 환자들이 모두 눈물로 배웅한다.

김구운 국장 "잘 가시오!"

이도훈 원장, "오늘은 음성 반응이 많습니다. 이거 뭐가 잘못된 게 아닐까요?"

족발집 사장은 득의만만한 표정으로, "역사 소설 《잃어버린 대륙》에는 급성 열감기를 치료했다는 기록이 있습니다. 아프리카나 중동에서 독사인 코브라에 물리면 죽는 것으로 알고 있습니다. 한국에서는 임진왜란 의병들이 독뱀 또는 독사에 물리고도 살아남은 이야기가 분명히 있습니다."

이도훈 원장은 족발집 사장의 말을 왠지 자신을 무시하는 투로 받아들여서 화가 난 투로 말했다. "족발집 그만하고 싶어요?"

홍 연정 간호사 고개를 흔들며, "호호! 사람이 독사에 물려 살았다는 그 소설 말합니까?"

한정은 간호사 기가 막힌다는 투로, "그야 역사 소설에서의 이야기죠."

윤영선, 증세로 대발작. 5분간 혼수상태. 수액 투여 및 안정 조치 후 깨어남.

김구운, "환자가 의식이 없다고 간호사가 심폐소생술을 해서는 안 됩니다. 이건 아주 잘못 되었군."

제4과장, "간호조무사 중 비정규직이 많다면, 간호사의 희생을 줄일 수 있을 텐데…."

제4과장은 주위를 돌아보며 소리쳤다. "비정규직 간호조무사 없어요!" 그러나 누구도 비정규직 간호조무사라고 선뜻 나서지 않았기에 메르스는 비정규직을 피해갔다. 참 다행한 일이었다.

김구운 국장은 어제 동묘 벼룩시장 분위기를 전달하며, "확실히 고추장은 건강에 좋은 식품이고, 어제 동묘 벼룩시장에서 순창 고추장을 구매했습니다."라고 말했다. 그리고 큰 인심을 쓰는 듯이 고추장을 한 통씩 나누어 주었다. 김구운 국장은 속으로 말했다. '지긋지긋한 메르스여, 안녕하고 싶다'

✚ 격리 기침 고열 응급조치 시행, 6월 24일 수요일

현영철, 격리. 기침과 고열. 응급조치 시행.

김구운 국장은 《당서》를 읽었다. '신라 화백 회의 국사는 반드시 무리들이 의논하는데 화백이라 하였고 한 사람이라도 다르면 그만 두었다. 사로 6부가 발전하여 화백 제도 나아가 화랑도가 되었다', '진흥왕 37년 원화제도를 폐지하고 화랑을 설치한다', '사로 6부 화백(만장일치의회)의 자식들이 화랑에 소속되어 화랑도가 세워진 것이다', '신라의 미래 세대인 화랑과 노년 세대의 화합으로 국력이 배가 되었다'

김구운 국장은 혼잣말로 중얼거린다. "암, 어버이 연맹과 청년 동맹이 함께해야 통일이 되는데, 우린 그게 아니란 말이야. 가스통 할아버지들도 문제고, 매양 광화문광장을 차지하고 있는 젊은이들도 문제란 말이지?"

김하나, 차단막 면회를 거부하고 울고 있음.

이양식이 컵라면을 보관했다며 요구했다. 환자 소지품을 뒤져 보니 컵라면 3상자가 있으나 컵라면에 이름이 쓰어 있지 않아서 소유를 단정할 수 없었다(증거불충분). 이양식은 자신의 것이라는 주장을 되풀이하고 있고, 이름이 없다고 가르쳐 주자 불만족한 표정으로 자신의 것이라고 주장을 되풀이한다. 이에 감시원은 "죽을 사람이 무슨 자신의 것을 주장하나."라고 말했다. 그러나 컵라면 어디에도 이름이 쓰어 있지 않았다는 사실은 분명했다. 따라서 강제 격리 병동은 주인 없는 물품으로 처리하여 이영주에게 직권으로 넘겨주기로 했다.

감시원의 고함이 커졌다. "요즘은 기계와 장비가 좋아져서 인간이 기계를 이길 수 없다는 점입니다. 나라 법과 법을 수호하여 쌓아 올린 신분의 바벨탑은 엄격합니다. '이양식님이 지금의 기계를 이길 수 없다' 이 말입니다. 우리가 아니라면 아니에요, 알겠어요? 자, 이양식님의 소원대로 기계의 감정을 받아봅시다."

이양식은 볼멘 목소리로, "제발 나를 죽여주시오…!"

그리고 이양식의 정신 상태 감정을 요청하기로 하였다.

사망유희

✚ 환자 전원 바이탈(Vital), **6월 27일 토요일**

　강제 격리 병동에 수용된 사람들은 다들 자유를 그리며 세상으로 나가려고 한다. 그러나 그들이 완치 판정을 받아 자유의 몸으로 석방된다고 해서 그것이 자유를 향유할 수 있는 것은 아니다. 우리 세상은 금전과 신분으로 나누어져, 또 다른 창살만 없을 뿐이다. 국가의 자원을 이용하여 돈이라는 수단으로 사람들을 감금 상태로 만들기 때문에 그들의 자유는 개고생을 위한 시작일 것이다.

　한영범, 박영관 환자와 대면 진술.

　한영범 환자 본인은 거실에서 잠을 자다가 체포되어 밧줄에 묶여 격리병동에 수용되었다고 주장했다. 그러나 이송으로 넘겨 온 가족 진술을 보니 부부싸움 중에 칼을 들고 행패를 부렸다고 기록되어 있었다. 그러니 한쪽 주장만 봐서는 안 된다.

　박영관 환자는 듣는 사람도 없는데 아주 격하게 같은 말을 중얼거린다.

"아이들이 공부가 재미있어서 하든 죽지 못해서 하든 아이들이 아니면 아무 상관 말라는 말이다."

김구운 국장, "그건 나라의 자원 개발부와 교육부의 소관이고 당신이 부모가 아니잖아? 한마디로 집중해서 사교육을 하더라도 어른들이 경마와 경륜을 하듯이 공부해서 점수를 따라 이 말이다. 그렇지 못하려면 아예 교실에서 잠자는 60퍼센트의 학생들이 되라 이 말이다. 모두를 미치게 하고 돈만 뜯어내면 기업도 국가도 성장인가?"

박영관은 과자 몇 봉지를 슈퍼에서 계산하지 않고 절도한 죄로 구치소에 입소했다고 주장한다. 신입 수용자들을 집합시키고 채혈을 했다. 채혈 검사 판독 결과 박영관은 HIV 결핵 등 전염병 감염 사실이 밝혀졌다.

먼저 환자는 격리 병동으로 이송되고, 환자복으로 갈아입은 뒤 독방에 보내지며, 여러 병에 대한 치료가 행해진다. 보호관찰소나 보건센터 관계 기관의 대면 진술도 행해진다. 물론 구치소와 같은 수번 대신 환자 이름을 부른다. 그러나 분명 구치소에서 온 환자임을 알린다. 환자들 사이에서 '더러운 인간을 왜 여기까지 데려오느냐며 에이즈까지 걸린 놈'이라고 불릴 수 있다. 사실 모함이나 누명일 경우에도 인간 이하의 평가를 법에 따라 받게 될 수 있는데, 박영관은 절도 사실이 CCTV에 나와 있고 본인도 절도 사실을 시인했다.

격리 병동의 환자는 교도소보다도 더한 강제 격리 상태에서 거의 움직이지 못하거나 반신불수의 상태로 순간순간 정신을 잃게 된다. 정신과에서는 정신을 차리게 하려는 여러 가지 약물을 투여한다. 때로는 한 달 이상 정신을 가누지 못하는, 거의 혼수상태에 있기도 한다.

강제 격리 병동에서 더러운 인간, 살 가치도 없는 인간처럼 취급당하기도 하고 좌절과 실의 속에서 생명을 겨우 유지하기에 죽고 싶어도 누구도 죽을 수 없다. 즉, 성장을 더하기 위해 국가 자산이라는 주장과 인간의 복지를 위해서라는 주장이 있고, 죽고 싶은 환자를 강제로 살려내는 곳이 격리 병동이다.

혼수상태에서도 그들이 하는 행동은 기억의 반복이다. 트라우마의 반복이다. 모든 정신적 질환자의 행위는 반복적인 형태를 띤다. 단순하게 아주 강력한 기억만을 재생하는 것이다.

세상의 구금과 구치소, 교도소 이런 것이 과연 필요할까? 그곳에 수감되는 사람들은 정신과 치료를 받아야 할 사람들, 환자가 아닌가? 그래, 본래 세상과 정신병원 강제 격리 병동은 불가분의 관계에 있다. 강제 격리의 트라우마는 모든 범죄에 행동의 상습성을 가진다. 상습성의 행동은 유아기의 트라우마가 기억의 저편에서 살아나오는 것이다.

모든 정신과 질환의 패턴은 트라우마의 반복 기억 재생이란 점이다. 강제 집행이니 공매니 마구 억눌러 세상 자체가 정신병원이 되어가고 있다. 열정페이나 저임금은 관료 위주 국가의 권력이 만들어내는 자원배분의 왜곡으로 인한 시민 대중의 피해이다. 그들은 피해의 트라우마를 마음속과 기억에 가지고 있는 국가와 가족으로부터 버림받은 피해자들이다.

우리나라는 지금 모습 그대로 이런 나라, 잃은 나라이다. 남북의 집권 지도부가 정말 국민을 위해 열정을 다했더라면, 정말 국민이 잘살게 하려는 사상과 이념을 따르고 있었더라면 총칼로 막아도 벌써 통일이 되었을 것이다. 다른 나라의 힘을 믿고 사대적인 간신들이 차지한 강제 지배의 상태에서 그나마 전쟁이 없었던 것만도 정말 다행인 것이다. 같은 말을 쓰는 집단에서 정말 국민을 위하는 정치가 되었더라면 총칼을 뚫고 하나로 벌써 통일되었을 것이다.

그리고 모든 인간은 잘난 체 하는 것도 못난 것도 죽는다.

오늘은 강제 격리 병동으로 출근하기 전에 아이들에게 미안한 감정이 너무도 커진다. 근 10개월 만에 집으로 돌아왔다. 조용히 바라다보는 잠든 아이들 모습이 무섭다. 혹여 내게 메르스가 묻어 있지나 않을까? 잠들어 있는 막내를 보면서 뺨에 입을 맞추려고 보니, 이것이 꼭 죽음의 마지막 키스가 아닐까 하는 미안함이 느껴진다.

"여보, 미안해." 이 말도 나오지 않는다. 이건 뭐 꼭 죽어야 하는 전쟁터에서 도망친 패잔병의 심정이다. 그리고 죽음의 전쟁터로 출병하는 전사의 느낌이 바로 이럴 것이다. 사랑하는 사람을 가까이할 수 없는 안타까움이 마지막일지도 모른다는 생각에 두려움과 공포감이 엄습했다.

이른 새벽 거대한 철장 문 앞에 있는 나의 모습이 한없이 초라함을 느끼게 된다. 'GGW 작전'이 곧 죽음의 무덤이 될 줄이야. 이렇게 죽게 될 바엔 차라리 결혼하지 않았어야 했는데, 한 여자를 불행하게 하고 말았으니 참으로 한이 된다. 이런 부패한 나라에서 누린 과거를 눈물로 참회해 본다.

김구운 국장은 GGW 작전본부가 발족한 뒤, 단 한 번도 가족을 바라볼 시간이 없었다. 소년가장으로 13세에 출가해서 전주 식당에서 취직하고, 겨우 중학교에 진학해 고학하면서 하루 4시간 이상을 잠잘 수 없었던 한평생이 주마등처럼 스쳐 지나갔다. 70년대 수출 전선에 있는 가방공장에서 소년 노동자로 시작해 평생 동안 제대로 깊은 잠을 자본 적이 없었다. 그런데 어쩌면 이번에는 정말 깊고 깊은 영원한 잠을 자게 될 것이란 불길한 예감이 스친 것이다.

불현듯 오랜 세월 사용해서 쭈그러진 냄비처럼 한꺼번에 지난 시절 가족에게 잘못한 상처가 몰려왔다. 김영진 제4과장의 사체를 화장하고 10개월 만에 아내와 막내딸을 마지막으로 보기 위해 집으로 왔다. 어쩌면 이것이 마지막이 될 귀가라고 생각됐다.

강제 격리 병동에 출근하여 온몸을 소독하고 방호복을 갖춰 입으면서 굳어지는 느낌이다. 제4과장과 호흡을 맞춘 간호사와 팀원들이 모두 강제 격리 상태에 돌입했다. 제4과장이 앉았던 의자 등과 소품들을 알코올로 세세히 소독시키고, 모든 의료진과 관계자들의 각자 손도 소독하고, 복장도 새로 챙기기 시작했다.

무언의 침묵이 흘렀다. 누구도 말하지 않는 그런 상태의 눈빛이 처절한 사투를 대신했다. 아직은 사망하지 않았지만, 만약 사망한다면 백신 개발은 엄청난 피해가 예상된다. 제4과장이 담당하던 모든 도구와 소품 실험실마저 폐쇄되었다. 울고 싶지는 않았음에도 아무도 모르게 눈물이 흘러 나왔다. 메르스가 단 한 놈이라도 어디에 숨어 있을지는 누구도 모르기 때문에 모든 도구와 소품은 소각되어야 한다.

이미 메르스 공포는 여러 도시를 삼키고 있었다. 아버지와 아들이, 엄마와 딸들이 메르스 공포 때문에 비닐로 온몸을 감싸 뒤집어쓴 채 메르스가 만연한 도시를 탈출하려 한다. 곳곳에 탈출 행렬이 가득하다고 한다. 지옥보다 삭막하고 황폐하며 막다른 강제 격리 병동을 한없이 부러워해야 하는 상황이다. 성경 요한계시록에 예언된 지구 종말의 시나리오 같은 메르스 공포는 확장되고 있었다. 그러나 탈출은 어림없다.

김구운 국장은 마지막일지도 모르는 감시에, 환자들의 침상에서 잠든 모습 관찰, 치료 및 투약을 철저히 감시할 것을 지시했다.

이도훈 원장, "우리가 관리할 대상이 우리가 될 수 있다니?"

김명진이라는 신입 환자를 이송 조치하면서 강제 격리 병원 관계자는 외쳤다.

오늘은 7명의 사망자를 사체를 화장했다. 바로 어제처럼 함께 하던 의료진은 하나둘씩 소리 소문 없이 죽어갔다. 그리고 강제 격리를 시행한 본부의 연구진과 간호사들도 소리, 소문 없이 가족의 곁으로 영원히 돌아갈 수 없었다. 강제 격리된 환자들의 인권을 향상하려던 관리요원들과 병동의 보호사들도 환자와 함께 아무런 유언도 남기지 못하고 사라졌다. 그나마 치료제가 없는 전염성 질병을 막아냈다는 것은 기적이다.

✚ 7명 화장 처리되었다, 6월 28일 일요일

단 한마디 유언도 남기지 못했다. 환자들이 무어라고 할 땐 우리 병원이 제일 좋은 장비를 가지고 있으니, 원 없이 "한 번 진찰을 받아보세요."라고 말했다.

병동 관리자가 "권영준 씨." 하고 이름을 불렀다. 74세의 권영준 환자가 놀란 표정으로 힘차게 "네!" 하고 대답했다. 순간 병동 안의 모든 사람의 시선이 집중되고 침묵이 수 초간 흘렀다.

병동 관리자. "완치 판정입니다. 퇴원!"

권영준 환자. "네, 뭐라고요? 다시 말해 주세요."

병동 관리자. "권영준 님, 고생 많았습니다. 완치 판정서가 왔습니다. 퇴원 준비하세요."

권영준 노인은 지금까지와는 다른 목소리로 증기기차 화통 같은 소리로 "퇴원이라고요!"

병동 관리자. "네, 퇴원입니다."

권영준 환자. "아이고, 이거 내가 잘못 들었나, 다시 말해 줘요. 뭐라고요?"

사람들이 모두 부러운 눈으로 바라보았다.

병동 관리자. "집으로 갈 준비 하세요. 아마 이미 따님이 와서 기다리고 있을 것입니다."

권영준 환자. "아이고, 감사합니다. 아이고, 내가 살았네. 아이고, 내가 살았어. 감사합니다. 감사합니다. 눈이 아무것도 안 보여요. 감사~"라며 눈물을 흘린다.

김구운 국장은 힐끗 권영준을 바라보며, 속으로 '74세라 죽을 나이도 되었건만, 젊은이들 살려낼 생각은 않고 저래 기뻐하다니!

ZERO!'라고 생각한다.

많은 환자가 몰려가 권영준 노인을 부러워한다. 그리고 한숨을 길게 내면서 눈물을 훔친다. 통보를 받은 권영준 환자의 딸과 손주가 퇴원을 위해 면회실에서 기다리고 있다가 권영준이 나오자 얼싸안고 울고 있다. 권영준 환자가 면회실에서 마라톤 흉내를 내보이며 나는 건강하다고 외치는 모습이 CCTV에 보인다.

그러나 배양 항체를 주사 맞은 4명의 환자가 사망하는 이변이 일어났다.

이도훈 원장. "이게 뭐지?"

제4과장. "메르스 배양 항체가 오히려 환자를 사망시키다니?"

제3과장. "독일에서 2년 전 실험에 성공하고 임상에 실패한 것과 같은 현상이군요!"

이도훈 원장은 배양 항체 주사를 투입한 환자의 전원 사망에 놀라 입을 다물 수 없는 표정이었다. 섬성병원 김영진 제4과장은 너무도 충격을 받아 혀를 크게 내민 채 두 눈알만 의문에 휩싸여 좌우로 굴리고 있었다. 메르스 항체를 개발한 제4과장과 홍연정 수간호사가 4명의 환자에게 항체를 주사제로 투입했는데, 모두 실패한 것이다.

김양운 환자의 전화 연결 금지 결정이 나왔다. 상당한 재력을 소유하고 있으나, 최근 남자를 만나 수일 만에 약 1억 원 정도를 탕진하고 다니므로 아들과 언니가 정신 병력으로 판단해 입원 조치를 했다. 본인은 극구 정신병이 없다고 주장하고, 국가 인권위원회와 법원에 제소했다. 법원의 제소 건은 재판 중이고 인권위원회는 수시로 면담을 통해 병력 여부를 조사하고 있는 상태이다.

특히, 문제가 된 남자가 병동 부근에 찾아와서 만나게 해 달라고 요구하며 하루 온종일 창밖에서 소리를 지르는 등… 타 병원에서 긴급 이송되어 온 환자임에도 어떻게 알았는지, 이송된 날로부터 50대 남성이 강제 격리 병동 부근에서 고함을 온 종일 지르고 다닌다. 참 주력도 좋다는 생각이 든다. 김영운 환자도 창밖을 내다보는가 하면, 수신호를 통해 의사 교환을 하는 장면이 자주 목격되고 있다.

모든 병원은 외래와 수술을 취소하고 있다. 의심 환자들이 도망치듯 병원에서 나가는 현실이다. 하지만 의료진은 자리를 피할 수 없는 사람들이다. 메르스와 사투를 벌이는 의료진의 고충을 알아주진 못해도 정부가 메르스 신고를 안 한 의사에게 벌금을 부과하겠다는 발표를 하겠다니…. 이건 뭐 너무한 것이다. 정말 화가 난다. 말과 글로 다 할 수 없는 몸부림을 지켜봐야 했다. 아마 책으로 쓴다면 천 권 분량의 충격 그 자체이다.

6월 28일 이날, 홍연정 수간호사가 가족들도 임종을 지켜보지 못하는 상태에서 사망하여 화장 처리되었다. 한줌의 재로, 아무런 유언도 남기지 못했다.

✛ 독일이 백신 개발 성공, 6월 29일 월요일

미국과 독일에서 메르스 백신이 개발되었다는 뉴스에도 메르스는 지역 사회를 숨 가쁘게 덮치고 있다.

박영관, 장영조. 검시 결과 완치 판정, 퇴원 결정.

병동 관리자, "많은 환자가 완치로 퇴원하였습니다. 정부에 이런 사실을 알려야 합니까?"

김구운 국장, "이런? 우연히 병동 관리 담당자들의 확인해 준 퇴원 명단과 족발 섭취자 명단이 일치하는군요."

병동 관리자, "임진왜란 역사 소설인《잃어버린 대륙》본문 중에도 약초 처방에 관한 기록이 방대합니다만, 오래 전부터 우리 민가의 건설 노동자들 사이에서 돼지비계를 먹으면 호흡기 질환에 좋다는 소문이 있었습니다."

이도훈 원장, "혹 돼지고기의 젤라틴 성분과 메르스의 관계를 연구해 볼 수 없을까요?"

김구운 국장, "설령 관계가 있다고 해도 확정하는 것은 무리입니다. 단지 자가 면역에 도움이 된다고 무안 양파가 동난 거와 같은 것이지요."

제4과장, "중국인들의 돼지고기 식사와 메르스…."

김구운 국장, "다 끝났어요."

방역 당국 관계자, "독일에서 메르스 예방 백신이 최초의 인체 대상 임상시험에 돌입 준비를 마친 데 이어, 미국에서 메르스를 예방하고 이를 치료할 가능성이 높은 2가지 치료법을 발견했다고 메디컬 뉴스 투데이, 메디컬 익스프레스 등 미 의학 전문 온라인 언론이 오늘 보도했습니다."

김구운 국장, "결국 우리가 졌다."

이도훈 원장, "모든 게 끝났습니다."

방역 당국 관계자, "드디어 메르스가 정복되었군요."

이도훈 원장, "인도적인 형태로, 우리 병원으로 다음 주면 백신이 도착할 것 같군요. 메르스 사망자는 6월 29일 현재 31명이고, 확진자는 총 181명에 메르스로 인한 누적 격리자는 총 1만 5천 134명으로 늘어났습니다."

탄저균, 홍콩독감, 메르스 백신 개발에 지난 10개월간 전력투구하여 메르스백신을 개발하고 슈퍼항생제를 연구한 국내 최고의 의료진인 김영진 제4과장이 메르스 감염으로 사망했다. 결국 화장 처리했고 그는 한줌의 재로 변했다. 김구운 국장은 자신도 모르게 신음 소리를 냈다. "음…."

이때 "국장님, 병원 밖을 보세요. 웬 대형 현수막입니다."라는 소리가 들렸다. 김구운은 밤을 지새워 피로한 눈으로 천천히 철장 사이의 밖을 내다보았다. 현수막에는 〈우리가 함께 당신을 응원합니다. 의료진 여러분, 저를 지켜 주셔서 감사합니다. 권영준…〉이라고 적혀 있었다.

김구운 국장, "족발집에 감사해야 할 사람들이군. 족발이 몇 개가 들어왔었죠?"

병동 관리자, "네, 48개입니다."

김구운 국장, "완치자는 몇 명입니까?"

병동 관리자, "네, 48명이 퇴원했습니다."

이도훈 원장, "전혀 비과학적이고 반의료적인 상태라 사실 관계를 확인해야 합니다."

김구운 국장, "백신은 아직도 성과가 없습니까?"

방역 당국 관계자, "네, 전국의 대형 병원에서 모두 실패했다고 합니다."

KBS 9시 뉴스가 나오고 있다.

제1호 환자인 이이원 상무가 드디어 메르스 확진을 받은 지 40일, 완치 판정을 받았습니다. 다섯 차례에 걸쳐 채취한 검체에서 모두 음성이 나왔다고 이도훈 병원장 겸 주치의가 밝혔습니다.

이도훈 병원장, "인공호흡기를 단 지 3주째부터는 호흡기 검체에서 메르스 바이러스가 음성으로 나오고 있고…."

치료 과정은 험난했습니다. 바이러스성 폐렴에서 세균성 폐렴으로 악화하면서 항생제도 듣지 않는 내성균이 생겨났습니다. 기관지 내시경으로 매일 같이 가래를 뽑아내는 극진한 치료로 다행히 폐렴에서 극적으로 회복됐습니다.

기자, "무슨 약으로 치료되었나요?"

병원 대변인(제3과장), "네, 그냥 치료했습니다. 백신은 없었고요. 우리 병원 이도훈 원장님이 주치의라서 보안 사항이 있습니다."

기자, "어제 인공호흡기를 뗐고 이제 일반 병실로도 옮겼다는데 사실인가요?"

> 병원 대변인(제3과장), "네, 한 달 넘게 강제 수면 상태였고 폐렴이 워낙 심했던 터라 후유증이 큽니다. 때문에 환자는 말도 못하고 움직일 수 없는 상태로 퇴원하기까지는 두세 달은 걸릴 것으로 보입니다. 저, 족발…."
>
> 기자, "뭐라고요? 족발요?"
>
> 병원 대변인(제3과장), "기자회견은 이걸로 끝입니다. 기자님과 족발 함께 먹자는 이야기입니다."

김구운은 속으로 중얼거린다. '20조 원짜리 족발? 허! 허!'

이도훈 원장, "민주주의 사회는 일반 시민들이 논쟁과 여론을 통해 차선과 차악을 선택하는 시스템이다. 사법고시와 같은 관료제는 최고를 선택하는 제도이다. 선택받은 자들의 '우리가 남이냐'라는 그들만의 최고의 선택이 시민들 눈에는 무능으로 비춰지지만, 종국에는 그들만을 위한 선택이 그들에게 항상 옳다는 점이다. 메르스와의 전쟁에서 우리 의료진은 실패했습니다."

김구운 국장, "우리는 메르스보다는 족발집과 소통에 실패했습니다."

✚ 김하나 소녀 퇴원, 7월 1일

마지막 메르스 의심 환자인 하나 소녀의 퇴원이 결정됐다. 하나의 문자가 도착했다.

〈병원 관계자 여러분, 저는 잘 지내고 있어요. 병원도 잘 다니고, 약도 잘 먹고. 단, 연애 사업도 안 되고 진짜 사업도 안 될 뿐입니다. 감사합니다.〉

김구운 국장, "연애 사업이 안 된다. 연애 사업도 해 줘야 하나? 그들이 그토록 나가고자 한 사회가 과연 자유가 충만한 곳일까? 그곳은 또 다른 경제적 구속 상태의 격리 사회가 아닐까?"

그들은 자유처럼 보이는 착시에 서둘러 준비 없이 나갈 뿐이다! 바로 그곳은 인간들의 욕망으로 쳐둔 그물들이 곳곳에 소비라는 함정으로 있는 곳이다.

병원은 최선을 다했지만 메르스 소송까지 당하고 있었다. 이도훈 원장은 '솔직히 자괴감이 든다. 병원장으로서 메르스 확산 방지를 위해 병원 경영을 접고 최선을 다했는데 감염 관리가 잘못됐다는 변호사들의 소송에 기가 막힌다'고 생각한다. 의료인은 소송 그런 것을 모르고 더욱이 판사의 마음을 우리가 어떻게 알겠나? 의료 사고라며 물어 달라면 벌어놓은 것 다 내놓는 수밖에 대책도 없었다.

완치

신분을 밝히지 않은 익명의 후원자들이 격리 병원을 방문해 감염의 두려움 속에서도 일선에서 메르스와 사투를 벌이는 직원들에게 전해 달라며 방호복, 과일 등 약 1천만 원 상당을 기부했다. 강제 격리 병원 앞에는 대형 현수막이 걸려 있다. 현수막에는 〈우리가 함께 당신을 응원합니다. 의료진 여러분, 강동을 지켜 주셔서 감사합니다.〉라고 씌어 있었다. 환자 그들은 그토록 갈망하던 자유의 몸이 되어 강제 격리 병동을 떠나 세상으로 나아갔다.

지난 10개월 날밤을 함께 지새웠던 4개 국내 대학 병원 전문 연구진은 하나, 둘 한줌의 재로 돌아가고 말았다. 잠을 이룰 수 없는 사람들에게 최고의 좋은 수면 유도제(치료제)를 만들어 준다 해도, 스스로 잠을 자지 못하면 부작용이 있다. 술(알코올)보다 부작용이 좋은 약은 만들 수 없다는 생각이다.

> "7월 1일 집권 여당 새누리당은 정부와 약 15조 원 규모의 메르스 추가경정예산(추경)을 확정했다."
>
> "20일 이전 국회통과가 목표다."
>
> "최명환 경제부총리 겸 기획재정부 장관이 1일 국회에서 열린 2015년 추경 관련 당정협의에서 결정을 확인했다."

제1번지 BH 소속 최영화, "정부는 25일 쯤 메르스 종식을 선포할 준비를 하고 있습니다. 한국이 메르스 백신 개발에는 실패했지만, 세계적인 재앙을 극복하는 모습을 보여준 데 전 세계는 놀라고 있습니다. 일본과 중국의 관광객들이 폭증하는 관광 특수가 기대됩니다."

김구운 국장, "피곤해서 한숨 자야겠소!"

강제 격리 병동에 환자들은 모두 퇴원하였으나, 땀 흘리던 의료진과 당국자들 간호사, 그리고 이해 관계자들은 지난 일 년간 누적된 피로로 하나, 둘 스러지고 있었다.

병동 관리자, "우리가 갇힌 기분입니다. 우리 모두가 갇힌 것 같은 세상, 강제 격리의 세계입니다."

한국은 세계에서 두 번째로 대규모 메르스가 침투한 나라이지만, 모든 국민이 똘똘 뭉쳐 메르스를 정복한 유일한 나라로 자랑스럽게 빛날 것이다. 그리고 앞으로도 메르스와 같은 어떤 전염성 병균도 이겨내는 위대한 나라로 번영의 시간을 놓치지 않을 것이다.

비록 메르스 백신은 미국과 독일이 개발했다고 해도, 그 사용과 활용에 있어 인류를 구제하는 의료 분야의 눈부신 발전을 이룰 것을 믿어 의심하지 않는다. 인권을 위협하는 전염병과 정신과 뇌 연구 분야에 있어 우리 의료진, 섬성병원 관계자와 우리 국민이 기필코 인류사에 커다란 발자취의 연구 성과를 내놓을 것을 기대한다. 그래서 중국인과 인도, 그리고 일본인들이 위험에 빠졌을 때 구해내는 역할을 할 수 있게 되기를 바란다.

✚ CNN 뉴스 황산화 화합물, 7월 4일

이도훈 원장, "김 국장님! 독일에서 2년 전 개발한 메르스 백신이 실패작으로 판명 났었는데, 어떤 약물을 병행 치료하는 과정에서 백 퍼센트 메르스가 치료되었다는 CNN 뉴스입니다."

김구운 국장, "뭐라고요? 그게 가능한 일인가요? 무슨 약물이라고 합니까?"

강동 섬성병원 제2과장, "그게 독사, 아니 독뱀, 코브라에 물릴 때 살아났다는 애기똥풀과 달개라는 약초 성분의 황산화 화합물이라고 합니다."

김구운 국장, "뭐라고요? 믿을 수 없어! 그럼, 족발집… 그 족발의 한방 약초 냄새가…. 독일 뮤헨대의 게르트 슈타 교수가 전번 세미나에 초청했을 때 족발을 부탁했었던, 제2과장이 진공 포장으로 선물한 족발이 그 집 족발이란 말이오?"

제2과장, "네, 우리가 등잔 밑이 어둡다고 족발집 사장과 너무 불통인 문제가 있었던 것 같습니다."

이도훈 원장, "미국 방송들이 한국의 약초 황산화 물질에 대해 거론하고 있답니다."

이도훈 원장은 자신도 모르게 독일어 인사말 'Guten Tag!'을 "구튼 탉"이라고 해 본다. 제1과장도 따라 말해 본다. "Guten Tag!, 구튼 탉, 꼬끼오?" 이때 스마트 폰에서 "학교종이 땡땡땡~" 하는 음악이 수없이 울리고 있었다. 레디가카의 전화였다. 의료진 수 명이 화장되고 있는 화장터에서 김구운 국장은 스마트폰을 열어 유심칩을 꺼낸다. 그리고는 유심칩을 불타는 화장터 가마 속에 던져 버린다.

김구운 국장, "다 끝났어!"

이도훈 원장은 아주 놀란 표정으로, "김 국장님, 레디가카님의 전화를…."

김구운 국장, "나는 자유의 몸이야! 독수리 바위를 찾아 가야지?"

GGW 작전, 'Gad Gu Won 프로젝트'의 각종 요인과 약 8천 개의 전화번호, 비밀을 간직한 유심칩이 활활 메르스와 함께 불타고 있었다. 김구운 국장은 스마트폰의 유심칩을 태워버리고 또 다른 유심칩과 메모리칩을 스마트폰에 장착했다.

거대한 인구 대국인 인도와 중국의 메르스 발생에 대비하여 미리 메르스 백신을 개발하려던 GGW 작전은 백신 개발에는 성공했으나, 임상 시험에 빈번히 실패하고 많은 의료진의 희생을 불러왔다. 연구 개발 도중에 일어난 많은 의료인의 애국적인 신념의 희생 행렬 앞에, 연구 개발이 한창인 시기 중에 세계적인 의학 전문지는 메르스 백신을 개발한 게르트 슈타 독일 뮤헨대 교수가 쥐의 실험에서 메르스 퇴치에 성공했다고 밝혔다.

이 프로젝트는 이미 2년 전에 백신 개발에 성공했으나, 백신 투여 과정에서 항체가 활성화되지 못하여 효과가 입증되지 못했었다. 그러던 것이 모종의 약물과 병행 처리로 백신의 효과가 살아나 기적적으로 메르스를 완치하게 되었다는 것이다. 참으로 인류의 건강과 안전을 위한 위대한 성공이었다. GGW 작전 멤버들은 모두 메르스 백신 성공에 축하 박수를 보냈다.

저자가 지난 1년간 서울과 경기도의 4개의 특수 격리 병동을 관찰하면서 직접 보고 느꼈던 격리된 환자들의 상태(우울증, 조울증, 치매와 정신 장애, 자살 충동 등)를 정리한 것에 상상을 더해 허구로 만든 작품이다. 읽다 보면 누구나 강제 격리를 당할 수 있음에도 그것에 무지했음을 뼈저리게 느끼게 될 것이다.

GGW 작전 실패

GGW 작전, 나라 사랑 애국 프로젝트는 성공하지 못했지만, 김구운 국장은 모처럼 녹천교 아래 체육공원에서 국민생활체육회가 조성한 체육시설인 원반 돌리기로 허리 운동을 하고 있었다. 그런데 누군가 자전거를 가지고 김구운 국장에게 다가왔다.

"어! 국장님 아니십니까? 저 모르겠어요?"

"어! 이게 누구야?"

서영만 환자는 너무 반가워 자신도 모르게 소리치고 말았다. 지난 8개월간 강제 격리 대상자로 있다가 완치 판정으로 퇴원한 서영만 환자였다. 김구운 국장은 서영만 환자의 건강한 모습을 보니 매우 반가웠다. 서영만 환자와 김구운 국장은 저승사자와 같은 강제 격리자와 피격리자의 신분이었다. 그럼에도 그들은 너무도 감격해 얼싸안고 반가워했다.

서영만 환자, "중국의 한국 관광 중단 결정을 보면 자국민들을 보호하려는 의지가 보입니다. 일본의 148개의 도시는 지역민이 정착 생활을 하도록 하는 것을 제1의 목표로 하고 있습니다."

김구운 국장, "일본도 한국 관광에 대해 자세히 대책을 세웠죠."

서영만 환자, "자국민을 유랑시키기 위한, 불특정 다수를 상대로 한 집중 법치로 다양한 투망식 벌금, 과태료 또는 처벌, 격리 등으로 일제 식민지 정책의 연장선에서 법이 작동되고 있는 것이 아닌가요?"

김구운 국장, "식민지 당시 조선인들을 유랑민으로 만들어 만주로 이주시키려던 정책의 잔재가 남아 있긴 합니다. 잃어버린 대륙인 만주에 조선인들이 흘러 들어가서 살게 되면 일본인이 조선에 이주하여 정착하게 하는 것이지요. 강제 동원령의 망령이 고스란히 우리 제도에 바탕을 이루던 시절이 있었습니다. 이번 메르스 발생 지역 지자체들의 지역민 정착을 위한 대책들이 결국 메르스를 몰아낼 수 있을 것입니다."

* * *

김구운 국장, "총리께서 '메르스 경제 손실 10조 원 추산'이라고 합니다."

안전국장, "정부는 약 15조 규모의 특별 추경을 편성하기로 했습니다."

김구운 국장, "천만다행입니다. 이제 서민들도 시름에서 벗어나겠군요."

방역 당국 관계자, "메르스 발생 지역이 최악의 침체기를 맞자 지역

활성화를 위한 긴급예산을 투입해서 경제를 재건하는 활동에 전 국민들의 동참이 이어지고 있습니다."

김구운 국장. "한국에서 메르스로 운명을 달리한 총 사망자 수가 35명이라는 기적을 보인 것은 강제 격리를 통해 전염병 확산을 막은 것이 주효했습니다."

이도훈 원장. "메르스는 중세 흑사병이나 페스트와 같은 매우 위험한 질병입니다."

제1번지 BH 소속 최영화. "메르스가 치료제가 없는 상태어서 국가적으로 피해는 엄청납니다."

제1번지 BH 소속의 최영화는 경제적인 약 20조 원의 추경 편성이 메르스 때문으로 생각하고 있는 듯이 GGW 작전본부를 책망하듯이 말했다. "아직은 더 성장하고 더 발전해야 합니다."

김구운 국장은 볼멘소리로 대답했다. "족발집, 치킨집 아저씨, 분식집 아줌마, 스마트폰 판매장의 아르바이트 모두 살아가는 게 힘듭니다. 이런 힘든 세상을 만든 것은 경쟁과 성장이 제일이라는 이데올로기입니다."

이도훈 원장. "우리 경제는 성과주의를 떠나서 존립할 수 없습니다. 메르스 치료제 실패는 안타깝습니다."

김구운 국장. "사람들에게 상처를 주지 않기 위해 무엇에도 집착하지 않습니다. 그것이 성공이든 돈이든 예외는 아니지요. 인간은 끝내 그냥 죽기 때문에 성공도 실패도 죽음 앞에선 평등합니다."

2015년 7월 30일, 한국 정부는 메르스 종식을 선언했다. 드디어 한국은 완전한 평화의 시기를 맞았다. 제1번지 BH 소속 후배는 "메르스 단 한 명이라도 발생한다면 용서를 하지 않겠다고 분명히 했었어요."라고 말했다.

한국 정부는 메르스 발생과 동시에 신속하게 강제 격리를 시행한 작전으로 인해 수백 명의 인명 피해를 최소화할 수 있었다. 그러나 경제적 심리적인 피해는 약 20조 원의 긴급 추경에도 불구하고 두고두고 발생할 것이다. 치료약이 없는 메르스임에도 본부의 신속히 대처가 전염성 질환을 차단한 덕분이었다. 그렇게 하여 한국의 메르스 감염 의심자는 약 1만 명에 이르고, 약 20조 원에 이르는 경제적 피해를 남겼다. 그리고 메르스 확진 사망자 수 35명으로 극복되었다. 이는 세계적으로 메르스를 극복한 위대한 성공 사례로 남게 되었다.

물론 '메르스로 희생된 사람이 단 한 명도 없었으면' 하는 안타까움은 누구나 가지고 있었다. 그러나 전염성 변이 바이러스 세균에는 치료제가 현재에도 미래에도 없다.

* * *

그리고 한 달 뒤인 2015년 8월 27일, 중국 신장新疆 자치구.
'수도 우루무치烏魯木齊에서 메르스 유사 증상 환자가 발생했다'

8월 27일 하미에서 고속철을 타고 그날 밤 우루무치에 내린 한 소년(남, 9세)이 고열 증세로 우루무치의 한 병원에서 감기 증세로 치료받았다. 그러나 소년은 9월 2일 사망하였다. 우루무치 병원은 환자가 메르스 바이러스에 의한 사망임을 확인했다. 신장웨이우얼 자치구 정부는 메르스 사망을 비밀로 하고 철저한 방역 작업에 나섰다. 사망한 환자의 시체는 비닐봉지로 두세 겹 둘둘 말아 바로 소각했다.

이에 그치지 않고 우루무치 병원의 의료진과 간호사들이 시름시름 앓는 메르스 증세가 나타났으며, 9월 10일 7명의 간호사와 의사가 메르스 증세로 동시에 사망하기에 이른다. 신장웨이우얼 자치구 정부는 중국 중앙 정부에 메르스 감염 사실을 알리고, 중국 베이징의 청화대학 의료학부로 구성된 전문가들이 우루무치 병원을 방문하여 역학 조사를 시행했다. 그 결과 메르스 바이러스가 광범위하게 퍼진 사실을 파악했다. 우루무치에서 하미에 이르는 고속철도 약 530킬로미터 지역이 이미 메르스에 감염된 것이다. 이 구간은 시속 200킬로미터로 약 3시간에 이르는 구간으로, 각 역을 기점으로 수 개의 도시가 감염되었다.

9월 중순 들어 메르스로 인한 사망자의 수가 기하급수적으로 발생, 우루무치 지역에 메르스가 걷잡을 수 없을 정도로 전파되어 하루 사망자의 수가 수천 명에 이르렀다. 뿐만 아니라 중국 베이징의 청화대학 교수들로 이루어진 역학 조사반에 의해 중국 수도인 베이징 시내에도 이미 메르스 바이러스가 전파되기 시작했다.

중국 정부는 긴급히 독일의 뮤헨 대학 게르트 슈타 교수에게 메르스 백신을 보내 줄 것을 요구했다. 그러나 게르트 슈타 교수의 백신 개발은 한국의 섬성병원 김영진 제4과장이 개발한 슈퍼항생제 메르스 백신과 마찬가지로 임상시험 수준에 머물고 있어 양산 단계가 아니었다. 게르트 슈타 박사가 발견한 황산화 화합물을 구성하는 애기 똥풀과 달개라는 약초 성분에 대해 설명하자면, 임진왜란 당시 이슬람 병사들이 명나라군의 동맹군으로 들어와서 급성 열감기에 죽게 되자 이에 조선의 약초들을 섭취하고 나왔다는 이야기는 많이 있었다. 하지만 그것이 메르스 바이러스라고 단정을 지을 수 없었다. 게르트 슈타 교수의 메르스 백신 개발의 성공 보도는 실험실에서의 황산화 물질(고구마에 들어 있는 항암 성분과 같은 종류)이 촉매 작용을 한다는 것에 불과했다. 게르트 슈타 박사의 메르스 백신이 성공했다면, 한국에서 35명의 사망자를 지켜보기만 할 이유가 없었을 것이다.

2015년 9월, 신장 우루무치 지역에서 메르스 유사 증세로 사망한 사람의 수는 약 10만여 명이 넘어섰다. 그리고 하미를 비롯한 중국 북부 지역의 사상자는 그 수를 셀 수 없을 정도로 변했다. 이에 신장 웨이우얼 자치구 마미티 서기장이 우루무치 공항에서 인천 공항으로 입국했고, 바로 GGW 작전본부를 찾았다. 그들은 공항에서부터 한국 외교부의 에스코트를 받으며, 우루무치 깃발과 중국 국기를 자동차에 나부꼈다. 신장웨이우얼 자치구 마미티 서기장과 중국 베이징의 청화대학 스찬핑 교수 일행은 요란하게, 그리고 시급하게 방탄 차량을 달려 바로 GGW 작전본부로 김구운 국장 일행을 찾아온 것이다.

9월임에도 날씨가 아직은 더운 기운이 남아 있었다. 신장웨이우얼 자치구 마미티 서기장은 바로 단도직입적으로 말했다.

"중국은 전염병으로 617년, 642년, 762년 이후 산동성 주민의 절반 이상이 사망했었습니다. 806년까지 절강성 주민외 약 절반 이상이 사망했다는 기록이 있습니다."

김구운 국장은 안됐다는 표정으로 대답했다.

"9세기에 일본도 전 인구 중 절반이 사망하는 감기라는 전염병이 있었습니다. 임진왜란 당시 역병이 돌아 인구가 급감했습니다."

이도훈 원장, "8세기 말 중국 해안 전 지역에 흑사병이 만연했었습니다."

신장웨이우얼 자치구 마미티 서기장의 표정은 어둡고 무거웠다. 그는 말을 이어갔다.

"몽골은 1271년 중원의 지배자가 된 이후, 14세기(1331년) 발병한 전염병으로 당시 중국 인구의 약 30퍼센트에 달하는 사람이 사망했었습니다. 사실 원명 교체기에 원나라의 인구 절반이 전염병으로 죽어갔기에 명나라가 승리했었지요. 조선의 임진왜란 때도 전염병 때문에 일본이 철수했다고 들었습니다."

이도훈 원장, "임진왜란은 이순신 장군이 일본군을 12척의 배로 항복시켰습니다."

마미티 서기장, "12척으로 일본의 2천 척을 쳐부수다니 대단합니다. 일본군 15만 대군을 물리쳤다죠? 누가 들으면 거짓말 같이 들리는 위대한 승전이군요."

이도훈 원장, "전 유럽을 공포의 도가니로 만든 흑사병 대재앙은 몽골군이 유럽을 침략한 1346년, 크리미아 반도 중심지 카파(Caffa)시를 공격하고 몽골군대가 중국에서 흑사병에 걸려 죽은 시체를 성안으로 던져 넣으면서 전파되기 시작했습니다. 그 결과 약 6천만 명의 유럽

인이 죽었습니다."

마미티 서기장, "옛날에는 전쟁에 전염병자의 시체로 세균전을 많이 했습니다. 몽골이 유럽에 전염병을 퍼트렸다는 확실한 근거는 없습니다."

마미티 서기장과 동행한 베이징 청화대 스찬핑 교수, "우리는 한국 GGW 작전본부의 경험이 필요합니다. 메르스를 조기에 점령한 경험을 바탕으로 우리를 도와주시기를 간곡히 부탁합니다."

김구운 국장, "아, 그거야 당연히 도와야죠."

이도훈 원장, "중국 기업들의 주가가 폭락하고 경제가 마비 상태라고 하니 이웃으로서 참으로 안타깝습니다. 빨리 수습되길 바랍니다. 지금 중국의 메르스 상태의 진실은 어느 정도입니까?"

베이징 청화대 스찬핑 교수, "사실 중국 북부 지역과 중앙 지역 등 거의 모든 지역이 감염되어 하루 사망자가 파악이 거의 불가능한 상태입니다."

김구운 국장, "아니 뉴스에는 수천 명이라고 하지 않았나요? 정말 대재앙이군요. 김영진 제4과장의 연구실을 보시려면 죽음을 각오해야 합니다. 우리도 지금 폐쇄를 하고 있습니다."

마미티 서기장과 스찬핑 교수는 애걸했다. "모든 세균을 죽이는 슈퍼항생제를 눈으로 본다면 죽어도 여한이 없소. GGW 슈퍼항생제 불생불멸을 보여주시오!"

메르스 쓰나미

미국의 달러 가치가 변동하면 그것은 일본의 엔화에 영향을 미치게 된다. 그로 인해 장사를 하는 동대문 시장 사람들은 미국과 일본의 금융에 의해 삶의 수준이 좌지우지되고 있다. 이 나라에는 세금만 어떻게든 내면 되는 것이 현실이다. 그런데 최근 중국 관광객이 늘어나면서 중국의 영향을 크게 받기 시작했다.

중국의 우루무치 지역을 중심으로 대규모로 메르스가 발발하여 하루 사망자가 파악이 불가능할 정도로 팽창하고 있다. 한국 경제의 발등에 불이 떨어진 것이다. 중국 경제의 폭락과 중국의 위기는 곧 한국의 위기로 닥쳐올 것이다. 실제 많은 한국인과 중국 상인들이 결혼을 하여 중국의 이유 시장에서 장사를 하고 있다. 즉, 중국 경제와 한국 경제는 떼려야 뗄 수 없는 동반자 관계에 있다. 중국의 주가폭락은 곧 한국 기업들의 주가폭락으로 이어질 것이었다.

김구운 국장, "우리도 강제 격리 병원과 실험실을 폐쇄하고 있소. 지금 누구도 우리 동지들이 연구 개발을 하다가 죽은 그곳에 들어갈 수 없게 폐쇄되어 있소."

베이징 청화대 스찬핑 교수, "저는 중국 최고의 이공계 대학인 청화대 출신입니다. 정말 도와주시길 간곡히 부탁합니다."

김구운 국장, "쿤밍 역 부근에서 집중 사망자가 발생했다고 들었습니다."

베이징 청화대 스찬핑 교수, "네, 맞습니다. 이 추세로 간다면 약 1주에 1억 명이 사망할지도 모릅니다. 너무 너무 급합니다."

이도훈 원장, "독일 뮤헨대 게르트 슈타 교수에게 부탁해 보셨나요?"

베이징 청화대 스찬핑 교수, "우리 중국을 위해서는 게르트 슈타 교수의 실험이 필요한 게 아닙니다. 우리는 실제 한국의 메르스 극복 경험을 지금 필요로 합니다."

베이징 청화대 스찬핑 교수 일행과 GGW 작전본부 요인들은 우주복과 같이 생긴 방호복을 입고 강제 격리된 섬성병동을 찾아갔다. 하지만 사실 강제 격리 병동과 실험실은 많은 희생으로 거의 폐쇄 상태에 있었다. 김구운 국장은 섬성병원 강제 격리 병동 실험실로 가면서 잠시 생각에 잠겼다. '한국이 미국, 일본의 대륙 진출의 징검다리(소모품)가 될 것인가? 한국 수도가 스스로 다양한 재화를 생산하여 대륙의 중심이 된다면 동아시아의 평화와 번영에 기여할 수 있을 것이다. 항상 이렇게 생각했는데…. 지금 중국 대륙이 초토화되는 전염병이다. 중국의 메르스를 꼭 잡긴 잡아야 하는데….'

김구운 국장은 다시 말했다. "인구 대국에 엄청나게 퍼진 메르스를 어떻게 잡을 수 있겠소? 차라리 중국을 탈출하는 것이 안전할 것 같소. 중국 전염병 지역을 모두 불태우는 방법이 유일한 대책일 것 같소."

베이징 청화대 스찬펑 교수, "신장 우루무치는 중국에서 가장 석유가 풍부한 지역이오. 중국은 어떤 대가도 치를 준비가 되어 있소."

김구운 국장, "사막의 낙타 여행이 그립군요."

신장웨이우얼 자치구 마미티 서기장은 답답하다는 듯이, "지금 사막 여행 이야기를 할 정도로 한가한 게 아닙니다. 지금도 수많은 사람이 그냥 죽어가고 있어요."

김구운 국장, "미안합니…."

9월의 날씨가 조금도 식지 않았지만, 섬성병원 강제 격리 병동과 실험실은 국민적 공분을 자아낸 만큼 공포스럽고 스산했다. 지옥의 문처럼 육중한 철문이 열리고 방호복을 갖춘 우주인 차림의 GGW 작전본부 요원들은 마미티 서기장, 스찬펑 교수와 함께 실험실로 들어갔다. 실험실 안에는 아직도 김영진 제4과장의 조그마한 액자 속 사진과 흔적이 고스란히 남아 있었다. 인류를 구제할 초강력 슈퍼항생제도 실험실에서 그대로 살아 있었다.

중국의 우루무치에서 한 명의 메르스 감염 소년이 사망한 이후, 메르스는 중국 전역으로 급속히 퍼져 나갔다. '메르스 쓰나미'라 새로운 이름이 붙여지고 메르스는 중세의 흑사병처럼 퍼져 나갔다. 그러나 인류는 어떤 치료약도 개발해내지 못했다. 이런 추세로 간다면 중국의 인구는 일 년 내에 십 분의 일로 줄어들 것이 확실해져 갔다.

GGW 작전본부는 김영진 제4과장이 죽으면서 남겨둔 슈퍼항생제 개발의 배양균을 밀봉에서 꺼내기로 했다. 얼마나 더 많은 사람이 죽어갈지 모르지만, 메르스가 다시 창궐할 수 있었기 때문이었다. 한국과 중국의 협력 하에 세계 최고의 기술진이 슈퍼항생제의 실험실 배양균을 가지고 함께 실험에 나선 것이다.

이미 중국 중앙아시아 우루무치를 축으로 철도와 고속도를 따라 주민들의 대피로 전체가 전염병으로 감염되어 급속히 메르스가 퍼지고 있었다. 메르스 확산 속도가 워낙 빨라서, 그리고 감염자 규모가 원체 방대해서 강제 격리를 시도할 수 없는 상태에 도달했다. 스찬핑 교수와 마미티 서기장 일행은 한국의 수도 서울, GGW 작전본부에서 본국의 메르스 사태가 진정되기를 고대하고 있었다.

2015년 9월 27일, 중국은 중국 전역에 메르스 비상계엄을 선포했다. 한 달 사이에 희생자는 중국 정부의 공식 발표만으로 약 1억 명이 사망했다고 보도됐다. 그러나 사실상은 2억 정도의 인구가 사망했으리라는 추정이 있었다. 중국으로 향하는 모든 공항과 항구는 전면 통제되고 인구 이동은 법으로 금지됐다. 중국 국경 지역은 피란민들로 만원이 되어 모두가 고통 받고 있었다. 신장웨이우얼 자치구에서는 9월 중순부터는 IS요원을 자처하는 게릴라가 등장하여 우루무치 일대의 치안은 완전히 무너졌다.

중국 정부의 지도자들은 비상계엄을 발표하고 주민들의 안정을 도모하려고 했으나, 불안을 느낀 주민들은 비상계엄을 무시하고 역외로 탈출 행렬이 끊이지 않았다. 더구나 죽음의 도시로 변한 우루무치와

해미, 그리고 러시아 접경의 카자흐스탄 일대는 메르스가 사정없이 번지고 있었다. 우루무치는 한마디로 핵전쟁이 지나간 지역처럼 인간뿐만 아니라 동물 심지어 조류마저 모두 사망시켰다. 그나마 살아 있는 사람들을 이슬람 무장 세력인 IS를 자처하는 세력들이 준동하여 더욱 치안은 부재하였다. 이것은 금세기 중국에 닥친 가장 어려운 시련임이 분명했다. 카자흐스탄과 러시아 일부 지역도 그 피해를 벗어나기 어려웠다.

미 일 중 전쟁, 9월 30일

9월 30일, 일본과 중국이 영유권 분쟁을 하고 있는 지역인 센카쿠 열도 부근에서 중국어선 1천여 척의 무단 조업에 일본 순양함이 발포를 하여 분쟁이 발생했다. 센카쿠열도에서 1천여 척의 어선과 대치하던 일본 순시선에 누가 쏜 것인지는 알 수 없는 총알이 발사된 것을 발견한 일본은 자신들의 영토인 센카쿠에 대한 중국의 도발 행위로 단정하고 즉시 선전포고를 하고 보복 공격이라며 중국 어선에 대해 기관총을 퍼부었다.

일본은 중국이 계획적으로 무력 도발한 것이 원인이라며 전쟁을 선포했다. 중일 전쟁의 시작이다. 이에 동중국해군 다오위호 모우저캉 제독의 항공모함이 출동해 양국은 무차별적인 포탄과 기총을 퍼부으며 전투를 하게 됐다. 패배한 측은 엄청난 전쟁 배상금을 물어주어야 하는 전쟁이 시작됐다.

약삭빠른 일본 정부는 센카쿠열도의 어선 침략에 대응하여 선전포고를 감행했다. 중국인의 센카쿠열도 입항을 거부한 일본에 불만을 품은 중국 난민과 어선들이 센카쿠열도에 진입하는 과정에서 수십 척의 중국 민간 어선들이 일본의 순양함에 격침됐다. 일본은 즉시 중국에 항의하고, 선전포고와 동시에 중국 본토 공격까지 거론하며 자위대의 출병을 검토했다. 사실 메르스를 품은 중국인들이 일본으로 밀항하는 것을 막아온 일본으로서는 불가피한 전쟁이라고 주장했다. 미국은 즉각 일본의 손을 들어주고 중국 정부에게 책임 있는 조치를 요구했다.

분쟁의 원인이 된 센카쿠열도尖閣列島, 중국명 댜오위다오釣魚島는 일본, 중국, 대만, 일본 오키나와의 서남쪽 약 410킬로미터 지점에 위치한 섬이다. 중국 대륙의 동쪽 약 330킬로미터, 대만의 북동쪽 약 170킬로미터 동중국 해상에 위치한다. 일본이 실효 지배하고 있었으나 중국 전국에 메르스 쓰나미가 휘몰아치자 어선을 통한 피란민들의 유입으로 전쟁이 발발한 것이다.

중국 동중국 해전에서 일본군과 미국, 대만, 동남아 국가들이 촉각을 곤두세우며 중국을 주시했다. 불과 한 달 전만 해도 중국은 세계 제2위의 대국이었고, 군사력으로도 막강했었다. 그러나 메르스의 여파로 한 달 사이에 중국 기업들의 주가는 폭락했고, 중국 전체의 인구이동이 통제되는 상황으로 전쟁을 할 만한 입장이 되지 못했다.

10월 10일, 중국 민간 어선들, 1천여 척이 넘는 많은 수의 어선들이 센카쿠열도에 진입하려고 했다. 일부는 전염병에 걸린 피란민을 태운 채였다. 민간 어선들은 이미 수년 전부터 수십 차례나 센카쿠열도 주변 해역에서 조업을 해 왔었다. 일본의 순시선이 매일 정오쯤 단속을 시작하면 일단 중국 영내로 피신했다가 순시선이 철수하면 다시 조업하는 식이었다. 중국의 1천여 척의 어선 뒤에는 중국이 자랑하는 항공모함 '다오위호'가 있었다.

중국 항공모함은 30여 대의 전투기를 장착했는데, 이는 스키점프 방식의 이륙 방식으로서 주력은 러시아 수호이 SU33을 개조한 선양 J-15 30대에 미사일과 기관총을 장착한 것이었다. 이에 비해 일본의 센카쿠 니미츠는 항공기 F-18 기종 80대를 적재하고 있었다.

전쟁이 발발하자 일본의 전투기들은 모두 하늘에 떠올라서 중국 항공모함 다오위호를 향해 발진했다면, 중국의 전투기 30대는 이륙도 하기 전이었다. 더구나 해상 전투에서 전투기 50대의 차이는 엄청난 무력의 차이를 보여줬다. 중국의 국보급 다오위호는 보유한 헬기 25대를 전투에 참여시켰지만, 이미 다오위호의 상공을 헬기가 차지하여 다오위호의 전투기는 20여 대가량만 작전에 참여하는 상황이 됐다. 더구나 중국 다오위호의 항공모함에서 발진한 헬기들은 수상 작전의 경험이 부족하여 다오위호의 전투기 발진에도 방해를 주고 있었다.

반면 일본은 해상 국가로 수상 작전의 경험이 풍부한 군대였다. 더군다나 미국의 E-2C 호크아이가 대공 조기경보를 해 주고 있어, 중국 항공모함 다오위호의 동태를 레이더 이외에도 공중에서 발견할 수 있었기에 선제 공격에서 매우 유리했다.

전쟁이란 해 봐야 아는 것이지만, 센카쿠 전투에서 중국 항공모함 다오위호의 선양 J-15기 20대가 일본의 F-18 전투기 80대에 맞서는 것은 무리가 있었다. 게다가 일본의 전자파 교란 전투기가 전자파를 교란했기 때문에, 중국의 선양 J-15기는 사실상 눈뜬 봉사처럼 무력하게 당할 수밖에 없었다. 중국은 아직 전파 교란 전투기나 대공 조기 경보기 E-2C를 보유하지 못했다. 또 고급 전투기를 제조할 능력이나 기술이 없었다.

이렇게 낙후한 무기를 탑재한 중국의 다오위호와 일본의 센카쿠 니미츠호의 전투는 객관적으로는 중국이 일본의 상대가 안 되는 상태였다. 하지만 임진왜란 때 조선이 일본의 조총을 활로 물리친 지구상 유일한 나라였듯이, 중국 지도부는 어떤 이변이 나올지를 기대하는 눈치였다.

10월 10일은 중국의 국경일이지만, 원인이 밝혀지지 않은 전염병으로 중국 주요 도시를 탈출하려는 피난민들이 대거 센카쿠열도를 선호해 많은 웃돈을 주고 어선을 이용해서 밀입국하려 했다. 이에 일본의 순시선은 온종일 이들의 센카쿠 상륙을 저지하려 했다. 중국의 많은 어선은 서로 단속을 피해 무단상륙을 하였기에 일본의 순시선은 발포를 명령했고, 이에 중국의 항공모함 다오위호가 개입해 전쟁이 발생한 것이다.

국제 정세는 치료제가 없는 메르스와 페스트의 중간종인 신종 바이러스의 진화로 인류의 멸망을 거론하고 있었기에, 일본으로서는 센카쿠열도에 중국 본토의 메르스 쓰나미의 감염을 차단해야만 한다는 입장이 확실했다. 죽음의 병원균이 센카쿠열도에 침입하는 것을 어떻게든 막겠다는 일본과 메르스 쓰나미를 피해 무인도로 탈출하려는 중국인들의 입장이 확연히 달랐다. 중국 요지의 피난민을 태운 민간 어선들은 많은 돈을 받고 피란민들이 선호하는 무인도에 상륙시켜주고 수익을 챙기고, 그 뒤에는 조업을 해 수산물을 획득하여 일거양득의 호황을 누리고 있었다. 일본의 순시선은 몇 척에 불과하여 1천여 척의 어선의 상륙을 저지하는 데 어려움이 많았으며, 중국 어선들은 다오위호의 호위를 받고 있어 수적으로 일본을 앞도하고 있는 것처럼 보였다.

일본은 중국 어선들의 위력을 앞세운 중국 본토인의 센카쿠열도 이주를 침략으로 규정하고, 중국 정부에 수차례 이를 막아 달라고 요구했다. 그러나 본토 전역이 전염병으로 들끓는 이때, 중국 정부는 일본의 요구를 시행할 경황이 없었다. 또 중국 정부는 댜오위다오 섬이 중국 영토라는 견해가 있었기에 본토 주민들의 피란 행렬을 군사력으로 저지할 필요성이 없었다. 그렇기에 동중국해군 사령부의 항공모함 다오위호가 부근을 순회하고 있었으나 자국의 어선들을 제지하지 않았다.

동중국해군의 다오위호 항공모함은 중국 해군의 전부라고 할 만큼 항공모함 1척에 8척의 함정과 30여 대의 전투기를 보유하고 있었다. 일본의 어선을 향한 위협사격 함포 발사에 동중국해군 항공모함 모우저캉 제독은 중국 어선들 부근에서 무력시위를 빈번히 했었다. 일본이 10일 10시를 기해 선전포고하였음에도 모우저캉 제독은 중국의 군사력으로 대치했다. 그러다가 일본의 항공모함 센카쿠 니미츠가 선제공격으로 미사일을 발사하고 함포 사격을 일제히 가하는 것을 기점으로 중일 전쟁이 시작되었다.

중국의 다오위호 항공모함에서 발진한 20대의 전투기들은 굉장한 굉음을 내면서 일본 순시선을 공격하였고, 일본의 순시선들은 귓전을 찢을 듯한 굉음의 미사일을 발사했다. 그사이 중국 어선의 일부는 센카쿠에 상륙하고, 다른 일부는 중국 영해로 피신했다.

이날 전투로 일본의 순시선 3척이 격침되었고, 다오위호 항공모함의 20대의 전투기 중 10여 기가 미사일에 격추됐었다. 그뿐만 아니라 호위함 8척 중 3척이 격침되어 중국군의 인명 피해는 일본의 10배가 넘는 3천 명에 이르렀고 일본도 300명의 해군이 전사했다. 일본은 전쟁이 발발하자 급히 항공모함을 추가로 센카쿠로 투입했고, 미국의 태평양 함대는 일본과의 동맹 조약으로 센카쿠열도 부근으로 이동했다. 그리하여 중국, 일본, 미국의 3국간 전쟁 모양새가 됐다.

미국의 태평양 함대는 전투기 300대를 탑재한 메머드급 항공모함이다. 이 항공모함과 일본 함대들은 센카쿠열도 남측으로 접근하여 11일 새벽에는 중국에 마지막으로 남은 동중국 항공모함 시오랑호와 대치했다. 먼저 미국 태평양 항공모함에서 100여 대의 제트기가 찢어지는 듯한 굉음과 함께 발진해 중국 본토 연안의 주요 시설들에 대한 공격을 개시했다. 뒤이어 항공모함에서 1천여 대의 무인 항공기 드론이 발진했다. 드론은 저공비행하여 모우저캉의 다오위호와 중국에 마지막으로 남은 시오랑호를 향해 날아들었다.

미국 항공모함에서 발진한 1천여 대의 드론이 일제히 미사일을 발사하자 동중국해상에 있던 중국군의 항공모함은 모두 화염에 휩싸여 바닷속으로 들어가고 있었다. 센카쿠열도 주변 바다에 강력한 진동과 폭음이 동중국해군을 뒤흔들었다. 수 십 미터의 폭발로 중국이 자랑하던 해군은 그 흔적도 없이 사라졌다. 동중국해군 다오위호 항공모함의 모우저캉 제독은 부하들이 불길에 휩싸이는 것을 직접 눈으로 바라보면서 소리쳤다.

"맙소사!"

그러나 모우저캉 제독의 목소리는 거대한 굉음과 폭발음에 묻혀 사라지고 말았다. 이로 인해 중국의 수십 년간 쌓아 올린 해군력은 모우저캉 제독과 함께 센카쿠 남측 바다에 수장됐다. 미국 태평양 함대와 일본의 자위대는 센카쿠열도를 뒤로한 채 동중국 연안으로 서서히 접근하고 있었다. 일본은 선전포고 다음날인 11일, 중국의 해군을 괴멸시키고 센카쿠열도를 다시 실효지배하는 데 성공했다.

중일 전쟁은 여기서 그치지 않고, 일본 육상 자위대 병력이 동중국 주요 도시들로 상륙하는 작전으로 이어졌다. 미군의 무인항공기 드론이 이미 저공비행으로 주요 방어기지와 중국군 포대를 공격하여 무력화시킨 다음이라, 일본군은 큰 저항 없이 빠르게 중국의 동남부를 장악할 수 있었다. 미군의 군사용 드론은 전자파 교란 장치를 장착하여 저공 공격하였기에, 중국 국방군의 레이더는 전혀 무용지물이었다. 더욱이 드론은 빛 굴절을 반사하고 투과하도록 도색하였기에 중국군 시야에는 보이지도 않았다.

군사용 드론이 중국군의 헬멧을 인식하고 총격을 가한다는 사실을 알아차린 중국군은 너도 나도 헬멧을 벗어 던지고 도주할 수밖에 없었다. 보이지 않는 적에게 개죽음 당하기를 원하는 사람은 없었다. 일부에서 중국군의 저항이 있었지만, 미국의 전투용 드론에 의해 전원 사살됐다.

전투용 드론에는 고도의 CCTV가 설치되어 있어서 중국의 군인들만을 사살하거나 군사시설만을 골라서 공격하였는데, 중국군으로서는 지역 방어 자체가 불가능한 상태였다. 또 전염병으로 행정이 마비되어 군사력을 소집할 수 없었다. 동중국 일부에서 중국군의 저항은 계속되었으나 불과 한 달도 안 되어 중국 동부 일대가 모두 점령당했다. 미군과 일본군의 공세는 조금도 주저되지 않은 채 중국 연안 도시들이 함락되고 있었다.

중국 총서기 수즌핑은 일본군의 동중국 연해의 30여 지역의 상륙작전을 막아내라고 장저우 국방위원을 다그쳤다. 그러나 장저우 국방위원은 힘없이 고개를 떨구며 더듬거리는 말투로 말했다. "30개 사단 병력이 단 한 곳의 일본군 침략을 방어하지 못했습니다."

수즌핑 총서기는 기가 막힌다는 표정으로, "이럴 수가?"

장저우 국방위원은 침통한 표정으로 "미군의 무인드론이 우리 군사들을 무력화시켰습니다."

수즌핑 총서기는 놀라서 입을 다물 수 없었다. "핵미사일을 도쿄로 당장 발사하시오!"

장저우 국방위원은 고개를 흔들며, "이미 전쟁에서 졌습니다. 핵미사일을 도쿄에 발사하면 최소 백만 명이 사망할 것입니다. 일본은 악독한 나라입니다. 중국인 모두를 몰살시킬지도 모릅니다."

수즌핑 총서기는 당황해 하면서, "일본의 보복이 있을 것이란 말이군요?"

장저우 국방위원이 맞장구를 쳤다. "네, 그렇습니다. 일본군이 난징 점령 당시 30만을 학살했었습니다. 당시 항복했더라면 그런 피해는 없었을 것입니다."

수즌핑 총서기는 대책이 없다는 듯이 "인민을 살리고 봐야겠군요."

장저우 국방위원은 나지막한 목소리로, "동중국 내륙 대부분의 전선이 무너지고 일본군은 파죽지세로 들어오고 있습니다. 우리 중국군이 단 한곳도 방어를 한 곳이 없는 상태입니다."

수즌핑 총서기가 낙담한 듯이 "빨리 수도 베이징이 점령되기 전에 남쪽으로 피란하여 때를 기다립시다."

선전포고 이후 일본은 미국의 지원과 군사용 드론을 활용해 중국군을 곳곳에서 괴멸시키며 시안, 난징, 뤄양, 항저우를 점령했다. 이제 베이징이 일본군에 포위되어 가고 있었고, 전염병으로 중국 지도부가 심각한 타격을 입고 허우적거리고 있었다. 미국이 개발한 군사용 무인 드론은 중국군의 헬멧만을 골라서 집중 공격했다. 중국의 내륙과 동쪽 도시들이 거의 점령당한 것이다. 중국의 3분의 1에 해당하는 지역이 점령됐다.

중국의 남은 주요 도시, 남방의 도시 우한, 창사, 톈진, 광저우, 충칭, 선양, 구이린, 하이커우 등지의 국방군 사령부는 중일 전쟁이 어렵다고 판단하고 있었다. 일본은 센카쿠 전쟁 개전 한 달 만에 베이징과 난징, 항저우 등 중국의 대부분 주요 도시를 점령하고 보이는 대로 대학살을 지행했다. 또한 일본군은 곳곳에 군위안소를 설치한 뒤, 인력 동원이라며 중국 여인들과 외국인 부녀자들을 총동원했다. 일본에 승리를 안겨준 미국 연합군의 군사용 드론의 공습으로 중국군이 거의 무력화되었고 더욱이 전염병으로 대혼란에 빠졌기 때문이었다.

일본군의 점령으로 난징과 베이징의 어린 소녀들은 가족의 생명을 구하기 위해, 평화를 위해 일본군을 환영하는 꽃을 판매하기도 했다. 그렇지 못하고 일본군을 피하려던 사람들은 적으로 간주돼 총검에 찔리거나 온몸이 피투성이가 된 상태로 피란 행렬의 무리를 이루었다.

일전에도 '난징대학살'이라는 비슷한 일이 있었다. 백과사전에서 난징대학살에 대해 조사해 보면, 1937년 12월 13일부터 1938년 2월까지 일본군에 의해 자행된 대학살이라는 설명을 볼 수 있다. 이때 중국군뿐 아니라 민간인에 대한 끔찍한 학살이 벌어졌다. 그러나 종전 후 일본군의 일부만 처벌됐다. 2차 세계 대전이 끝나고 주범들이 전범재판에 회부됐을 때, 난징대학살 당시 일본 외무대신이었던 히로타 고키, 마쓰이 이와네는 교수형에 처해졌다. 당시 6사단장이었던 다니히사오는 총살형을 받았다. 하지만 난징대학살 일본군의 현장 책임자였던 아사카 야스히코는 왕족이라는 이유로 처벌을 받지 않았다. 이렇듯이 대부분은 처벌되지 않았다. 지금 난징대학살의 주범들은 야스쿠니 신사에 합사되어 있다.

임진왜란에서는 일본군이 부산항 동래성을 점령한 뒤, 한양까지 불과 20일 만에 당도했다. 파죽지세의 일본의 일방적 승리였었다. 그러나 당시 일본은 조선을 점령하는 것이 목적이 아니라 명나라를 점령한다는 구상을 갖고 있었다. 때문에 조선에서 보급로 확보나 군수 수

송에 대해 철저한 대비를 하지 못하고 나아가다가, 추풍령 일대의 조선군 의병대에 의해 일본군에게 지급해야 할 군수품인 오사카의 기름진 쌀과 상어 도막, 염장 고등어까지 모두 털리고 굶주리게 되었다. 그러자 앞으로만 나아가던 일본군 선봉대 가토(가등청정)가 무너지고 고니시(소서행장)가 도망가려고 했다가 개산포에서 추풍령 유격대인 김면과 배세루토스(ベせるとうす)에게 포위되어 죽을 뻔했었다.

김구운 국장은 속으로 생각했다. 일본군은 '아, 몰라~'정도로 단순하다는 생각이다. 마미티 서기장은 김구운 국장에게 호소했다. 베이징과 난징 점령은 인류 역사상 가장 파렴치한 대학살 전쟁이라고 말했다.

전쟁 승리의 광기로 가득한 일본 점령군은 각국의 대사관을 폐쇄했다. 각국의 대사관이 전쟁 정보를 빼돌린다는 명분으로 폐쇄하고, 그 직원들도 체포해서 구속했다. 그러니까 일본이 중국을 점령할 것이란 예측을 하지 못한 나라의 대사관 직원들을 모두 체포해 잡아 가두고 대사관을 비롯해 외국 관련 시설들은 폐쇄한 것이다.

중일 전쟁에 승리한 일본 점령군은 학살과 절도, 약탈, 강간을 무차별적으로 하고 있었다. 중국 여성들은 물론이고 다른 외국인 여인과 아이들, 노인, 심지어 임산부를 대상으로 강간을 자행하고 살해했다. 여성과 아이들 두려움에 질려 있었으며, 그들의 가족인 남자들은 끌려가 총살되거나 교수형에 처해졌다. 무차별적으로 희생당한 사람은 수십 만 명에 이르렀다. 일본군은 1명당 100명(일당백)이라며 중국인 시살 시합을 열 정도로 잔혹한 학살을 저질렀다.

중국의 동부와 베이징, 난징 그 외 도시들은 중국인들에게는 아비규환이었고, 일본인들에게는 전쟁의 놀이터였다. 베이징과 난징 점령 대학살은 중일 전쟁 초기, 중국이 일본에 대항하여 전쟁을 선택하고 일본군을 곳곳에서 전사시킨 보복이라고 했다. 보복이라는 미명하에 중국의 수도인 베이징을 공격한 일본군이 중국 군인과 민간인에게 대규모로 잔학한 공격을 저지른 것이다. 베이징과 난징을 점령한 일본군은 군인과 주민을 적으로 설정하여 포위섬멸전과 인종 소탕전을 전개했다. 전의를 상실한 중국군 병사, 패잔병, 포로, 부상병을 살려둘 경우 이들이 저항할 것을 우려해서 대규모로 처형, 살해한 것이다. 미국의 지원을 입은 일본군은 전쟁에 관한 국제법을 위반했다.

임진왜란 당시, 일본군과 조선 의병, 명나라 군과의 전쟁으로 역병이 창궐하여 엄청난 인명 피해가 발생했다. 만주의 누르하치는 역병으로 군사들이 죽어가자 인삼을 말려서 명나라에 팔기 시작했고, 엄청난 돈을 벌어들여서 명나라 황실을 통째로 사들이게 됐다. 물론 이 과정에서 약간의 전쟁도 있었지만, 1백만 인구였던 만주족이 당시 1억 2천만 인구 대국인 명나라를 쉽게 지배했듯이 중일 전쟁을 통해 미국과 일본 연합군이 커다란 타격 없이 베이징과 난징을 비롯한 주요 도시와 중국의 절반을 지배하게 된 것이다.

명나라는 바로 역병이라는 전염병 때문에 전쟁을 할 수 없었다. 수일 내로 가족이 죽어가는 급성 전염병 열감기 때문이었다. 전쟁보다 무서운 게 전염병이다. 오늘날 인류에게 가장 위협적인 것이 전염병으로, 전 세계는 메르스, 천연두, 탄저균, 페스트 재발에 대비하는 연구를 거듭하고 있다.

끔찍한 전염병은 치사율이 30퍼센트라고 하지만 면역성이 약할 때는 치사율이 90퍼센트가 넘는다. 전염병은 바보를 제외하고는 누구나 겁내는 정말 무서운 질병이다. 일례로 천연두는 마마로 불린다. 천연두는 콩알 같은 종기를 만든다 하여 홍역이라고도 한다. 곪아서 콩알 같은 창이 얼굴을 비롯하여 손발 등의 부위에 흉물스럽게 솟아오른다.

메르스와 급성 감기, 천연두는 호흡기를 통해 전염되는 질병으로 치사율이 30퍼센트다. 고열과 전신에 특유한 발진이 나타나고 생명을 구하더라도 곰보가 되는 경우가 많다. 또한 실명, 지체 장애 등 무서운 후유증을 남긴다.

인류가 감기와 전염병으로 사망한 수가 10억여 명이 넘는 것으로 추정되고, 천연두만으로 희생된 것도 5억 명으로 추정하고 있다. 단 한 사람의 감염자로 아메리카 부족 전체가 사라졌고, 원주민들은 전염병으로 모든 것을 다 잃어버렸었다. 남태평양 이스터 섬에는 1722년 이전까지는 4천 명의 인구가 있었다. 그러나 1862년 이후 전염병으로 인구는 100명으로 감소했었다.

에스파냐 군대 장교 코르테즈가 600여 명의 군사를 이끌고 남아메리카 아즈텍을 침공했을 때의 일이다. 아즈텍(잉카 마야) 군대는 에스파냐의 30배가 넘는 병력으로, 활로 공격을 했다. 코르테즈는 대패했으며, 하나님에게 기도하여 도와줄 것을 간절히 구했다. 결국, 아즈텍 군대의 에스파냐 군대의 전쟁에서 전염병이 급성으로 발생해서 아즈텍은 멸망했다.

아즈텍에 퍼진 전염병은 천연두였다. 인디언들은 유럽에서 박해를 피해 아메리카로 이주해온 청교도들을 지원하고 평화적인 관계를 유지하며 그들에게 소총을 구입했다. 그러나 청교도는 의도적으로 원주민에게 천연두를 전염시켰다. 천연두는 면역력이 없던 원주민들을 멸종시키는데 기여하고, 청교도는 그들에게 약간의 진통제를 공급해 준 것이었다.

이 전쟁으로 남미는 유럽 열강의 식민지가 됐다. 에스파냐 군대에서 옮겨온 천연두가 아즈텍 군대를 순식간에 휩쓸었다. 이 당시 에스파냐 군대는 천연두를 예방 접종한 군대였고, 아즈텍은 천연두를 처음으로 접했던 것이다. 아즈텍인들은 천연두에 대한 면역이 없었으므로 천연두 앞에 무기력하게 쓰러졌다. 원주민의 3분의 1 이상이 천연두로 사망했다. 그리고 아메리카의 원주민은 대부분 부족이 멸종하고 말았다.

전쟁과 전염병의 역사는 또 다른 곳에서도 발견할 수 있다. 《삼국지》의 '무제기'를 보면, 적벽대전에 대한 묘사가 있다. 조조는 동오와 촉나라의 연합군 유비와 싸웠지만, 그때 돌림병이 크게 창궐하여 수많은 관리와 병사들이 목숨을 잃고 곳곳에 쓰러지고 있었다. 조조는 군대를 이끌고 철군하면서 전선에 사체를 쌓은 후 불태워서 전염병을 격리했었다. 조조편의 적벽대전 기록에는 화공이 아니라 전염병으로 조조 스스로가 배들을 불태우고 철수한 사실이 기록되어 있다.

리 여우송의 저서 《중화 의학잡지》에서도 '조조의 적벽대전 전투의 패배 원인으로 장강 유역에 만연해 있던 전염병 때문'이라고 분명하게 밝히고 있다. 적벽대전을 앞두고 전염병 사망자가 너무 많았기 때문에, 조조군이 자신들의 배에 불을 지르고 철수한 것으로 기록되어 있다.

어쨌든 베이징과 남경을 점령한 일본군은 전염병이 창궐한 사실을 발견하고서는 대규모 학살을 지시한다. 중국 민간인 대량학살은 전염병으로부터 일본군을 보호하기 위한 일본 정부의 묵인 또는 방조 하에 사람을 산 채로 생매장하거나, 살아있는 중국인 몸에 휘발유를 뿌려 도치 램프로 불태워 살해하기도 하고, 전깃줄에 어린아이를 매달아 죽이는가 하면, 여러 명을 줄줄이 묶어서 목을 베고 기관총으로 쏴서 살해하기도 하고, 그 위에 석유를 뿌려 불로 태웠다. 심지어 일본군은 살인 시합을 장려하여 남녀노소를 가리지 않고 중국인을 총검술 표적 대상으로 삼아 무자비하게 죽인 후 불태웠다.

이처럼 일본군은 중국 민간인 30만 명을 잔인하게 사살하고 불태웠다. 일본군은 중국에 대규모의 전염병이 창궐함을 자국 병사들에게 알리지 않고 전쟁을 독촉하여 승리를 거머쥔 것이었다.

GGW 작전본부의 김구운 국장 일행은 일본군이 장악한 중국 동부 일대를 직접 항공기에 탑승하여 살피고 있었다. 로버트 람보 CIA 동아시아 국장과 일본의 차관 아베 사토가 함께 전쟁 승리의 현장을 시찰하는 참이었다.

"시발! 엄청나게 넓은 땅이구나!" 자신도 모르게 말이 불쑥 나왔다. 김구운 국장은 항공기 아래에서 기다랗게 하늘을 향해 구불구불 타올

라오는 흰 연기를 내려다보면서 외쳤다. "오, 낫닝겐('인간이 아니다'는 뜻의 은어)!"

로버트 람보와 아베 사토는 미국과 일본의 동맹을 확인하기 위해, 그리고 김구운 국장과 GGW 작전본부 요인들을 초청하여 중국 점령지를 보여주기 위해 일본이 점령한 중국 동남부 상공을 비행시켜 주었다. 이에 GGW 작전본부 요인들은 미군의 항공기에서 내려다보이는 곳곳을 주목했다.

로버트 람보 국장은 "미국은 동맹국 군대가 공격받는 경우에 미국을 공격하는 것으로 간주, 언제든지 공격했습니다. 적의 공격에 미국의 참전은 당연합니다. 중국은 도발하였고 미국은 응전한 것이다."라고 말했다.

한국의 30배가 넘는 땅을 일본이 차지한 것이다. 김구운 국장은 한국의 좁은 땅에서 부동산 중개를 하는 중개인들이 생각나서 자신도 모르게 국방요원의 M60 소총을 잡아당겨서 뺏어 일본군들을 겨냥한 채 쏘는 시늉을 해 봤다. 한국의 좁디좁은 땅을 대상으로 한정해서 투기할 게 아니라 대륙으로 진출했으면 하는 김구운 국장의 마음이 순간 툭 튀어나왔다. 그것을 알아차린 것이라도 되는 듯이 로버트 람보가 말했다.

"한국도 대륙의 땅 장사를 하시지요?"

김구운 국장은 쑥스러운 듯이, "우리가 한 역할이 없어서…."

아베 사토 차관, "일본과 한국은 동맹국입니다."

이번 중일 전쟁에서 중국은 대규모 전염병에 대처하는 데 집중했다. 군사력은 집중되지 않았고 군대를 소집할 엄두가 나지 않았다. 일본군은 그런 아주 짧은 한 달 사이에 중국 동남부를 모두 점령했다. 아니, 중국은 일본의 점령에 무방비 상태로 있는 것처럼 보였다. 한국이 일제 식민지가 되던 경술국치가 생각났다. 그때의 한국처럼 중국은 저항하지 못했었다.

2012년 4월 27일에 개정된 일본 헌법 개정안에서는 '국방군을 창건하게 되어 있다. 동맹군인 미군에게 집단 자위권 행사, 세계 지배계층 중국 분할 계획을 3년 이내로 실현'하려 하고 있다. 중국과 한반도의 큰 전쟁이 불가피하다는 긴박한 군사 정세를 상정해 두고, 해병대 증강을 위해 자위대가 항공모함형 호위함 '이즈모'와 '호위함 2호'의 건조와 이지스급 함대 6척 체제를 7척 체제로 증강하는 것을 급속도로 진행하고 있다. 미군과 자위대는 평소에 '공동 훈련'을 실시하고 있으며, 이것은 집단 자위권 행사를 전제로 하는 것이다. 실제 지구상에 전쟁이 발발하면 미일 동맹국 군대는 서로 지원하고 전투에 참여하게끔 되어 있다.

김구운 국장이 내려다보니, 일본군의 탱크 M-50들이 끝없이 중국 내륙을 향해 진군하고 있는 모습이 보였다. 김구운 국장은 망원경 줌을 최대한 당겨보았다. 수천 대의 탱크가 진군하고, 보병과 구급차들이 따르고 있어 보였다. 저 많은 탱크가 어디서 나왔을까? 일본은 이미 전쟁 준비를 해 왔다는 말인가? GGW 작전본부 요인들 사이에서 "아, 엄청납니다!"라며 감탄사가 터졌다.

그때였다. 제트기 소리가 요란히 들려왔다. 좌우를 바라보니 미제 최신형 전투기 수백 대가 굉음을 쏟으며 순식간에 지나갔다. 아직도 전쟁 중인가 보다. 자신도 모르게 김구운 국장의 입에서 "일본은 만만한 나라가 아니군!"이라는 말이 튀어나왔다.

중국 전역이 전염병으로 공황 상태에 빠져있고, 인도와 일본에도 전염병이 발생했다. 현재는 치료제가 없기에 각국 정부는 전염병 발생 사실을 은폐하기에 급급했다. 어차피 치료약이 없으니 개인별로 가택에서 해결하도록 유도하여 자연사로 위장하기도 했다. 각국 보건 당국은 이런 사실을 묵인 방조하고 있었다.

이러는 사이 중국에서는 1억 명 이상이 사망했는데, 이 추세로 나가면 중국 인구가 멸종하는 것도 시간 문제였다. 이런 상황에서 중국이 전쟁에 집중할 수 없었다. 반면 미국과 일본 연합군은 중국군이 쉽게 괴멸되자 아주 빠른 속도로 진군하고 있었다.

땅 위의 개미떼 같은 일본군은 전쟁 승리에 고무되어 목이 터져라 외치고 있었다. 하늘의 연합군 항공기를 바라보며 손을 흔드는 모습이었다. '중국과 싸웠노라! 이겼노라! 일본 만세!'를 부르는 모습 같았다.

미군의 지원을 받는 일본군은 중국 동남부에 약 60만 자위대와 탱크 수천 대를 투입, 내륙으로 진격해 들어갔으나 중국군의 저항은 소규모에 그쳤다. 마치 임진왜란 때 조선의 저항처럼 미미했는데, 이에 비해 일본군은 파죽지세로 진격하고 있었다. 일본은 밤낮으로 승리에 고무되어 중국을 분할통치한다는 방안이 유력했다. 중국을 반으로 나누어 동남부는 일본이 통치하고, 그 나머지는 중국인에 맡겨서 일본 통치의 우수성을 보여 주어야 한다는 것이다.

전선이 중국 내륙으로 길어지므로 일본군이 전사자의 수도 점차 증가세가 뚜렷하게 보였다. 미국이 개발한 소형 헬기 드론으로 무기와 사람을 나르고, 드론이 미사일과 폭탄을 투하했다. 중국군은 드론에 장착된 CCTV와 전투를 하는 셈이었다. 무인 헬기 드론은 전쟁 때 소형미사일이나 무기로 전 국민들이 중요히 여기는 시설을 파괴하고, 새로운 무기체계를 만들고 있었다. 미국과 일본은 막강한 국력을 갖추고 있었다.

　중국 북부인 신장 우루무치 지역에서 발생한 전염병이 인구의 60퍼센트를 사망시키면서 걷잡을 수 없는 상태가 되자 사람들은 지역을 탈출하고자 했다. 인접 지역인 러시아, 카자흐스탄 등지에서도 전염병 도미노 현상이 일어나서 정부를 구성한 요인들이 사망하고 정부 조직이 마비됐다.

　멀쩡한 사람이 갑자기 감기나 뇌척수막염으로 사망하거나 반신불수가 된 것처럼, 국가나 지역이 초토화되고 살아남은 사람들은 생존하기 위해 버려진 무기로 무장을 하고 스스로 IS 조직원이라 지칭하면서 약탈로 겨우겨우 살아남아 있었다. 그들은 지역 외로 이주하거나 탈출할 수 없는 사람들이었다. 우루무치를 중심으로 한반도의 약 20배가 넘는 지역이 전염병으로 초토화되었고 인구가 10분의 1로 줄은 상태로 이 지역은 IS라 지칭하는 사람들이 장악했다. 우루무치를 비롯해 만주 일대 베이징까지 메르스가 퍼져 중국의 정치적 요인들이 다수 사망했기에 중국은 전쟁에 대처할 지도부가 존재하지 않았다. 카자흐스탄과 러시아마저 메르스로 거의 초토화되고 있었다.

전 세계는 초조와 불안으로 극도의 공포 속에 빠져들었다. 유럽의 일부 지역에서도 이미 메르스가 희생자를 낳고 있었다. 이에 따라 유럽 대륙의 사람들은 중국을 증오하고 있었다. 메르스 쓰나미가 중국 때문이라고 오해한 것이다.

일본은 중국과의 전면전을 준비한 상태다. 일본으로서도 어차피 메르스로 죽는 것보다 전쟁을 통해 죽는 것이 값지다는 경제적 동물다운 판단 때문이었다. 미국은 시종일관 일본의 주장에 동조하고 중국이 항복할 것을 권유하고 있었다. 모든 중국인이 분개했지만, 당장 메르스로 도시가 폐허가 되고 구석기 시대로 돌아갈 상황에서 일본과의 전쟁을 주장하는 중국인은 없었다.

청화대 스찬핑 교수와 신장웨이우얼 자치구 마미티 서기장은 중국과 일본의 전쟁이 선포된 이후에도 서울에 남았다. 그들이 GGW 작전본부에서 김구운 국장과 연구를 거듭하고 있는 사이에 중일 전쟁은 미국과 일본 연합군의 승리로 이어졌다. 일단 전쟁은 일본에 유리하게 진행되었다. 일본은 센카쿠열도를 지키는 데 그치지 않고, 동중국 인접 중국 영토의 일부를 일본 자위대의 기지로 사용해도 좋다는 조치를 중국이 허용하는 선에서 협상을 진행했다. 그러나 미국과 일본 연합군은 결국 센카쿠열도 분쟁을 핑계로 중국의 절반을 점령하기에 이른 것이다.

중국의 괴멸 소식은 대만 그리고 동남아 각국과 베트남으로 전해졌다. 중국의 해상과 변경[2)]에서 전투가 벌어져 중국의 국경은 크게 어지럽혀졌다. 중국은 사실상 메르스 사태로 국정이 혼란을 거듭했고, 어제 본 사람이 오늘 죽어가는 상황이 되었다.

----

2) 나라의 경계가 되는 변두리의 땅.

중국 분할

전쟁의 승전국인 미일 연합군은 중국을 7개 민주 국가로 나눠 중국인의 손에 자치를 맡겨 운영하기를 바란다는 중국 선진화 자치 헌법을 발표했다. 내용은 아주 완벽한 법조문이 구비된 민주적이고 자치적인 것이었다. 내용은 다음과 같다.

1. 동북구 민주제국: 동북 삼성, 흑룡강성, 요녕성, 길림성 포함

2. 화북구 민주제국: 수도 베이징, 내몽골 자치구, 하북성, 직할시 텐진, 산서성 포함

3. 화동구 민주제국: 산동성, 강소성, 안휘성, 직할시 상하이, 절강성 포함

4. 서북구 민주제국: 신강 위구르 자치구, 감숙성, 섬서성, 녕하 자치구, 청해성 포함

5. 화중구 민주제국: 호남성, 하남성, 호북성, 강서성 포함

6. 서남구 민주제국: 서장(티벳) 자치구, 직할시 중칭, 사천성, 귀주성, 운남성 포함

7. 화남구 민주제국: 복건성, 광서 자치구, 광동성, 해남도 포함

중국 행정 지역을 수도 베이징을 포함하여 난징 연합군 직할시와 5개 소수민족 자치구로 육성하고 2개 특별 행정구역과 전국을 24개성으로 나눈다는, 중국 분할 자치로 선진화시킨다는 발표였다.

중국의 수진핑 총서기장과 장저우 국방위원 일행은 남쪽으로 피란한 것은 사실이나 그 행적이 묘연해졌다. 중국이 전쟁에 패배하여 전범으로 체포될 것이 두려워 평복을 하고 피란했기 때문이다. 이에 중국은 지도부가 상실된 상태였다. 미국의 네이버실 특공대와 CIA, 연방 수사국 FBI 요원들 그리고 일본 자위대의 특공대가 추격하고 있어 언제든지 암살될 수도 있는 상태였다. 엄청난 규모의 메르스 바이러스 전염으로 이미 수진핑과 장저우가 사망한 것을 보았다는 소문도 무수했다.

이미 전 세계가 전쟁의 소용돌이에 직 간접적으로 개입하고 있었다. 중국 남부 일대에 베트남과 말레이시아 등도 약간의 국경을 넓힌 것이 미국 정보기관에 포착되었다.

북北, 동북 3성 공략

　북한의 젊은 지도자들은 이 기회에 만주 동북 3성을 찾아야 한다고 주장했다. 그 결과 드디어 11월을 기해 북한군이 일제히 압록강을 도강하여 중국 길림으로 이동하기 시작했다. 북한의 명분은 우방국이고 동맹국인 중국의 치안 확보였고, 조중(조선과 중국) 우호 조약이 이를 위한 근거가 되었다. 일부 북한의 군부는 중국 본토와의 사이에 내몽고 자치구가 있는 만큼, 몽골과 연대해서 동북 3성 만주 영토를 찾아야 한다는 주장이 우세한 것으로 나타났다. 그런데 북한의 군부도 만주를 회복해야 한다며 군대를 압록강 신의주 일대로 이동시키고 있다고 한다.

　김구운 국장은 고민에 빠졌다. 만일 북한군이 동중국 연안에서 진격해서 중국을 접수한 일본군과 맞서게 된다면, 이는 또 다른 문제가 되는 것이다. 김구운 국장은 김대정 전 대통령 시절 김정규 안전실장에게 말했다.

　김구운 국장, "북한군이 중국 동북 3성으로 진격하였습니까?"

김정규 실장은 북한 군부와 사전에 이견 조율이 있었다는 듯이, "동 북 3성을 수복할 기회입니다."

김구운 국장도 이미 정부쪽으로부터 사전에 정보를 받은 상태라 그 냥 물어 본 것에 불과했다. 사실 한국 정부도 북한군이 압록강을 도강 하여 만주 국토를 수복한다는 데 굳이 반대를 할 이유는 없었다.

김정규 실장은 많은 정보를 알고 있다는 듯이 자랑스럽게 말했다. "이미 중국은 된장찌개에 들어가 삶긴 모시조개처럼 입을 벌리고 있 어, 북한군의 진격에 아무런 방비도 없을 것입니다."

김구운 국장은 걱정스럽다는 듯이 말했다. "그래도 중국의 동북군 구의 병력이 30만 명이 된다고 들었습니다."

김정규 실장은 더욱 자신감을 보이는 태도로 말했다. "지금 동북군 구 사령부 내의 군사는 1만 명도 움직일 수 없다고 합니다."

김구운 국장은 광개토대왕을 생각하면서 조용히 창밖을 내다보았 다. 고구려는 5세기와 6세기 사이에 중국의 남북조가 분열된 상황을 이용하여 광개토대왕이 영토를 확장하고 중국과의 대등한 위치를 강 화했었다. 그러나 581년 수나라가 건국되면서 589년에 중국을 통일 하게 됐다. 고구려는 수나라와의 충돌을 피하려고 백제와 신라를 공 격하는 남하 정책을 시작했고, 결국 고구려의 남하는 그 자체로 대륙 을 상실하고 말았다.

그때 로버트 람보 CIA 국장이 문을 쾅 치는 소리를 내며 열고 들어 왔다. 그리고 아주 상기된 얼굴로 김구운 국장을 바라보면서 다급한 목소리로 말했디.

"북한의 군대가 압록강을 도강했소! 제기랄, 일본이 중국을 다 점령한 상태인데 뭐하자는 짓이오?"

김정규 실장이 말했다. "북한과 중국은 '조중 우호 조약'이 체결된 사이입니다."

로버트 람보는 아주 신경질적으로 분노해서 금세 총을 쏠 정도로 흥분한 상태로 말했다. "김 실장님, 북한 편을 드는 것이오?"

김구운 국장이 가로막고 나섰다. "북한과 중국의 '조중 우호 조약'이 체결 54주년을 맞은 상태입니다."

로버트 람보, "국장님, 북한은 중소형 핵탄두를 보유했다고 알려져 있소. 만일 북한의 핵이라도 발사한다면 다 된 중국 점령이 도로아미타불이 될 수도 있소! 우리 미국 대통령 각하는 핵전쟁도 불사합니다. 북한이라는 나라가 아예 지구상에서 없어질 수도 있단 말이오!"

김구운 국장은 어이없다는 듯이 대답한다. "중국이라는 큰 나라를 다 점령한 상태나 마찬가지요. 북한군이 움직여 봐야 동북 3성에 그칠 것이오. 동북 3성에 북한군이 진주해 봐야 계륵과 같은 좁은 영토에 불과합니다."

로버트 람보 국장은 속이 타는 듯이, "다 된 밥에 재를 뿌릴 순 없잖소! 이번 북한군의 압록강 도강 작전은 북한군부의 결정이 아니라는 게 나의 판단이오. 북한의 지도부는 너무 젊어졌기에 군사 경험이 부족하여 겁이 많아졌다는 것이 일본과 미국의 공통된 견해란 말이오!"

김구운 국장은 로버트 람보를 돌아보면서 말한다. "람보 국장님, 제가 저번에 북한으로 보낸 금산 인삼주를 문제 삼는 것인가요?"

로버트 람보 국장은 어개가 축 늘어지는 표정으로 말했다. "간이 커지게 하는 데는 술이 최고라는 한국 속담이 있잖소! 나도 국장님이 보낸 금산 인삼주를 마시고 대통령 각하에게 거짓말을 치고 말았소! 간, 나, 쌔, 끼, 금산 인삼주를 마시고 내린 결정이 분명해!"

김구운 국장은 아베 사토와 로버트 람보에게 북한의 압록강 도강은 어디까지나 중국의 치안 확보를 위한 조중 우호 조약에 따른 동북 3성의 안정에 그칠 것이며, 일본이 천명한 중국인의, 중국인을 위한 동북구 민주제국 건설의 치안을 유지하는 데 그칠 것이니 북한군과 일본군이 충돌하지 말 것을 요구했다. 다행히 미국과 일본 연합군은 대중국의 분할과 점령이 시급한 상태에 있어 또 다른 전선을 확대하는 것은 매우 위험하다는 것에 의견을 일치하고 사실을 인지하고 있었다. 더욱이 중국이 무주공산처럼 패퇴하였기 때문에 어떤 저항이 어디서 있을지 모르는 상태였다. 그러므로 북한군의 압록강 도강과 동북 3성의 치안 유지 장악에 관대한 입장을 보였다. 중국인들도 일본의 대학살 소문으로 북한군을 우호적으로 환영했다.

김구운 국장의 로버트 람보 설득으로, 미국과 일본 연합군은 북한군을 크게 신경 쓰지 않았다. 오히려 이왕에 동북 3성의 치안을 유지해 주기를 바란다는 전문을 북한 지도부에게 보냈다. 이제 중국은 분할 통치되고 전 세계는 일본과 미국의 수중에 들어간 것이나 다름없었다. 중국의 정부 요인들과 군 수뇌부도 실종된 상태로, 중국군의 군사적 저항은 날로 시들어가고 일본군은 본토에서 약 5백만 명이 징집되어 중국 내륙의 치안을 위해 중국으로 향했다.

한국의 발 빠르고 머리 좋은 사람들은 일본의 일왕에게 혈서를 써서 인터넷으로 띄워 보내기도 했다. 중국 대륙에서 큰일을 해 보겠다는 야심이 주류처럼, 한국에는 중국 점령 열풍이 휩쓸었다. 어떻게 보면 중국과 일본의 세계 대전이 큰 인명피해 없이 끝나게 된다면, 이는 인류가 바라던 인류 평화의 모습이기도 했다.

중국은 혼란을 거듭하고 있었지만, 서울 GGW 작전본부 지하 연구실의 시계는 거꾸로 달아 놓아도 시간은 흘렀다. 바이러스가 무기로 이용될 경우, 전략 미사일이나 항공 폭탄에 장착되어 10~50킬로그램이면 베이징, 난징, 도쿄, 워싱턴, 서울과 같은 대도시를 완전히 파멸시킬 수 있었다. 김구운 국장은 중국의 사정이 매우 불리하게 돌아가는 것이 걱정되어 스찬핑 교수를 위로했다.

이도훈 원장, "세균이 잘 자랄 수 있는 환경은 유기물이 풍부한 환경입니다. 부산물로 무기물을 배출합니다. 유기물이 적어지고 무기물이 많아지면 메르스는 사라집니다."

청화대 스찬핑 교수, "모든 생명체에는 질소와 인이 있고 구성 비율이 탄소나 산소보다 적어 $C5H7O2N$입니다."

마미티 서기장, "중국은 일본과의 전쟁에서 이깁니다. 인민이 다 죽은 후에 승리가 무슨 소용이겠어요."

김구운 국장은 매우 안타까운 표정으로, "조류의 분자식은 $C108H260 O110 N16 P1$입니다. 질소나 인의 흡입 방법은 다양하며 물속의 유기물에서 얻을 수도 있고 공기 중의 질소 분자에서 얻을 수도 있지요."

이도훈 원장, "미생물의 죽음에 대해서 잘 알고 있는 과학자는 없습니다. '바실루스 스트라토스페리쿠스(Bacillus stratosphericus)'는 우주 경계에 서식합니다. 죽은 것인지 잠시 멈춰 있는지 알 수 없어요."

청화대 스찬핑 교수는 잘 알고 있다는 듯이, "대부분의 미생물은 주변에 더 이상 먹이가 없을 경우에 자기 자신을 섭취합니다."

김구운 국장도 한마디 거들었다. "바다의 멍게도 자신의 뇌를 먹어 고통을 잊어버립니다."

마미티 서기장, "실험실이 아닌 자연에서는 주변에 먹이가 없는 상황은 없겠죠?"

이도훈 원장, "세균은 상위 포식자에게 잡아먹힘으로써만 개체수가 감소합니다."

김구운 국장, "로마 시대 나돌았던 흑사병(페스트)으로 콘스탄티노플에서 하루에 1만 명씩 죽어갔다는 기록이 있습니다. 인류의 과학은 우연히 발견되었다고 할 정도로 뜻밖의 발견입니다. 연금술이란 목표는 빗나갔지만 더 유용한 것들이 발명되었습니다."

마미티 서기장, "중국의 주요 도시 베이징은 물론 허베이, 산서, 랴오닝, 지린, 산둥, 윈난, 간쑤, 후난 등지에 메르스가 발생했고, 재중 한국인들 약 80만 명이 이동 금지에 처해 있습니다."

청화대 스찬핑 교수, "김영진 제4과장이 배양한 메르스 슈퍼항생제의 항체가 실패한 원인을 알 수 없습니다. 실험실에서 메르스뿐만 아니라 탄저균, 심지어 패스트마저 사멸하는데요."

이도훈 원장, "우리가 개발한 슈퍼항생제는 지구상 모든 세균을 사멸시키는 데 성공했습니다. 그런데 이 슈퍼 항생제를 투여한 환자가 사망했다는 것입니다."

청화대 스찬핑 교수, "그렇지요, 슈퍼항생제가 모든 세균을 사멸시키는 것은 분명합니다. 인체의 정상 세포마저 사멸시켜 버립니다. 모든 생명체를 사멸시키는 것 같습니다."

김구운 국장, "생명체를 사멸시킨다면 인류의 멸망?"

마미티 서기장, "그렇습니다. 인류의 존재를 장담할 수 없습니다. 만일 살아남는 몇몇 종이 있다고 해도 석기시대로 돌아가게 될 것입니다."

김구운 국장, "인류가 종말을 고하는 참으로 무서운 이야기입니다."

이때 김구운 국장의 스마트폰이 울렸다. 미국 CIA 동아시아 정보국장 로버트 람보로부터의 연락이었다.

"아. 미스터 람보. 네, 김구운 GGW 작전본부 국장입니다."

다급한 목소리의 로버트 람보 CIA 국장은 서툰 한국어로 말했다. "국장님, 인도에서 메르스가 발생했습니다."

김구운 국장, "네, 뭐라구요?"

로버트 람보 CIA 국장, "나, 로버트 람보 국장입니다. 인도의 여러 지역에서 메르스로 추정되는 사망자가 다수 발견되었습니다. 인도 정부는 비밀로 하고 있지만 우리 정보원들의 분석에 의하면, 인도 전역에서 메르스가 진행되고 있다는 의심이 듭니다."

김구운 국장, "오~ 마이 갓! 맙소사!"

로버트 람보 CIA 국장, "김구운 국장님, 놀라지 마시오. 사실은 일본 도쿄에서도 메르스가 발생한 것으로 추정되는 징후가 포착되었어요."

로버트 람보 국장은 퉁명스럽게 이어 말한다. "한국의 국정원은 뭐 하는 곳입니까? 미국의 뉴욕, 사우스캐롤라이나, 루이지애나 주는 벤담이 기초한 법전을 차용했습니다. 행복은 선이고, 고통은 악입니다."

김구운 국장, "국정원은 국격을 올리는 활동을 하고 있소! 우리 한국에서는 고통이 애국으로 단속되어 과태료를 많이 내는 사람이 선이오."

로버트 람보 국장은 계속 말한다. "사드(THAAD) 미사일 '힛 투 킬(hit-to-kill)' 방식을 한국이 채택해야 합니다. 우리 미국은 1800년대 중반에 들어 루이지애나 주와 플로리다, 텍사스, 캘리포니아, 애리조나, 네바다 등을 차례로 흡수하며 미친 듯이 영토 확장에 성공했소. 한국도 기회를 잃지 마시오!"

김구운 국장은 난처한 표정으로, "사드(THAAD) 미사일은 중국의 반대가 심각합니다. X밴드 레이더 때문에 강력히 중국이 반대하는 것입니다."

로버트 람보 국장, "중국은 이미 일본에 패전한 것이나 다름없소. 우리 미국은 일본과 동맹하여 중국을 견제하고 있소. 미국에 도전하는 어떤 나라도 미국은 응전할 각오가 충분하다는 것이오."

김구운 국장은 알겠다는 투로, "로버트 람보, 무엇을 바라나요?"

로버트 람보 국장, "중국이 메르스로 사분오열될 것이니 미국과 함께 중국인의 안전을 확보하는 것에 한국군 야 30만 병력을 지원할 수 있도록 도와주시오."

김구운 국장, "그것은 국정원이 할 일이니 그쪽에 문의하시오."

로버트 람보 국장, "일본 육상 자위대가 조만간 중국 동남부로 진격하여 중국의 안전을 확보한 후 중국 정부에 넘겨준다고 하고 있소. 한국은 텐진과 상하이, 만주 일대의 평화를 유지해 주는 역할을 해 주시오."

김구운 국장, "미군의 역할은 무엇입니까?"

로버트 람보 국장, "미군은 동아시아 지역에서 도전하는 어떤 무력도 분쇄할 것이오."

김구운 국장, "지금 전 세계가 메르스로 고통 받고 있소. 인류의 죽음을 몰고 올 재앙과 싸우고 있단 말이오."

로버트 람보 국장, "메르스 확산으로 중국, 인도 같은 나라들이 석기시대 상태로 돌아갈지도 모릅니다. '사드(THAAD)의 미사일(hit-to-kill)'로 미국의 방위산업 능력을 키워야 메르스 백신 연구도 할 수 있소."

김구운 국장은 로버트 람보의 말을 알겠다는 뜻으로 "오케이!"라고 답했다.

김구운 국장은 매우 초췌한 얼굴 상태로 전화를 끊었다. 옆에 있던 마미티 서기장이 물었다. "미국의 정보기관원과의 통화 같군요. 저는 한국말을 모릅니다."

김구운 국장, "메르스 쓰나미가 인류를 석기시대 이전으로 돌려놓을지도 모른다고 합니다."

이도훈 원장, "인류가 모두 멸종한 이후에 전쟁의 승리는 의미가 없습니다. 일본의 도발은 참으로 한심합니다."

스찬핑 교수, "일본은 땅에 집착하고 있습니다. 그러나 우리 중국은 인민에 집착합니다."

김구운 국장, "우리 정부의 방향을 지켜봐야 합니다. 멸망의 그림자가 우리 인류의 눈앞에 있습니다."

인류 멸망과 세균의 반란, 인류 석기시대로…

　김구운 국장은 생각에 잠긴다. 은하의 많은 별, 그중에서 지구라는 별에서 한국과 중국, 일본이라는 나라의 사람들 인식이 홀로 존재할 수 없다. 약삭빠른 행보를 보이는 일본이 거대하고 기만적인 역사 왜곡을 하고 있다. 화려하게 세계사에 등장한 아베 사토 차관의 오만은 언제쯤 제자리로 돌아갈까?

　참된 역사는 '오랜 민중의 소리'이다. 국가주의 명분 아래 식민지 지배를 위해 동원된 그들, 박사니 학자니 일제에 빌붙어야만 먹고 살 수 있었던 자원 배분의 지난 시절의 그런 공부가 역사일 수 없다. 그 땅에 살아가는 민중의 오랜 여망이 나타난 필적이 바로 참된 역사이다.

　한국, 중국, 일본은 거리의 접근성을 이용하여 이웃의 인연이 되고, 결혼하며 무역(교환)을 하고, 또는 싸움이라는 전쟁을 하고도 또 교역하는 이웃 나라이다. 이들 3국 사이의 근접성은 무역과 결혼, 전쟁에 유리한 조건이다. 군사력 차이 때문에 전쟁은 필수불가결한 수단으로 인식되기도 했었다.

이제 중국의 주인이 바뀌었던 지난 시절의 전염병과 같은, 치료약이 없는 메르스 쓰나미가 중국 대륙과 인도는 물론 러시아, 카자흐스탄, 일본, 유럽 전역까지 번지게 될지도 모른다. 어쩌면 땅이 문제가 아니라 정말 인류의 종말이 닥칠지도 모르는 상태에서 일본은 중국과 전쟁을 선포했다. 미국도 한국에 사드 미사일을 배치할 것을 요구하고 있다.

　미국의 정보기관들도 메르스와 같은 전염병이 인류를 멸망시킬 것이라는 우려를 하고 있다. 그런데도 인류는 곳곳에서 전쟁을 하고 있다. 그들 자신이 모두 사라져야 할 운명이란 것을 이해하지 못했기 때문이다. 아리스토텔레스 그가 그토록 전하고 싶었던 말이다. '너 자신을 알라'

　김구운 국장은 마미티 서기장과 스찬펑 교수에게 말했다. "인류는 멸망하고 석기시대 이전으로 돌아갈지도 모른다. 현생 인류는 모두 세균에 의해 죽고 그 속에서 면역력을 가진 새로운 인류만이 살아남을지도 모른다."

　임진왜란 당시 중국의 인구는 약 1억 명이었으며, 일본의 인구는 약 2천만 명이었다. 만주 누르하치의 인구는 약 1백만 명 정도로 조선의 인구인 약 1천 2백만 명의 10분의 1에 불과했었다. 그러나 임진왜란에서 승리한 조선의 인구가 약 5백만 명에 불과하다는 역사적 자료들 때문에, 학자들은 조선의 임진왜란 당시 인구를 1천 2백만 명에서 5백만 명으로 수정하고 있다. 사라진 7백만 명은 어디로 간 것일까?

굶주려 죽었다고 하기에는 너무 많은 수치이고, 일본으로 건너갔다 거나 만주로 피란을 갔다고 하기에도 해석이 어려운, 역사의 영원한 미제 사건이다. 임진왜란에 역병이 돌았다는 기록이 무수히 많다. 병 원균들이 조선 인구를 줄여야겠다는 판단을 한 것일까?

한국의 인구에 비해서 지금 중국이나 일본의 인구는 우수리 인구 다. 중국의 지도부인 만주족들은 지금 약 2천만 명이다. 임진왜란 당 시 1백만 명이었던 만주족이다. 조선에서 공식적으로 만주로 잡아 보 낸 사람들은 50만 명으로, 이들이 중국 전역에 가족적으로 거주하고 있는 객가(하카)라는 사람들이다. 싱가포르의 이광요 전 수상도 중국 객가 중 하나로, 그들은 한국적인 풍습인 대가족 제도를 아직도 유지 하고 있다. 우수리 인구들과 알곡만 남은 한국인 사이에는 전염병에 대한 면역력의 차이가 있을 것이다.

김구운 국장은 중국과 일본의 인구 숫자는 중요하지 않게 생각한 다. 농사를 지을 때 겉 자란 우수리는 모두 처내듯이 중일 국가의 우 수리 인구라고 생각했다. 아무리 힘센 씨름선수라 해도 허리를 다치 면 힘을 쓸 수 없듯이 국력이란 신의에서 나오는 것이다.

흔한 무좀균이 사람과 공생하듯이 메르스도 모든 사람을 사망하게 하는 것은 아니다. 인간을 숙주로 기생하는 세균들은 인간의 정신을 지배하고 있다. 메르스 감염자들이 마구 돌아다니고자 하는 것은 바 이러스가 인간의 뇌세포에 명령하고 있기 때문이다. 그래서 강제 격 리 병동은 필요하다. 강제 격리를 하지 않으면 감염자들은 무의식에 의해 자신도 모르는 사이, 전염을 크게 확대할 것이다. 메르스의 명령인 '확산'과 GGW 작전본부의 메르스 '차단'의 사투인 것이다.

사람들이 가진 생각, 좋고 나쁜 것의 기억들도 뇌의 작용이다. 세균과 바이러스는 뇌세포에 얼마든지 명령을 내릴 수 있다. 바이러스와 세균은 인간을 만들어낸 원인 세포이기도 하다. 세균들이 '인간이란 동물이 숙주로 필요하지 않다'고 판단하면 인류는 멸종하게 될지도 모른다. 우리 인간은 세균의 하수인에 불과한 위치에 있고 세균과 바이러스의 숙주에 불과하다. 그런 인류가 바이러스와의 전쟁을 선포한 것이다.

상황은 급박하게 돌아가고 있었다. 메르스 변종 바이러스가 번진 결과, 중국인과 일본인, 인도인이 집단 단위로 대거 전염병에 걸려 사라지고 있었다. 이런 혼란을 틈타서 영토 야욕을 가진 일본과 중국, 미국이 전쟁을 벌였고, 우루무치 지역에서는 지역 주민들이 IS라는 호전적인 단체를 만들어 생존을 위한 사투를 벌이고 있었다.

전염병은 전 세계로 소리 소문 없이 퍼져 나갔으나 어느 나라도, 지역도 전염병 확진을 기피했다. 확진자 발표도 없었다. 그러나 갑자기 수일 사이에 원인 모를 자연사가 급증했다. 만일 전염병이 퍼졌다는 사실이 알려지면 그 지역이나 나라가 망하게 되기 때문에 모두가 전염병 확진 발표를 꺼린 것이다. 현재로선 치료제도 없었다. 독일과 미국 쪽에서 발표하는 메르스 바이러스 치료제의 효과는 면역력 향상에 불과했다.

마미티 신장웨이우얼 자치구 서기장과 스찬펑 청화대 교수 일행은 서울 섬성병원 GGW 작전본부 산하에 있는 강제 격리 병동 지하 신험실에서 한국의 의료진들과 김영진 제4과장이 죽으면서 남긴 메르스 백신과 슈퍼항생제를 분석하며 연구를 거듭하고 있었다. 그들은 우루무치에서 발생한 전염병이 인류의 멸망을 가져올 것이라는 확신을 갖고, 이를 저지하기 위해 자신들이 희생될지도 모르는 실험을 거듭하고 있었다. 그런 사이에 중국과 일본이 전쟁을 벌여 일본이 중국의 동남부를 점령하고 있었지만, 이들로서는 인류의 멸망을 막는 것이 더욱 시급한 과제였다.

김구운 국장과 스찬핑 청화대 교수는 이도훈 원장의 슈퍼항생제가 실험실 밖으로 나갈 경우 인류가 멸망할 것이라는 생각을 하게 되었다. 그것은 인류가 멸종하거나 살아남는다 해도 석기시대 이전으로 돌아갈 것이라는 공포였다.

공룡 멸종과 바이러스

공룡 시대는 트라이아스기, 쥐라기, 백악기 시대로 2억 2500만 년부터 6500만 년까지의 시기다. 당시를 지배한 공룡들의 천국이 펼쳐진 시기이기도 하다. 덩치가 크고 민첩성이 매우 뛰어난 티라노사우루스를 비롯한 육식 공룡들은 천적이 거의 없는 포식자들이다. 한반도 지역에서 발견한 화석에서는 육식 공룡인 티라노사우루스의 비중은 낮고 초식 공룡인 이구아노돈이 주로 등장한다. 진화론 측면에서 공룡은 크기와 힘으로 보아 완벽히 진화한 종이다. 때문에 공룡은 멸종을 할 이유가 전혀 없는 완벽한 동물이었다.

진화론자들은 공룡의 멸종을 이론적으로 찾아낼 수 없었다. 지금도 지구 곳곳에는 공룡의 먹이였던 은행나무와 소나무가 있다. 먹이가 여전히 풍부하다는 뜻이다. 그런데 공룡은 사라졌다.

과학자들은 이 문제를 풀지 못하자 공룡이 살던 시기에 이리듐이 많이 검출되는 것에 착안해, 혜성의 운석이 지구로 충돌하였다는 주장을 해 왔다. 진화론에서 완벽한 정도이 공룡이 멸종한 이유는 운석이 대규모로 떨어졌기 때문이라는 주장이다. 그러나 당시의 지구에도 용암이 분출되는 곳이 있었다. 거대한 공룡이 입체적으로 날아다닌 경우, 공룡이 화산 지역이나 용암이 있는 지역을 모를 리 없다는 것이다.

지구에 운석이 충돌하게 된다면 지구 내부의 핵인 용암이 화산활동을 더 할 가능성이 높다. 공룡은 화산 부근에서 생존한 다음, 다시 번식을 시작해야 하는 것이다. 아무리 운석이 충돌하여 구름이 낀다고 해도 지구라는 별에서 먹이가 없어질 정도로 굶주려 멸종할 상태에 이를 수 있는가 하는 점이 의문이다.

우리가 세균과 바이러스를 두고 말한다면 지구상에 먹이가 없는 경우는 상상할 수 없다. 만일 절대 굶주림이 있다 해도 세균은 자신을 먹는다는 점에서 해당하지 않는다. 오히려 지능과 눈이 고도로 발달한 거대한 육식 공룡이 굶주림으로 멸종한다는 점에 주목해야 한다. 공룡의 멸종이 진화인가? 절대 진화가 아니다.

트라이아스기, 쥐라기, 백악기를 포함하는 중생대 지층에서 공룡들의 화석이 대규모로 발견된다. 지구 전역에서 가장 강성했던 종족의 멸종에 대한 이유로 운석 충돌과 공룡 알의 약탈을 들지만, 뱀이 참새 알을 훔쳐 먹는다고 참새가 멸종하지는 않는다. 6500만 년 전 백악기 말에 일어난 공룡의 대량 멸종의 원인은 아직도 수수께끼일 뿐이다. 공룡의 역사는 마지막 페이지가 찢겨진 미스터리이다. 과학계는 운석 충돌, 기후의 변화, 화산 폭발, 공룡 알을 다른 동물들이 먹이로 약탈해서 등의 공룡 멸종의 원인을 억지로 주장하며 먹고 살고 있는 것이다.

공룡들 대다수가 초식성으로 육식 공룡은 다른 공룡을 먹이로 한다. 진화론으로 설명되기 어려운 종이 바로 공룡이다. 그런데 공룡의 몸이 세포로 구성되어 있기 때문에 바이러스의 반란으로 사멸할 수 있다.

거의 완벽할 정도의 몸체와 날개를 가진 공룡이 바이러스와 세균의 충돌로 멸종했다고 가정할 수 있다. 세균들이 공룡의 뇌를 모두 파괴했다고 가정할 수 있는 것이다. 세균들이 더는 공룡을 양육할 필요가 없다고 생각하고 숙주인 공룡을 잡아 죽이기 시작했다면, 공룡들이 아무리 다른 지역으로 도망가도 끝내 멸종을 피하지 못했으리라.

왜 인간은 바이러스와 세균과의 공생을 거부하고 슈퍼항생제를 만들려고 했던가?

GGW 작전본부의 김구운 국장과 이도훈 원장, 마미티 서기장과 스찬펑 교수는 지금 전 세계에 공격적으로 전염병이 퍼지는 것이 세균들의 공격이라는 것을 인지하기 시작했다. 바이러스와 세균들이 공격적으로 어떤 생물종을 숙아 내려는 시도라는 것이다.

사이언스올 과학사전에 의한 '바이러스'의 정의는 다음과 같다. 동물 식물 세균 방사균 등 살아 있는 세포에 기생하며 세포 내에서만 증식할 수 있는 수백 μ 이하의 감염성 입자이다. 자신과 같은 것을 복제하는 특성을 가졌으나 세포 밖에서는 핵단백질로 결정結晶하기도 한다.

바이러스는 자신의 대사계가 없기에 바이러스핵산을 주형으로 하여 숙주 세포의 대사계를 통해 필요한 효소 단백을 합성하고, 바이러스핵산을 복제하는 동시에 항원 단백을 만들며 이들이 집합되어 새로운 바이러스를 완성해서 세포 밖으로 방출한다. 이때 바이러스는 세포를 죽이는 병원성을 나타낸다.

핵산에 이변이 생기면, 바이러스는 이변을 일으킴으로써 세포핵산의 일부가 되어 숙주세포에 변이를 일으키거나 세포핵산의 일부를 다른 세포로 옮기는 작용을 한다. 정상세포를 암세포로 변이시키기도 한다.

마찬가지로 두산백과의 설명을 통해 '세균'에 대한 이해를 돕고자 한다. 세균은 원핵생물로 핵막이나 미토콘드리아, 엽록체 구조를 가지고 있지 않다. 박테리아는 세포벽의 화학적 구성성분을 기준으로 해서 두 가지의 박테리아로 나눌 수 있다. 첫 번째는 펩티도글리칸을 가진 세균이며, 두 번째는 지질다당체(lipopolysaccharide)를 밖에 가지고 있고 세포벽과 세포막 사이에 펩티도글리칸을 가지고 있는 세균이다.

우리 인간의 몸은 100조 개의 세포로 이루어져 있다. 인간의 몸은 태어나기도 전에 이미 세균과 인연을 맺어 유기적으로 교통하고, 태어나서는 수백 종의 세균과 공생 관계를 수립한다. 머리카락에서부터 발가락까지 세포와 세균이 공생한다.

세균은 인체 면역을 도와주고 유해균의 침입에 공동 전선을 펼쳐 방어한다. 우리 인간의 몸은 세균이 없으면 생존하지 못하는 경우도 있다. 인체 각 기관에서 작용하는 세균과 세포의 유기적인 활동이 곧 건강한 모습이다. 세균 중 인간의 피부, 구강, 대장, 질 등에 존재하는

균들은 인간과 공생하면 병원균이 아니지만, 다른 곳에 서식하면 병원균이 되기도 한다.

세균과 바이러스는 인체를 하나의 숙주로 활용하고 이용한다. 그래서 그들은 인체를 매우 소중한 삶의 터전으로 만들고, 번식하고, 생명을 유지하다가 소멸하고 복제를 시킨다. 그런데 인류가 세균을 멸종시키겠다는 오만을 부린 것이다. 이것이 병원균들을 자극했다. 이에 인간과 공생 관계를 수천 년간 지속했던 세균이 오늘날 반란을 일으킨 것이다.

김구운 국장은 전 세계적으로 발생하고 있는 죽음의 그림자가 단순한 질병을 넘어서서 수일 내로 인체가 사망하는 바이러스의 반란이라는 사실에 놀라고 있었다. 일본과 중국의 전쟁이 전 세계를 전율시킬 세계 대전임은 분명했지만, 지금 그보다 더욱 급한 것은 전 세계 인류를 위협하는 바이러스와 세균들의 반란이었다. 이 세균들의 반란은 인류 멸망을 예고하고 있었다.

11월 말, 중국 정부가 공중 분해되고 미국과 일본 연합군이 중국의 절반을 점령했다. 북한 군대는 동북 3성의 치안 유지를 목적으로 라오닝 성에 진주해서 작전을 펼치고 있었다. 북한 군부는 동북 3성 수복 작전을 위해 한국 정부의 협조를 공식 비공식 요청하여 평화 체제를 유지하고 있었다. 만일 미일 연합군의 작전이 순조로우면 그다음으로 동북 3성의 북한군과 충돌할 수도 있었다. 그러나 원체 거대한 영토의 중국이기에, 일본이 자국의 약 5백만 명의 젊은이를 자위대로 편성해서 중국에 보냈으니 그들은 중국 영토의 절반도 접수하지 못했다.

일본군의 오랜 전통인 자위대 병사들을 위한 위안부 동원을 중국 각지에서 곱지 않은 시선으로 바라보고 있어 일본의 중국 통치는 더욱 산 넘어 산이었다. 그런데 막상 베이징과 난징을 점령한 일본군 눈앞에는 무수한 사체가 즐비했다. 바로 바이러스와 세균으로 인한 전염병의 확산으로 죽은 사람들이었다. 일본군들은 하나둘씩 쓰러져갔다.

그럼에도 일본군은 본국에 그러한 사실을 알릴 수 없었다. 이미 10월부터 전자 분야 종사자들이 죽어 나가서 중국의 모든 전자 통신이 완전히 두절된 상태였다. 나아가서 모든 교통 통신과 전자 장치들이 완전히 마비되었다.

게다가 기껏 전염병이 창궐하는 중국 대륙을 전쟁으로 차지했다는 사실이 알려질 경우, 일본의 시민들이 그냥 있을 리 없었다. 젊은이들을 전쟁에 내보낸 부모 세대가 모두 들고 일어날 것이 분명했기에 일본군은 어떻게든 세균성 전염병을 막아내려고 연구를 거듭했고, 일본군은 난징에 741부대를 창설했다. 이는 바로 세균 실험실로, 인간의 세균 적응도를 테스트하고 전염성 세균에 대항하는 백신을 개발하는 것이 목적이었다. 물론 여기에 수용된 실험 인체는 일본인을 제외한 사람들로 일본을 맹목적으로 좋아해 스스로 자원한 사람들도 있었다.

* * *

일본은 중국에서 엄청난 특수로 비명을 질렀다. 일본의 자동차 메이커인 도요타, 닛산, 혼다는 중국에서 역대 최대 판매기록을 갈아치우고 있었다. 인위적으로 엔저 현상을 만들어 공격적인 가격 전략으로 중국인들을 공략하고, 점령지를 빨리 장악하려고 했다. 이에 비해 한국의 전자 제품과 자동차는 판매가 급감해 최악의 상황에 직면했다. 글로벌 브랜드까지 참여한 중국에서 경쟁이 심화되었기 때문이다.

그도 그럴 것이 일본은 미국과 유럽의 선진 시장으로 파고드는 전략을 꾸준히 게을리 하지 않았다. 반면 한국의 사업자들은 2000년대에 들어서면서 중국의 거대 시장을 바라봤다. 그리고 미국과 유럽에서 힘겨운 경쟁을 하는 대신 정부 주도하에 중국에서 현지화 하는 방식을 채택했다. 사업과 상업에 무지한 정부의 고위 관료들이 판단한 거대 시장 선도 전략이었다.

중국인들이 일본 자동차가 상륙하기 전에는 한국 차에 신뢰를 갖고 선호했던 것도 사실이다. 따라서 한국 자동차의 선도 전략이 성공하는 듯 보였고, 판매 대수는 세계적인 기록을 경신해 가고 있었다. 한국 사람들은 한국 자동차가 일본 자동차와 가전제품을 따돌리고 세계적인 호황을 누리는 것을 선진국으로 진입하는 것으로 착각했다. 정작 일본이 센카쿠 전쟁을 일으키고 본격적으로 일본의 가전제품과 자동차들을 중국에 내다 팔기 시작하자 중국인들은 한국과 일본의 제품을 비교하게 되었다.

중국의 소비자들은 총칼 앞에서도 좋은 내구성을 가진, 기술이 우수한 제품을 구매했다. 왜냐하면 개인 소비자 입장에서는 이익이 있는 제품을 선호하는 것이 자신을 지키는 유일한 것이기 때문이다. 한국이 지난 시절 중국 시장에서 펼쳤던 선도지 전략이란 제품의 디자인이나 원천 기술 경쟁력을 가졌을 때에만 가능한 것이라는 것을 정부의 관료들이 이해하기란 쉽지 않았다. 장사를 무시하고 폄하하는 풍토에서 관료들은 사업을 이해할 필요가 없었다.

도요토미 이후, 일본의 전통적인 정치 형태는 천황제다. 일왕의 지위는 상징적인 의미의 군주에 가깝고, 정치에 대한 것은 내각대신이 책임지는 제도이다. 일왕은 사회적으로 장사치나 무역 등에 개입하지 않는다. 해당 지역 정부나 내각이 권력을 행사하기에 언제든지 견제되는 권력이다. 이는 조선의 왕조가 모든 것을 통할하는 것과 비교된다.

더욱이 일본군들은 자신의 영내의 모든 사업자들을 보호 육성하고 시민들을 보호하는 것을 제1의 목표로 한다. 이러한 전통이 임진왜란 때 세워졌다. 즉, 규슈의 시마즈 요시히로는 군수 산업에 300년간 매달려 일본을 발전시켰고, 도쿠가와 이에야스의 충복인 다테 마사무네는 에스파냐와 멕시코로 찾아가서 대형 거북선(배세루)의 전함과 같은 범선 제조 기술을 배워 왔다. 그래서 태평양 시대를 열었다. 조선 왕조처럼 백성을 속이는 짓을 420년간 하지는 않았다. 그렇게 해서 그들은 중국, 조선과의 기술 격차를 역전시킬 수 있었다.

조선의 왕조 중심 문화라는 것은 역사와 상업이 왕조와 왕실 중심이라는 것이다. 왕조에 편향된 자화자찬을 하면서 살아가던 당시 사대부나 양반들은 맹목적으로 왕조에 충성을 전파했었다. 조선 왕조를 위한 유교는 충효를 비약하여 절대 복종과 충성 경쟁을 다 해야 한다는 논리의 오랜 역사이다. 임진왜란 당시 의병들이 명나라군과 일본군을 직접 체험하고서 중국 만주대륙으로 진출해야 한다고 주장한 금오산 '황지전설'같은 것이 왕조에 의해 탄압되었듯이, 지금 한국의 미국과 유럽, 일본 시장을 피해가는 선도자 전략은 바로 한방에 일본에게 시장을 열어주는 위험한 전략이라고 김구운 국장은 애태웠다.

김구운 국장이 걱정하던 예상대로, 중국 시장에 출시한 중국 기업들의 한국산 복제품이 한국산보다 우수하다는 평가가 일부 나오기 시작했다. 한국에서는 재경상공업부 장관이 '중국을 포기하고 아프리카로 들어가야 한다는 또 다른 시장 선도 전략'을 그럴싸하게 포장해 외치고, 그 산하 고위 공무원들이 앵무새처럼 반복하며 열심히 사업자들을 다그치고 있었다. 국가의 미래와 장래는 누구도 쉽게 판단할 수 없나 보다. 뭐, 사업이나 상공업 법률 문제는 전문가에게 맡기기로 하고…. 우리는 지금 전쟁 이야기를 하는 것이 아닌가?

일본이 베이징과 난징을 비롯해 거의 중국의 절반을 점령했고, 중국 국방군의 저항은 모두 실패했다. 장저우 국방위원과 수진핑 중국 총서기장이 핵 스위치가 든 가방을 가지고 사라졌다. 미국의 네이비실 특공대와 일본 그리고 각국의 특공대원들이 만일 있을지도 모르는 핵 공격을 사전에 막고자 극비리에 추격을 개시했다. 김구운 국장의 GGW 작전본부 요원들도 중국의 안정을 위해 활동을 개시했다.

일본은 중국의 통치를 7개 민주 제국으로 나눠 중국인의 선거에 맡기겠다는 신헌법을 발표했다. 일본은 중국에 앞선 기술의 제품들을 쏟아 내면서 중국인의 인심을 잡으려고 애썼다. 그 노력의 하나로 일본 도쿄의 여러 도시의 젊은이들 약 5백만 명을 징집해서 중국의 재건에 투입하기도 했다. 중국은 오랜만에 경기가 살아나는 듯 했다. 세계는 일본과 미국이 점령하고, 중국의 민주화를 실현시키기 위해 노력하고 있음을 보여주고 있었다.

11월 말부터 중국 베이징에 파견된 일본 자위대 병력이 대거 사망했다. 전염병에 의한 사망이었다. 일본과 미국의 의료진은 물론이고 전자 종사자들이 전원 사망했다. 따라서 미국의 전자 장비와 일본의 전자 장치는 모두 멈췄다. 암흑의 세계로 빠져든 것이다. TV나 비디오, 심지어 재미있는 '명량'같은 영화도 볼 수 없었다. 모든 전자 장치가 마비되었기 때문이다. 전기를 생산하는 모든 시설도 역시 중단됐다.

중국인들의 사망자 수도 도시 전체 인구의 40퍼센트에 이르는 무서운 광경이었다. 중국 현지에 주둔하던 일본군 수뇌부들도 40퍼센트가 사망한 것이다. 일본에 더 많은 젊은이를 보내달라는 무전을 하던 병사들이 무전기에 대고 "병사 증원…."이라고 외치다가 죽어갔다. 일본 현지 사령부도 간부들이 전염병으로 대거 죽어 나감으로 인해 지휘 자체가 되지 않았다.

일본군은 본국에서 병력 조달이 불가능하자 한국으로 눈을 돌렸다. 일제 식민지 지배 시절에 도쿄 대학과 와세다 대학을 필두로 조선인들을 교육한 덕분에 그 후손들이 은밀히 일본 정부에 혈서를 보내고 있다는 것을 김구운 국장은 이미 알고 있었다. 일본 정부는 인터넷 사이트에 이런 문구들을 올려놓았다.

'일본과 한국은 동맹국이다'

'스스로 자원하여 혈서를 보낸 전사들은 중국행 비행기를 타라!'

'일본군 현지 사령부를 찾아오면 동지들을 자위대 소위 간부로 임명하겠다'

'한국의 충성스런 혈맹 동지여, 중국 현지 사령부로 자원입대하라!'

'친일파들이여, 영광된 천황 폐하 만세를 외쳐라!'

'자원자들은 전원 자위대 장교로 임관하고 매월 1천만 원의 보수를 지급한다'

김구운 국장 일행은 비밀리에 중국 현지 사령부로 자원입대하려는 친일파들을 검거, 격리하기로 했다. 왜냐하면 지금은 메르스 변종 바이러스라는 인류를 멸망시킬 위험이 다분한 세균과의 전쟁 중이었기 때문이다. GGW 작전본부는 미국의 로버트 람보 국장의 도움으로, 또 아베 사토 차관에게서 자원자 명단을 미리 입수하여 중국 일본군 현지 사령부에 장교로 입대하려는 자원자들을 포박 검거하여 본부로 호송하는 작전을 펼치기로 했다. 일본군 소위로 임관되면 월급이 매월 1천만 원 정도로 적은 월급이 아니었고, 중동의 건설 현장보다 훨씬 높은 보수를 일본이 약속했기에 전염병을 모르는 한국의 일부 젊은이들 중에는 자원입대하려는 자들이 있었다.

일본의 일 년 예산은 약 95조 엔으로, 이중 국채 발행으로 충당하는 것이 50조 엔이다. 일본은 국가 예산 절반 이상을 빚을 내서 사는 나라로 수년째 비슷한 형편이었다. 일본의 GDP가 400조 엔 정도로 일본의 외채 누계는 약 950조 엔을 넘어가고 있는 상태였다. 한마디로 브레이크 없는 추락이라고 할 수 있었다. 우리나라의 GDP 대비 부채 발행 비율은 30퍼센트 정도 이내 인데, 일본은 250퍼센트가 넘는다. 일본이 중국과 전쟁을 하지 않았더라면 일본은 망했을 것이다.

그런 일본이 한국의 젊은이를 징집하면서 1천만 원의 높은 보수를 약속했다. 한국의 청년 취업이 크게 문제 되고 있는 사실을 악용하려는 일본군 현지 사령부의 유혹이다. 취업도 어렵고 중동으로 가자니 메르스가 목숨을 위협해서 이러지도 저러지도 못하는 한국의 젊은이를 유혹하기에 딱 좋았다. 김구운 국장은 자신도 모르게 소리를 질렀다. "제기랄. 아, 몰라!"

일본군은 제2차 세계 대전 당시, 동남아에서 200만 명의 일본군을 사지로 몰아넣었다. 물론 그때는 동남아를 손에 넣는 데 성공했었다. 이 병사 중 약 10퍼센트 정도가 한국에서 강제 징집된 병사들이라는 보고서가 있다. 그러나 일본은 미국의 원자탄 두 방으로 그 모든 땅을 잃어버린 것이다. 그리고 항복했다.

이러한 미국과 일본의 동맹은 미국이 아주 선호하는 방식이다. 일본의 전리품은 미국의 국익과 언제나 부합했기 때문이다. 김구운 국장은 자신도 모르게 속말이 튀어 나왔다. "멍청한 녀석들…."

일본이 도쿄 일대에 공고한 일본군 추가 징집 규모가 3백만 명이라고 나와 있다. 그렇다면 지금 중국에서 전염병으로 사망한 일본군이 3백만 명이라는 의미다. 일본은 거대한 함정에 빠진 것이다. 중국으로 출항하려는 김구운 국장은 억수로 폭우가 쏟아지는 하늘을 쳐다봤다. 하늘에 대도록 장대비가 쏟아지고 있었다.

인천공항에서 GGW 작전본부 소속의 20세기 최고의 항공기 톰캣(Gruman F-14 Tomcat)이 시동을 걸고 부르릉 소리를 내고 있었다. 김구운 국장과 보안 요원들은 완전 무장을 한 채 비행기에 올랐다. 엄청난 빗줄기 속에서도 최고의 항공기 톰캣은 수직으로 하늘을 날아올랐다. 그리고 서쪽 방향으로 기수를 틀어 중국 베이징공항으로 날아갔다.

베이징에 도착한 김구운 국장은 전염병 환자 격리를 위해 공항 검문소에 열 감지기를 설치하고서는 메르스를 기다렸다. 아니나 다를까, 머리를 빡빡 깎은 한국인들이 몇 명 내렸다. 바로 GGW 작전본부가 확보한 명단의 인물들이다. GGW 작전본부의 요원들이 잽싸게 나아서 그들을 잡아챘다.

"꼼짝 마라!"

먼저 중국 인민들의 피땀으로 만든, 세계가 경이적으로 바라보고 축복한 중국 베이징공항에서의 작전이 성공적인 것에 중국 인민들에게 감사하고 싶다. '한강의 기적은 일본이 준 선물에 불과하다'는 일본 총리의 미국 연설이 생각난다. 그래서 일본군에 한국 젊은이가 자원하는 것을 절대로 막을 것이고, 아베 총리가 사죄할 때까지 아니면 다음 일본의 진실한 총리가 나와서 사죄할 것을 기다릴 것이다. 아베의 발언은 한국의 노동자들을 모독한 경제 경험의 강탈이 아닌가? 당연한 발전을 기적이라니? 네 눈엔 기적으로 보이더냐? 이 땅 노동자이 피와 땀이 눈물이란다!

에른스트 마흐, 프리드히 니체, 지그문트 프로이트는 오늘날 미국 정신의 뿌리를 제공했다. 근대 문화를 창안해 낸 인물들의 후손인 미국이 아베 총리의 손을 들어주고 일본의 대중국 견제의 역할을 강조했다. '우리 사회를 움직이는 힘의 원천(권력)이 돈(시장)이다' 돈만이 사람을 지배할 수 있는 유전무죄 무전유죄 사법이 국가 권력이다. 뇌물이나 나쁜 허가나 권력으로 나쁜 짓을 해도 행복을 위해 했다면 정당한 것이라는 행복 이데올로기의 위험성 앞에 인간의 존엄이나 다른 생명은 무가치한 것으로 판단되기 쉽다. 개인의 행복은 중요하지만, 그것이 목적이 되어서는 안 된다.

GGW 작전본부 요원들은 베이징공항에서 일본 자위대 현지 사령부에 자원입대하려던 일부 몰지각한 젊은이를 메르스 변종 바이러스 의심 환자로 격리 조치하여 한국으로 이송했다. 한국 정부와 시장이 이들에게 일자리를 제공하지 못해서 일어난 일이었다.

김구운 국장은 제1번지 BH 소속 최영화에게 전화를 했다. "비서관님, 기본 소득보장은 언제 통과됩니까?"

제1번지 BH 소속 최영화의 목소리가 전파를 탔다. "지금 일본이 중국을 다 먹었는데, 그런 소리 할 거요? 일본의 중국 점령을 책임지란 말이오!"

김구운 국장의 목소리는 자신도 모르게 기어들어갈 듯이 나지막해졌다. "노동자들을 위한 노동 보증은 언제 기획됩니까?"

제1번지 BH 소속 최영화의 목소리가 아주 크게 호통으로 바뀌어 전파를 탔다. "아니, 지금 일자리가 없는데 무슨 노동자들을 위하자는 것이오! 선배, 정신 차리시오!"

소수지만 중국 자위대에 한국의 젊은이들이 자원하고 있다는 사실이 안타까운 김구운 국장은 다시 용기를 내어 말했다. "후배님, 우리 젊은이들이 돈벌이가 없어 모두 전과자, 범죄자가 되고 신용불량이 되고 있단 말이오! 통촉해 주시오."

제1번지 BH 소속 최영화는 아주 화난 목소리로, "선배, 그딴 소리 하려거든 고향 가서 애기나 보란 말이오! 아니, 선배 고향은 울산이니, 작전천으로 가든 반구대 절벽으로 가든 천막 치고 술주정이나 하시오! 아! 공룡 발자국이 반구대에 있으니 그것을 연구하면 볼만 하겠군요!"

김구운 국장, "뭐라고, 공룡 발자국!"

김구운 국장은 스마트폰을 집어 던져 버리고 욕설을 내뱉었다. "에이 씨~팔!"

* * *

중국 베이징에 주둔한 일본군 현지 사령부는 너무도 전염병이 극심해지자 GGW 작전본부에 일본군 병사들의 메르스 변종 확진 검사를 의뢰했다. 일본군 현지 사령부를 방문해 군부대를 들어서자 엄청난 매캐한 연기와 노린내가 났다. 자세히 보니 전염병에 걸려 죽은 일본군 시체를 태우고 있는 모습이었다. 살아있는 병사들 보다 훨씬 많은 수의 시체가 산을 이루고 있었다. 일본군 후소 모리 장군의 안내로 장교 막사에 들어가자 아무도 없는 텅 빈 상태였다. 일본군 장교들이 전염병으로 거의 모두 죽은 것이다.

김구운 국장 일행은 우주복 같은 방호복을 착용한 채 후소 모리 장군에게 말했다. "장군, 철군해야 합니다."

후소 모리 장군은 안쓰럽게 붉어진 얼굴로 힘주어 말했다. "철군하고 말 것이 없소! 병사들의 90퍼센트가 죽어 없어졌소. 무엇을 어떻게 해야 할지 모르겠소. 우리가 할 수 있는 것은 본국에 병력 지원을 요청하는 무전을 하는 것뿐이오!"

김구운 국장은 믿어지지가 않아서 다시 질문했다. "그럼 일본군 5백만 자위대 대군 중 4백만 명이 전염병으로 사망했단 말이오?"

후소 모리 장군은 힘없이 말했다. "병사야 4백만 명이 죽든 말든, 본국에 증원을 요청했으니 곧 증원 병력이 도착할 것입니다. 문제는 작전본부의 참모들이 모두 죽어 저렇게 하루 사이에 사체로 변했소. 우리 병사들의 사체는 고사하고 한 줌의 재도 챙길 수 없었소. 나는 군인이기 전에 사람이기에 본국으로 살아 돌아가고 싶소! 내게 전쟁의 승패는 아무런 가치가 없소! 오직 고향으로, 집으로 돌아가고 싶소!"

후소 모리 장군은 갑자기 별 4개의 대장 계급장을 툭 떼어 막사 밖으로 내던지면서 김구운 국장의 손을 붙잡고 부탁했다. "국장님, 한 번만 살려 주시오! 나를 아무도 모르게 중국을 떠나게 해 주시오!"

김구운 국장은 난감한 듯이 말한다. "한국의 강제 격리 병동에 수용되어도 좋겠소?"

후소 모리 장군은 눈물을 흘리면서 말한다. "나는 중국이 싫소. 일본으로 돌아가지 못한다면 어차피 죽을 목숨이니 한국의 강제 격리 병동에서 여생을 마치고 싶소. 국장님의 병동은 지상낙원이라고 알려져 있으니 여생을 그곳에서 마치게 해 주시오."

김구운 국장 일행이 전염병 환자를 밧줄로 포박하여 태운 톰캣 항공기에서 일본인으로 보이는 남자 한 명을 발견할 수 있었다. 후소 모리 장군이 병원 환자복을 착용한 채 환자들 속에 있었다. 베이징공항을 이륙한 초음속 톰캣 항공기는 GGW 작전본부 요원을 태우고 우주로 날아가듯이 굉음을 내면서 인천공항으로 출발했다. 그 모습이 레이더에도 잡히지 않았다. 이때 김구운 국장의 인공위성용 스마트폰이 "학교 종이 땡땡땡!" 하고 울렸다.

"나 로버트 람보 국장이오. 김 국장, 큰일 났소. 베이징의 일본군 최고 사령부가 실종되었고, 후소 모리 대장이 행방불명되었소."

김구운 국장은 모르는 채 말했다. "뭐라고요? 잘 안 들린다. 오버!"

로버트 람보 국장은 매우 다급한 목소리로 말했다. "우리의 동맹국인 일본군이 모두 실종되었소. 김 국장, 어떤 좋은 방법이 없소?"

김구운 국장은 그제야 무겁고 엄숙하게 말했다. "인류는 석기시대 이전의 상태로 돌아갈 것이오!"

로버트 국장은 아주 놀란 목소리로 외쳤다. 무엇인가 들고 있던 기관총 같은 것을 내던지는 소리도 함께 들렸다. "오 마이 갓!"

자신도 모르게 무의식적으로 김구운 국장도 고함을 질렀다. "오 마이~ 고향 앞으로‥ 갓!"

***

　김구운 국장의 눈에 인천공항 상공에서 내려다보이는 대한민국의 아름다운 모습이 들어왔다. 전염병이 언제 쓰나미처럼 한국으로 들이닥칠지 모른다. 이미 중국을 점령한 일본군 90퍼센트가 사망했지만 이 사실을 아무도 모르고 있다. 그리고 중국인들의 90퍼센트가 사망해 가고 있다는 사실에 땀이 흥건히 몸에 배었다. 후소 모리 장군은 드디어 한숨을 길게 내뿜었다. "휴, 이제야 살았군!" 일본군 정령군 사령관 별 네 개의 4스타 후소 모리 장군은 섬성병원 강제 격리 병동에 수용된 일반인으로 위장하여 치료를 받게 되었다.

　언론에서는 지금 중국을 점령한 일본군 4백만 명이 군사용 탱크와 무기를 남겨둔 채 어디론가 사라졌다는 보도가 계속되고 있었다.

　김구운 국장은 제1번지 BH 소속인 최영화 후배에게 전화를 걸었다.

　"극비 사항이오! 절대 보안을 유지해야 합니다. 한국의 전 영해와 영공을 강제 격리해야 합니다."

　제1번지 BH 소속 최영화 후배는 무슨 말이냐는 듯이 "우리는 미국, 일본과 동맹국이오. 레디가카께서 동맹의 사드 미사일 방어에 대해 브리핑을 받고 있소."

　김구운 국장은 고함을 질렀다. "야! 이 새끼야! 대한민국의 모든 영해와 영공을 봉쇄하라!"

　제1번지 BH 소속 최영화 후배의 전화는 정부 전 기관에 공개적으로 다중 접속되고 있었다. 따라서 김구운 국장과의 대화가 전파를 타고 전국의 공항과 항만 그리고 국방부의 초소까지 방송됐다. "전국의 공항과 항만을 봉쇄하라!" 김구운 국장의 목소리는 메아리처럼 계속되고 있었다. 제1번지 BH 소속 최영화의 통화를 계기로 국가 비상 모드가 가동되고, 전국의 비상 재난 위기 세균 공습경보가 발령되고 있었다. "앵~!" 사이렌 소리가 요란하게 흘러나오면서 "대한민국의 모든 영공과 영해를 봉쇄하라!"라는 소리가 스마트폰에 계속 울리고 있었다.

그로부터 한 달 후.

12월 일본군의 무조건 철군

중국을 점령한 일본군 5백만 명이 흔적도 없이 사라졌고, 뒤이어 강제 징집으로 보내진 자위대 증원군 약 4백만 명도 흔적 없이 사라졌다. 일본 정부는 그제야 전염병의 창궐이 생각보다 심각한 것을 인지하고, 일본 언론는 이 사실을 보도하기 시작했다. 그러나 이미 일본 전역에 메르스 변종 바이러스가 확산하여 하루에도 약 백만 명의 일본인들이 쓰러져 죽어가고 있었다. 일본의 하늘은 어느 곳이랄 것도 없이 매캐한 사체를 태우는 연기로 가득했다.

일본과 미국 동맹군은 중국에서 무조건 철수하라는 명령을 내렸으나 자국으로 귀환할 병사가 거의 전무하였다. 바로 죽음의 땅으로 변한 것이다. 일본군 약 1천만 명이 전사해서 철군할 병사가 없었지만, 연합군은 중국으로부터 무조건 철군을 발표했다. 미국과 일본의 동맹군은 군사 작전 기록지에 적혀 있는 '중국 점령지에서 완전 철군'이란 기록에 서명하고 도장을 찍었다.

이로써 세계적인 전쟁은 끝났다. 그러나 전쟁 당사국들이 손해 배상을 요구할 중국 정부가 사라졌기에, 어떠한 이득도 가져가지 못했다. 일본군의 초기 약탈과 방화와 같은 전쟁 범죄를 물어야 할 국제기구마저 붕괴하고 없었다.

중국 우루무치에서 발생한 메르스 변종 바이러스는 중국은 물론 러시아, 카자흐스탄, 몽골, 인도와 동남아시아 전역을 휩쓸었다. 전쟁 당사국인 일본과 미국은 인구의 90퍼센트가 불과 한 달 만에 죽었다. 인류는 공룡의 멸종과 같이 어떠한 기술로도 생명의 원인균인 바이러스의 반란에 대응하지 못했다. 인간 스스로를 지키지 못했고, 생물의 멸종을 인위적으로 막을 수 없었다. 공룡 그들이 스스로 어떠한 구제도 못했듯이 인류 또한 그 범주를 벗어나지 못한 것 같았다.

중국 대륙은커녕 일본 본토의 인구가 급감하였다. 간혹 살아남은 사람들도 과거의 영화를 모두 포기한 채 도시와 공장 그리고 아파트를 전염병 감염원으로 간주해 모두 불태웠다. 바다와 산야, 들판에서 유랑생활을 하는 사람들만이 살아남았다. 중국도 마찬가지였다. 도시는 모두 폐허가 되었고, 전염병이 만연한 지구의 도시는 자체 소각되었다.

12월을 기점으로, 2015년은 온 지구가 연기로 매캐하고 그을린 한 해가 되었다. 온 하늘은 연기로 뒤덮였고 인류는 메르스 변종 바이러스와 각종 전염병인 세균들과 힘든 사투를 벌였다. 살아남은 숫자는 전체 인류의 10분의 1에 미치지 못했다. 바로 아메리카 인디언들의 최후를 아파트와 고층빌딩에서 재현한 모습 그대로 같았다.

오직 한 나라, 대한민국만이 안전하게 보호됐다. 그것은 바로 지상낙원이라 스스로 이름 지은 섬성병원의 강제 격리 제도 덕분이었다. 강제 격리 병동 정문에는 커다란 현수막이 붙어 있었다. 〈우리가 함께 당신을 응원합니다. 의료진 여러분, 지켜 주셔서 감사합니다.〉 마미티 신장웨이우얼 자치구 서기장과 스찬핑 청화대 교수, 김구운 국장, 이도훈 원장이 강제 격리 병동의 정문을 바라보고 있었다.

이도훈 원장이 나지막이 말했다. "우리가 개발한 알약으로 사람들이 살아나고 있습니다."

김구운 국장이 퉁명스럽게 말했다. "코브라에 물려도 면역력만 올리면 산다는 것이 사실이오. 처음에 손 씻기만 제대로 했더라면 인류가 멸종에 이르진 않았을 것이오."

스찬핑 청화대 교수가 말했다. "공룡은 손 씻기를 할 줄 몰랐던 것입니다. 지금 모든 한국 병원에서 손 씻기를 하는 모습이 감동적입니다."

마미티 서기장도 뒤질세라 말했다. "마스크를 하는 것도 모범적입니다."

그때 마미티 서기장의 전화가 울렸다.

"네, 수진핑 총서기장님. 전 세계 인구가 거의 전멸했습니다. 지금 계신 데가 어디입니까?"

전화기 밖으로 큰 덩치답게 또랑또랑한 목소리의 수진핑 중국 총서기장의 목소리가 들렸다.

"여기는 스페인 북부 알타미라 동굴이오. 장저우 국방위원과 함께 있소. 중일 전쟁은 어떻게 되었소?"

마미티 서기장이 자신감 있는 소리로 답했다. "일본의 후소 모리 장군이 중국을 점령하였고, 저는 후소 모리 장군을 사로잡고 있습니다."

수진핑 중국 총서기장, "지금 인류가 멸망한 것으로 알고 있는데 마미티 서기장은 지금 어디에 있소?"

마미티 서기장은 눈물을 흘리면서 말을 이어간다. "치욕의 시간에 살아계셨군요. 한국의 서울, 지상낙원인 섬성병원 지하실에 있습니다."

수진핑 총서기장은 떨리는 목소리로 "한국인은 멸망하지 않았소?"라고 물었다.

마미티 서기장의 전화를 재빠르게 가로챈 스찬핑 교수가 말을 이었다. "이 인공위성용 스마트폰은 오늘 한국의 서울에서 전파를 쏘아올린 것입니다. 배터리가 필요 없는 자가 발전 어플리케이션을 보냈기에 통화가 되는 것입니다."

수진핑 총서기장, "오, 한국이 전파를 보냈군요. 대한민국 GGW 작전본부에 중국을 도와달라고 하시오."

수진핑 총서기장은 울먹이면서 말끝을 맺지 못했다. 수진핑 총서기장에 이어 장저우 국방위원의 목소리가 들렸다. "우리는 외계인으로 보이는 생물에게 납치되어 알타미라 동굴에 격리되었소. 일본군 대장 '후소 모리' 그놈을 꼭 잡고 있으시오. 내가 이 주먹으로 패대기치듯이 처발라야겠소!"

장저우 국방위원은 매우 궁금한 듯이 다그쳤다. "일본과 미국 인구도 멸종했지요?"

스찬핑 교수는 힘없는 목소리로 말했다. "거의 전멸했습니다. 복구가 불가능합니다. 인류는 석기시대 이전으로 돌아갈 것입니다."

수진핑 총서기장이 다급히 물었다. "우리의 우방, 한국이 건재하고 있지 않소?"

마미티 서기장은 말문을 열지 못한다. "한국?"

스찬핑 교수는 놀란 듯이 일행을 돌아본다. "어, 한국이 그대로 남아 있네?"

김구운 국장은 큰 소리로 웃는다. "하하하! 우리 이도훈 병원장이 오늘날 이순신 장군과 같은 영웅이지요."

마미티 서기장과 스찬핑 교수는 이도훈 원장을 껴안았다.

누가 시킨 일도 아닌데 이심전심으로 인류를 구원하려는 경쟁에서 최종 승리한 'GGW 작전본부'에서 중국의 마미티 서기장과 스찬핑 교수, 한국의 이도훈 원장과 김구운 국장, 일본의 아베 사토 차관, 미국의 로버트 람보 국장, 러시아의 푸넴프 정보국장은 손에 손을 잡고 애국가를 부르기 시작했다.

"동해물과 백두산이 마르고 닳도록 하느님이 보호하사 우리나라 만세!"

세균과의 전쟁에 승리해 인류 멸종을 막아내고, 위대한 승리를 이끈 기쁨을 애국가로 합창하고 있었다. 김구운 국장은 격리 전쟁에서 벗어나 가족의 품으로 돌아갈 수 있을 것인가?

맺음말

　가정이 품을 수 없는 상태의 격리 환자들은 완치된 뒤 퇴원해 귀가하시면 가족들이 항상 도울 것입니다. 가족과 함께 사는 것이 홀로 사는 것보다 비용도 적게 듭니다. 사회에서 직업을 가지고, 집안일은 가족이 협력할 때 혼자 하는 것보다 스트레스가 적게 됩니다.

　때로는 가족이 함께 사는 것이 어려운 경우도 있고, 가족들도 당신과 사는 것이 어려울 수 있습니다. 가정도 하나의 사회이므로 규칙을 지키고, 가족 간의 기대를 저버려 신뢰를 파괴하지 말아야 합니다.

　가족들이 나이가 들수록 문제가 생기기도 하고, 또는 미취업이나 실직, 질병 등의 문제에 잘 대처하지 못할 수도 있습니다. 사람들 사이에서 문제가 생겼을 때, 이용할 수 있는 곳이 격리 시설과 병동입니다. 전염성 질환, 알코올 중독, 정신 질환, 심리 사회 손상, 노숙인들의 재활을 돕기 위한 격리 시설과 병동은 사회복지시설로 운영되고 있습니다.

* * *

　'당신은 격리 국가에서 탈출할 수 있는가? 절대 탈출이 불가능한 완벽한 국가를 만들기 위한 프로젝트가 가동되었다' 지난 1년간 4개의 격리 병동을 실제 관찰하고 격리 환자들과의 대화를 메모 형태로 그려낸 본격 세균전을 다룬 소설입니다.

　면역력이 강한 사람들은 메르스 세균 바이러스 질환에 대해 별로 걱정을 안 해도 됩니다. 면역력 증강에 좋은 음식들을 꾸준하게 섭취하면서 운동도 하면 메르스 예방에 충분합니다. 무리하게 일하는 것보다는 충분한 휴식이 필요합니다. 몸에 허약하면 병균이 침투하기 쉬우므로 평소 면역력을 강화해 주는 음식을 섭취하는 것도 좋은 방법입니다.

　참고로 메르스 질환으로 인한 강제 격리는 없었으며, 정부 당국이 자가 격리를 주로 활용했다는 사실을 밝혀 둡니다. 단, 특수 목적으로 설치된 정신 병동과 여러 강제 격리 시설이 있었음을 알아주시기 바랍니다. 이 극사실주의 소설은 제3의 장소인 강제 격리 병동의 기록을 참고하고, 이에 상상력을 가미해 재구성한 것입니다.

배영규 드림

부록: 감염병의 예방 및 관리에 관한 법률

법률 제12444호 일부개정 2014. 03. 18.

제1장 총칙

제1조 (목적) Law

이 법은 국민 건강에 위해危害가 되는 감염병의 발생과 유행을 방지하고, 그 예방 및 관리를 위하여 필요한 사항을 규정함으로써 국민 건강의 증진 및 유지에 이바지함을 목적으로 한다.

제2조 (정의) Law

이 법에서 사용하는 용어의 뜻은 다음과 같다.[개정 2010.1.18 제9932호(정부조직법), 2013.3.22, 2014.3.18] [[시행일 2014.9.19.]]

1. "감염병"이란 제1군감염병, 제2군감염병, 제3군감염병, 제4군감염병, 제5군감염병, 지정감염병, 세계보건기구 감시대상 감염

병, 생물테러감염병, 성매개감염병, 인수人獸공통감염병 및 의료
관련감염병을 말한다.

2. "제1군감염병"이란 마시는 물 또는 식품을 매개로 발생하고 집
   단 발생의 우려가 커서 발생 또는 유행 즉시 방역대책을 수립하
   여야 하는 다음 각 목의 감염병을 말한다.

   가. 콜레라

   나. 장티푸스

   다. 파라티푸스

   라. 세균성이질

   마. 장출혈성대장균감염증

   바. A형간염

3. "제2군감염병"이란 예방접종을 통하여 예방 및 관리가 가능하여
   국가예방접종사업의 대상이 되는 다음 각 목의 감염병을 말한다.

   가. 디프테리아

   나. 백일해百日咳

   다. 파상풍破傷風

   라. 홍역紅疫

   마. 유행성이하선염流行性耳下腺炎

   바. 풍진風疹

   사. 폴리오

   아. B형간염

   자. 일본뇌염

차. 수두水痘

카. b형헤모필루스인플루엔자

타. 폐렴구균

4. "제3군감염병"이란 간헐적으로 유행할 가능성이 있어 계속 그 발생을 감시하고 방역대책의 수립이 필요한 다음 각 목의 감염병을 말한다.

가. 말라리아

나. 결핵結核

다. 한센병

라. 성홍열猩紅熱

마. 수막구균성수막염髓膜球菌性髓膜炎

바. 레지오넬라증

사. 비브리오패혈증

아. 발진티푸스

자. 발진열發疹熱

차. 쯔쯔가무시증

카. 렙토스피라증

타. 브루셀라증

파. 탄저炭疽

하. 공수병恐水病

거. 신증후군출혈열腎症侯群出血熱

너. 인플루엔자

더. 후천성면역결핍증(AIDS)

러. 매독梅毒

머. 크로이츠펠트-야콥병(CJD) 및 변종크로이츠펠트-야콥병
(vCJD)

5. "제4군감염병"이란 국내에서 새롭게 발생하였거나 발생할 우려
가 있는 감염병 또는 국내 유입이 우려되는 해외 유행 감염병으
로서 보건복지부령으로 정하는 감염병을 말한다.

6. "제5군감염병"이란 기생충에 감염되어 발생하는 감염병으로서
정기적인 조사를 통한 감시가 필요하여 보건복지부령으로 정하
는 감염병을 말한다.

7. "지정감염병"이란 제1군감염병부터 제5군감염병까지의 감염병
외에 유행 여부를 조사하기 위하여 감시활동이 필요하여 보건복
지부장관이 지정하는 감염병을 말한다.

8. "세계보건기구 감시대상 감염병"이란 세계보건기구가 국제공중
보건의 비상사태에 대비하기 위하여 감시대상으로 정한 질환으
로서 보건복지부장관이 고시하는 감염병을 말한다.

9. "생물테러감염병"이란 고의 또는 테러 등을 목적으로 이용된 병
원체에 의하여 발생된 감염병 중 보건복지부장관이 고시하는 감
염병을 말한다.

10. "성매개감염병"이란 성 접촉을 통하여 전파되는 감염병 중 보
건복지부장관이 고시하는 감염병을 말한다.

11. "인수공통감염병"이란 동물과 사람 간에 서로 전파되는 병원체에 의하여 발생되는 감염병 중 보건복지부장관이 고시하는 감염병을 말한다.

12. "의료관련감염병"이란 환자나 임산부 등이 의료행위를 적용받는 과정에서 발생한 감염병으로서 감시활동이 필요하여 보건복지부장관이 고시하는 감염병을 말한다.

13. "감염병환자"란 감염병의 병원체가 인체에 침입하여 증상을 나타내는 사람으로서 제11조 제5항의 진단 기준에 따른 의사 또는 한의사의 진단이나 보건복지부령으로 정하는 기관의 실험실 검사를 통하여 확인된 사람을 말한다.

14. "감염병의사환자"란 감염병병원체가 인체에 침입한 것으로 의심이 되나 감염병환자로 확인되기 전 단계에 있는 사람을 말한다.

15. "병원체보유자"란 임상적인 증상은 없으나 감염병병원체를 보유하고 있는 사람을 말한다.

16. "감시"란 감염병 발생과 관련된 자료 및 매개체에 대한 자료를 체계적이고 지속적으로 수집, 분석 및 해석하고 그 결과를 제때에 필요한 사람에게 배포하여 감염병 예방 및 관리에 사용하도록 하는 일체의 과정을 말한다.

17. "역학조사"란 감염병환자, 감염병의사환자 또는 병원체보유자 (이하 "감염병환자등"이라 한다)가 발생한 경우 감염병의 차단과 확산 방지 등을 위하여 감염병환자등의 발생 규모를 파악하고 감염원을 추적하는 등의 활동과 간연병 예방접종 후 이상반응 사례가

발생한 경우 그 원인을 규명하기 위하여 하는 활동을 말한다.

18. "예방접종 후 이상반응"이란 예방접종 후 그 접종으로 인하여 발생할 수 있는 모든 증상 또는 질병으로서 해당 예방접종과 시간적 관련성이 있는 것을 말한다.

19. "고위험병원체"란 생물테러의 목적으로 이용되거나 사고 등에 의하여 외부에 유출될 경우 국민 건강에 심각한 위험을 초래할 수 있는 감염병병원체로서 보건복지부령으로 정하는 것을 말한다.

제3조 (다른 법률과의 관계) Law

감염병의 예방 및 관리에 관하여는 다른 법률에 특별한 규정이 있는 경우를 제외하고는 이 법에 따른다.

제4조 (국가 및 지방자치단체의 책무) Law

① 국가 및 지방자치단체는 감염병환자등의 인간으로서의 존엄과 가치를 존중하고 그 기본적 권리를 보호하며, 법률에 따르지 아니하고는 취업 제한 등의 불이익을 주어서는 아니 된다.

② 국가 및 지방자치단체는 감염병의 예방 및 관리를 위하여 다음 각 호의 사업을 수행하여야 한다. [개정 2014.3.18] [[시행일 2014.9.19.]]

1. 감염병의 예방 및 방역대책

2. 감염병환자등의 진료 및 보호

3. 감염병 예방을 위한 예방접종계획의 수립 및 시행

4. 감염병에 관한 교육 및 홍보

5. 감염병에 관한 정보의 수집 · 분석 및 제공

6. 감염병에 관한 조사 · 연구

7. 감염병병원체 검사 · 보존 · 관리 및 약제내성 감시(약제내성 감시)

8. 감염병 예방을 위한 전문인력의 양성

9. 감염병 관리정보 교류 등을 위한 국제협력

10. 감염병의 치료 및 예방을 위한 약품 등의 비축

11. 감염병 관리사업의 평가

12. 기후변화, 저출산 · 고령화 등 인구변동 요인에 따른 감염병
    발생조사 · 연구 및 예방대책 수립

13. 한센병의 예방 및 진료 업무를 수행하는 법인 또는 단체에
    대한 지원

제5조 (의료인 등의 책무) Law

「의료법」에 따른 의료인, 의료기관 및 의료인단체는 국가와 지방자
치단체가 수행하는 감염병의 발생 감시 및 예방 · 관리 및 역학조사
업무에 적극 협조하여야 한다.

제6조 (국민의 책무와 권리) Law

① 국민은 국가와 지방자치단체의 감염병 예방 및 관리를 위한 활동에 적극 협조하여야 한다.

② 국민은 감염병 발생 상황, 감염병 예방 및 관리 등에 관한 정보와 대응방법을 알 권리가 있다.

법률 제13323호(지역보건법) 일부개정 2015. 05. 18.

● 포커스 법령: 사회복지법전, 의료법전

제1장 총칙

제1조 (목적) Law

이 법은 정신질환의 예방과 정신질환자의 의료 및 사회복귀에 관하여 필요한 사항을 규정함으로써 국민의 정신건강증진에 이바지함을 목적으로 한다.

제2조 (기본이념)

① 모든 정신질환자는 인간으로서의 존엄과 가치를 보장받는다.

② 모든 정신질환자는 최적의 치료와 보호를 받을 권리를 보장받는다. [개정 2008.3.21] [[시행일 2009.3.22.]]

③ 모든 정신질환자는 정신질환이 있다는 이유로 부당한 차별대우를 받지 아니한다.

④ 미성년자인 정신질환자에 대하여는 특별히 치료, 보호 및 필요한 교육을 받을 권리가 보장되어야 한다.

⑤ 입원치료가 필요한 정신질환자에 대하여는 항상 자발적 입원이 권장되어야 한다.

⑥ 입원중인 정신질환자는 가능한 한 자유로운 환경이 보장되어야

하며 다른 사람들과 자유로이 의견교환을 할 수 있도록 보장되어야 한다.

제3조 (정의)

이 법에서 사용하는 용어의 정의는 다음과 같다.

[개정 2000.1.12, 2004.1.29, 2011.8.4. 제11005호(의료법)]

1. "정신질환자"라 함은 정신병(기질적 정신병을 포함한다)·인격장애·알코올 및 약물중독 기타 비정신병적정신장애를 가진 자를 말한다. [[시행일 2000.7.13]]

2. "정신보건시설"이라 함은 이 법에 의한 정신의료기관·정신질환자사회복귀시설 및 정신요양시설을 말한다.

3. "정신의료기관"이라 함은 의료법에 의한 의료기관중 주로 정신질환자의 진료를 행할 목적으로 제12조 제1항의 시설기준 등에 적합하게 설치된 병원(이하 "정신병원"이라 한다)과 의원 및 병원급 이상의 의료기관에 설치된 정신건강의학과를 말한다.

4. "정신질환자사회복귀시설"(이하 "사회복귀시설"이라 한다)이라 함은 이 법에 의하여 설치된 시설로서 정신질환자를 정신의료기관에 입원시키거나 정신요양시설에 입소시키지 아니하고 사회복귀촉진을 위한 훈련을 행하는 시설을 말한다.

5. "정신요양시설"이라 함은 이 법에 의하여 설치된 시설로서 정신의료기관에서 의뢰된 정신질환자와 만성정신질환자를 입소시켜 요양과 사회복귀촉진을 위한 훈련을 행하는 시설을 말한다.

제4조 (국가등의 의무) Law

① 국가와 지방자치단체는 국민의 정신건강을 증진시키고, 정신질
  환을 예방하며, 정신질환자의 치료 · 재활 및 장애극복과 사회복
  귀촉진을 위한 연구 · 조사와 지도 · 상담 등 필요한 조치를 하여
  야 한다. [개정 2008.3.21] [[시행일 2009.3.22.]]

② 국가와 지방자치단체는 정신질환의 예방과 치료 및 재활을 위
  하여 정신보건센터와 정신보건시설을 연계하는 정신보건서
  비스전달체계를 확립하여야 한다. [신설 2008.3.21] [[시행일
  2009.3.22]]

제5조 (국민의 의무) Law

국민은 정신질환의 예방과 정신건강 증진을 위하여 국가 및 지방자
치단체가 실시하는 조사 및 관련 정신보건사업에 협력하여야 한다.
[전문개정 2008.3.21] [[시행일 2009.3.22.]]